KB121171

싱크

싱크 8

2015년 10월 7일 초판 1쇄 인쇄
2015년 10월 13일 초판 1쇄 발행

지은이 현민
발행인 이종주

기획 팀 이주현 이기헌
책임 편집 이세종

발행처 (주)로크미디어
출판등록 2003년 3월 24일
주소 서울시 용산구 원효로97길 46 5층
Tel (02)3273-5135 Fax (02)3273-5134
홈페이지 rokmedia.com E-mail rokmedia@empas.com

© 현민, 2015

값 8,000원

ISBN 979-11-255-9569-4 (8권)
ISBN 979-11-255-8684-5 04810 (세트)

싱크

8

† 현민 게임 판타지 장편소설 †

ROK
MEDIA
로크미디어

CONTENTS

빈사 상태

접견 대기실에서 기다린 지 세 시간이 흘렀지만, 시장은 겔란드를 부르지 않았다. 접견실 내부에서 젊은 여자의 신음만 흘러나올 뿐이었다.

겔란드는 엘루마 시장 아브롬에 대한 소문을 들어서 알고 있었다. 어디를 가든 눈에 띄는 미녀는 수단과 방법을 가리지 않고 품에 안아야 직성이 풀리는 바람둥이이자 변태성욕자라는 이야기.

아브롬의 아버지 슬라첸은 현 국왕이 신뢰하는 환관이었다. 왕궁으로 침입하여 당시 어렸던 국왕을 죽이려 했던 자객 무리 앞에서 끝까지 저항하여 끝내 국왕을 지켜 낸 사람이 바로 슬라첸이었다. 슬라첸의 얼굴과 가슴에는 당시에 생긴 깊은 검상이 아직도 남아 있었다.

국왕에게 슬라첸은 생명의 은인이었다. 웬만한 일은 슬라첸의 편을 들 수밖에 없었다. 슬라첸의 양자로 들어간 아브롬은 그 배경을 마음껏 이용하는 인간이었다.

"계속 기다리실 겁니까?"

옆에 앉아 있던 드라쿤이 물었다.

"일단은."

"엘루마 시장은 바젠 후작의 손을 들어 줄 겁니다. 결국 돈이 모든 걸 결정하니까요."

용병답지 않은 말에 젤란드는 물끄러미 드라쿤을 바라보았다. 시선을 느낀 드라쿤이 변명했다.

"제 말은…… 젤란드 님에겐 아브롬의 마음을 바꿀 방법이 없다는 뜻입니다."

"그건 맞다."

"아시면서도 계속 기다리신 겁니까?"

"해 볼 데까지는 해 봐야지."

"저는 약속이 있어서 먼저 가 보겠습니다."

"그렇게 하게."

젤란드는 꽉 닫힌 문을 쳐다보며 마음속에서 들끓는 혼란을 억눌렀다.

한 시간이나 더 기다린 후에야 몸을 일으킨 젤란드는 긴 복도를 걸어 시청 밖으로 나왔다. 햇살은 여전히 뜨겁고 공기는 후덥지근했다. 엘루마의 앞날, 아니 왕국 룬트란의 미래 역시 지금 날씨처럼 답답하기 짝이 없었다.

아브롬은 영웅회의 의미를 전혀 모르는, 아니 관심조차 없는 인간이었다. 그런 자가 엘루마 시장 자리를 차지하고 있으니…… 그 아래에는 이익만 쫓는 자들이 들끓는 것도 자연스러운 현상이었다.

다음은 마탑 플라도르였다.

"일개 전직 용병 따위가 타워 마스터를 만날 수는 없소."

마탑 입구를 지키는 수련사가 내뱉은 말이었다. 영웅회의 개최 의의와 필요성을 적은 편지를 전달했는데도 마탑 플라도르의 수장은 겔란드를 만날 생각이 전혀 없다는 뜻.

마탑 투스텔라, 마탑 페르제피, 마탑 바트란 등 광장을 둘러싼 여러 마탑들의 반응은 모두 비슷했다. 겔란드가 타워 마스터에게 보낸 편지는 아무런 효과도 거두지 못했다.

바젠 후작가 정문에서는 봉변을 당할 뻔했다. 두 번 다시 영웅회 이야기는 입에 올리지 말라는 협박과 함께 깡패들 수십 명이 겔란드를 에워싼 것이다.

다행히 그중 한 사람이 겔란드를 알아보고 화들짝 놀라며 소리쳤고, 그 사람으로 인해 겔란드가 그 유명한 용병대 투혼의 백부장이었다는 사실이 알려져 큰 사고 없이 상황을 끝낼 수 있었다.

뮤카멘 백작가의 태도는 약간 달랐다. 겔란드는 백작과 독대할 수 있었지만 그뿐이었다. 백작은 가문의 안위를 염려해야 하는 자리였다.

날이 어둑어둑해질 무렵, 겔란드는 여관으로 돌아가다가 중간에 있는 술집에 들렀다. 요즘 들어 자주 오는 곳이었다.

독주를 연거푸 석 잔 마시자 가슴이 뜨거워졌다. 한숨이 터져 나왔다. 혼자라서 답답했지만 이 자리에 가쿨라나 콜마를 데려올 수는 없었다.

"……난 대사형이니까."

노바디를 떠올렸지만 겔란드는 곧 고개를 저었다. 아무리 노바디가 이방인 같지 않은 이방인이라고 해도 이 깊은 절망과 우울을 온전히 이해할 수는 없을 터였다.

고개를 든 겔란드의 눈에 낯익은 사람이 들어왔다. 보자마자 이방인이라는 사실을 알 수 있었다.

시선을 끈 이유는 이방인이라서가 아니라, 이방인답지 않게 매일 같은 시간에 독주를 마신다는 점이었다.

이방인은 대부분 화려한 장비와 복장을 선호한다. 실전에 사용할 수 있을지 의심스러울 만큼 거대한 칼을 들고 다니기도 하고, 질질 바닥을 끌기 때문에 전투가 벌어지면 뾰족한 곳에 걸릴 게 분명한 로브를 선호하는 등 다른 사람들의 시선을 의식하는 경우가 많다. 저 남자는 전혀 그렇지 않았다.

'노바디가 내 나이쯤 되면 저런 분위기를 풍길지도 모르겠구나.'

그렇게 생각한 젤란드는 피식 웃었다.

펜던트를 꺼내어 안에 그려진 여인을 본 순간, 웃음기는 사라졌다. 요즘엔 노바디에게 레나세르의 안부를 묻지 않았다. 눈치만으로도 노바디, 벨란데르, 바마퉁이 레나세르에 대해 이야기하지 않으려 한다는 사실을 충분히 알았던 것이다.

주먹을 꽉 쥔 순간, 펜던트가 우그러지며 레나세르의 얼굴이 쭈그러들었다. 젤란드는 그 펜던트를 창문 밖으로 던지려 했으나, 결국 주머니 속으로 집어넣고 말았다.

그때, 싸움이 벌어졌다.

술집에 들어와 행패를 부린 건 이방인들이었다. 아마도 술집 주인이 무슨 일을 부탁했던 모양인데, 그 보상이 마음에 들지 않은 듯 술병을 부수며 소리를 지르고 있었다.

몸을 일으키려던 젤란드는 눈여겨보았던 그 사내가 이방인들 사이로 들어가 단숨에 제압하는 광경을 지켜보았다. 맨손으로 급소를 가볍게 치자 이방인들이 나가떨어졌다.

한 녀석이 검을 들고 뒤에서 다가갔다.

"뒤쪽을 조심하시오!"

젤란드였다.

사내가 몸을 돌린 순간, 검이 가슴을 파고들었다. 그러나 입고 있던 옷만 찢어졌을 뿐이다. 안에 착용한 용갑이 튀어나와 검을 튕겨 낸 것이다. 사내는 주먹으로 검을 든 녀석의 턱을 올려친 후, 팔꿈치로 명치를 가격해 기절시켰다.

술집 안에 있던 사람들이 박수를 치며 환호했다. 그들 대부분이 이곳 사람들, 즉 엘루마 시민들이었다.

소동이 마무리된 후, 젤란드는 술병과 잔을 들고 그 사내 앞으로 갔다.

"라마간에서 오셨소?"

"그렇습니다만."

사내는 경계심 어린 눈으로 쳐다보았다.

"앉아도 되겠소?"

"마음대로 하시오."

젤란드는 그 사내의 빈 잔에 술을 채운 후, 자기 잔에도 술을 따랐다.

"어떻게 내가 라마간에서 왔다는 걸 아는 거요?"

사내가 물었다.

"라마간의 경비대원이 익히는 조포권과, 어딘지 눈에 익은 용갑 때문이오. 사실, 그 조포권을 만든 게 바로 나요."

"그렇다면 젤란드?"

"맞소."

"나는 홍길동이오."

"시장님의 용갑을 왜 당신이 입고 있소?"

"실은, 시장님이 주셨소."

"아!"

젤란드는 깜짝 놀랐다. 라마간 시장 자르크는 마음이 넓은

사람이지만 이토록 중요한 갑옷을 낯선 이방인에게 줄 인물
은 아니었다.

"우연히 시장님을 구해 드렸소."

"구해 드리다니? 무슨 말이오?"

그 질문에 홍길동은 누가 라마간 시장을 노렸는지 알 수는
없지만 운이 좋아 자르크를 지킬 수 있었다는 이야기를 간략
하게 들려주었다.

겔란드의 눈빛이 무거워졌다. 감히 라마간의 시장을 노리
다니! 대체 누가 그런 짓을 했을까? 순간 그는 실종된 사부
를 떠올렸다. 어쩌면 사부님을 비롯해 유명한 사람들을 납치
한 무리가 라마간 시장을 노렸을지도 모른다.

다시 술잔을 비웠다. 홍길동이 술병을 들고 잔을 채웠다.

"고민이 많은 모양이오."

"그쪽도."

겔란드는 홍길동을 정면으로 쳐다보았다. 겉모습 때문이
아니라, 말하는 태도와 분위기로 볼 때 꽤 나이가 든 남자라
는 확신이 들었다.

이번에는 홍길동이 단숨에 술을 마셨다.

두 사람은 주거니 받거니 술을 털어 넣을 뿐, 더 이상 말을
하지 않았다. 지금으로선 말이 필요 없었다.

김현은 책상 서랍을 뒤져 카시오 전자시계를 찾아냈다. 손에 시계를 들고 쥐구멍을 벗어나 거실로 나간 그는 완전히 분해한 고스트 커넥터 앞에 서서 팔짱을 낀 채 생각에 잠긴 안진후 곁으로 다가섰다.

"이거, 빌려 간다."

"응."

보지도 않고 말하는 안진후.

그 집중력에 속으로 감탄한 김현은 박용준을 찾았다. 박용준은 페플에 접속 중이었다.

'다들 열심이구나. 나도 질 수는 없지.'

전자시계를 들여다봤다. 밤 1시 30분이었다. 김현은 현섬을 펼쳤다.

붉은 소파가 중앙에 놓인 자신의 방에 나타난 김현은 전자시계를 인벤토리에 넣었다. 밖으로 나가서 냉장고 속 우유와 식탁에 놓인 바나나를 그 자리에서 해치운 후, 방으로 돌아와 커넥터 뚜껑을 열었다.

접속, 곧 섬광이 터졌다.

여관방은 조용했다.

창문을 열자 습기 어린 밤공기가 밀려들었다.

저 멀리 순찰 도는 경비대원들의 고함이 희미하게 들렸다. 부부 싸움을 하는지, 짜증 섞인 아줌마의 음성과 그릇 깨지는 소리가 함께 들렸다.

아침이 오면 이 고요는 깨질 것이다. 세상이 멈춰 있고 오직 자신만 살아서 움직이는 듯한 착각을 자아내는 이 순간을 노바디는 사랑했다.

어쩌면 비서관으로 임명한 체리와 귀찮은 도발을 맡아서 처리하는 아로간타르 덕분에 얻은 귀중한 시간인지도 모른다.

확실히 두 사람 각자에게 일을 맡긴 후, 시도 때도 없이 여관으로 찾아와 노바디를 찾던 사람들의 수가 확연히 줄어들었다. 시간이 흘러 자연스럽게 관심이 사라졌는지도 모르지만.

노바디는 심호흡을 한 다음, 무극심법 제3문 파위를 펼쳤다. 분신이 만들어지는 과정은 여전히 신비롭고, 이해할 수 없는 수수께끼로 가득 차 있었다.

'나도 어떻게 분신이 생기는지 모른다고 하면, 다들 믿지 않겠지?'

파위는 몸을 한계 이상으로 움직여 일정 공간을 장악하는 스킬이다. 그 과정에서 잔상이 생기고, 파위의 경지가 높아질수록 잔상은 마치 분신처럼 보이게 된다. 그러다가 갑자기 진짜 분신이 만들어진다.

분신은 2미터 남짓 떨어진 곳에서 노바디를 바라보고 있었다. 분신의 눈빛은 믿기 힘들 만큼 차분하고 깊어서, 그 속으로 빠져들 것만 같았다.

노바디는 인벤토리에서 꺼낸 카시오 시계를 손목에 차고 시간을 재기 시작했다. 1초, 2초, 3초…… 노바디는 분신이 언제까지 유지될 수 있는지 확인하고 싶었다.

"최대한 편하게 있어. 침대에 누워 있어도 돼."

"알았어."

분신의 목소리.

'내 목소리와 같을 텐데…… 왠지 내 목소리 같지 않아. 녹음된 목소리 같달까.'

노바디는 분신이 의자를 창가로 가져가 앉는 모습을 보며 인벤토리에서 두툼한 책을 꺼냈다. 바로 검정고시 서적이었다. 몇 페이지 넘기지 않았는데, 졸렸다. 늘어지게 하품을 하던 노바디는 시선을 느꼈다.

분신은 단정한 자세로 앉아서 노바디를 바라보고 있었다.

"지루해도 참아."

분신에게, 그리고 자신에게 말한 노바디는 검정고시 책을 뒤적거렸다.

분신에게 문제가 생긴 건 대략 두 시간 후였다. 손가락 끝이 떨렸고, 표정은 골인 지점을 얼마 남겨 두지 않은 마라토너처럼 일그러져 있었다.

노바디는 상태 창을 열었다. 예상대로 내공이 바닥나기

직전이었다. 내공이 완전히 사라진 순간, 메시지 창이 나타났다.

-분신을 유지하는 데 생명력을 사용하시겠습니까?

처음 보는 질문이었다.

노바디는 그러겠다고 대답했고, 내공 대신 생명력이 줄어들기 시작했다.

"고마워."

분신이 말했다. 훨씬 안정된 얼굴이었다.

이번에는 분신뿐 아니라 노바디 역시 영향을 받았다.

다시 한 시간이 지나자 생명력은 10% 이하로 떨어졌다. 노바디는 들어 올린 손가락 끝이 제멋대로 떨리고 있음을 발견했다. 분신 역시 같은 증상을 보였다.

'생명력까지 모조리 동원했을 때, 세 시간이구나.'

생명력이 5%에 이르자 현기증이 찾아왔다.

몬스터와 싸울 때는 이런 증세를 겪은 적이 없었다. 대부분 일격에 죽임을 당했던 것이다.

생명력이 1%에 이른 순간, 앞이 캄캄해졌다. 아직 살아 있건만 아무것도 볼 수 없었다. 그때, 반투명 창이 떴다. 불 꺼진 극장에서 스크린만 켜진 느낌이었다.

빈사 상태

숨겨진 몸 상태인 '빈사'를 발견하셨습니다. 죽음을 깊이 아는 자, 고통을

> 깊이 깨달은 자만이 찾아낼 수 있는 빈사 상태를 찾아낼 수 있습니다.
> **조건** : 천 번 이상의 죽음을 경험한 사람이 생명력 1% 이하일 때 발동
> **효과** : 경험치 +300%, 이동속도 -50%, 방어력 -70%, 공격력 -70%, 동정심 유발, 의지력 약화, 소화력 증가, 후각과 미각의 마비, 시각 상실

노바디는 깜짝 놀랐다. 페플은 아직도 밝혀내야 할 수수께끼로 가득 찬 세계라더니, 사실이었다. 벨란데르, 바마퉁과 함께 푼둠형에서 벗어나기 위해 캐릭터 삭제라는 유혹을 떨치며 수천 번 죽지 않았다면 빈사 상태를 절대로 찾아내지 못했을 것이다.

생명력 1% 이하에서만 발동되는 상태!

생명력 1%면 바람에 스쳐도 죽을 수 있다!

분신에게 생명력을 공급하던 노바디는 그 순간 죽었다. 분신은 소멸되었다.

되살아난 노바디.

레벨 100에 이르지 못했기 때문에 레벨 하락 외에 다른 피해는 없었다.

'빈사 상태에 대해서 좀 더 알아봐야겠다.'

분신을 이용한 노바디는 빠르게 생명력을 1%로 만들었다. 쉬운 일이었다. 여관 뒤뜰로 가서 격렬한 대련만 하면 10분도 못 되어 내공은 바닥나고, 생명력으로 연결한다고 해도 15분이면 죽음에 이른다.

생명력이 1%가 된 순간, 노바디는 분신을 없앴다. 빈사 상태를 좀 더 오래 유지하기 위해서였다.

곧 시야는 캄캄해졌다. 소리로 사방을 파악할 수 있는 청명 덕분에 시각을 잃어도 전혀 불편하지 않았지만, 묘하게 무서웠다. 볼 수 있는 상태에서 일부러 눈을 감는 것과 아예 볼 수 없는 상태는 완전히 달랐다.

몸은 모래주머니를 잔뜩 매단 것처럼 무거웠다. 그래서인지 평지를 걷는데도 급류를 거슬러 올라가는 것 같은 느낌을 받았다.

'신기하긴 해도 그리 도움이 될 것 같지는 않다. 지금은 분신에 집중하자.'

빈사 상태를 자세히 확인한 노바디는 인벤토리에서 회복약 한 병을 꺼냈다. 녹색의 띠지가 감싸고 있는 유리병에는 흰색 지팡이가 그려져 있었다.

생명력이 빠르게 차올랐다. 빈사 상태는 중단되고, 시력이 회복되었다.

노바디는 스킬 창을 띄웠다. 무극심법 제3문 파위의 스킬 레벨은 5 그대로였으나 경험치가 7% 증가해 있었다. 파위를 펼쳐 분신을 만들어 낸 결과가 7%의 경험치 증가인 셈이다.

분신의 지속 시간을 늘리는 방법은 단 하나, 파위의 스킬 레벨을 올리는 것이었다. 파위를 수련하면 내공도 자연스럽게 증가할 테니, 무극심법이야말로 지루하고 단조롭지만 가장 빠른 길일 것이다.

'레벨은 중요해. 레벨이 낮으면 원하는 던전에 들어갈 수도 없으니까. 그러니까 죽음은 최대한 피해야 돼. 그러면서 분신 수련을 해야 하니까, 효과가 높은 회복약을 구해야겠어. 아, 어쩌면 빈사 상태가 유용할지도 모르겠다.'

뭘 해야 할지 결정한 노바디는 접속을 끊었다.

샌더스는 자기 이름이 들어간 간판을 자랑스럽게 바라보았다. 아침 햇살이 비친 간판은 파란 하늘을 배경으로 듬직하게 서 있었다.

샌더스 약종상회

주정뱅이 아버지의 술값 때문에 열 살도 되기 전에 노예로 팔렸지만 이를 악물고 하루하루 살았기 때문에 여기까지 올 수 있었다. 구두쇠, 수전노로 손가락질을 받았지만 개의치 않았다. 지금까지 살아오면서 그 어떤 사람에게도 동정심을 느낀 적이 없었다. 당연히 타인을 불쌍하다고 여긴 적도 없었다.

'나보다 불쌍한 삶을 살아온 사람은 없어. 나처럼 노력하

면 누구라도 성공할 수 있어.'

"나리, 동전 한 푼만 줍쇼."

거지가 다가왔다.

샌더스는 그 거지를 향해 더없이 환한 미소를 보여 주었다.

"잠깐만 기다리게."

안으로 들어간 샌더스는 바가지에 떠 온 똥물을 거지에게
뿌렸다.

"사지 멀쩡한 새끼가 어딜 공짜로 처먹으려고 해! 썩 꺼져!"

최근에 엘루마로 와서 사정이 어두웠던 거지는 혼비백산
놀라서 달아났다. 샌더스는 그 꼴을 보고 껄껄 웃어 댔다.

손님 맞을 준비를 끝낸 샌더스는 상점 안을 마지막으로
살폈다. 돈을 벌기 위해서는 사소한 일에도 최선을 다해야
한다.

노란색, 녹색, 적색, 파란색 등 띠지가 붙은 약병이 선반에
한 치의 오차도 없이 진열되어 있었다. 포장해서 사용하기
쉽도록 만든 약초 가루의 모양도 마음에 들었다. 꾸준하게
잘 나가는 단약은 눈에 잘 띄는 곳에 집중적으로 배치했다.

'음, 좋아.'

만족스러운 표정으로 고개를 끄덕이는 샌더스.

그때, 꼴사나울 정도로 가슴을 심하게 노출시킨 이방인
여자가 동료로 보이는 엘프 남자와 함께 약종상 안으로 들
어섰다.

"어서 오십시오."

샌더스는 고개를 숙였다.

여자는 스스럼없이 녹색 띠지가 붙은 약병을 옆에 놓인 바구니에 잔뜩 담아 계산대로 걸어왔다.

"오늘은 캉트 던전에 내려갈 생각이니까, 이 정도는 필요할 것 같지?"

"……좀 과한 것 같은데."

남자는 녹색 회복약의 개수를 세었다. 생명력을 100% 회복시켜 주는 최고급 '프리마'급 녹색 회복약이니 적어도 500골드는 될 테고, 열 개면 5천 골드에 이른다.

벌써 5만 골드나 썼다. 결코 적지 않은 액수였다. 언젠가 다른 사람들 앞에서 내세울 만한 아이템이나 스킬을 구입하기 위해 악착같이 모아 놓았던 돈이 절반 이상 사라졌다. 바로 저 여자 때문에.

"오빠, 왜 그래?"

"아, 아무것도 아니야. 먼저 나가 있어. 오빠는 계산하고 나갈게."

"역시 우리 오빠야."

여자가 녹색 프리마급 회복약을 챙겨서 약종상 밖으로 나가자, 남자는 샌더스 앞으로 조심스럽게 다가갔다.

"좀 싸게 팔……."

"안 됩니다."

"열 병이나 샀으니 좀 싸게 팔……."

"한 병에 6백 골드, 열 병이니 합쳐서 6천 골드입니다. 샌더스 약종상은 최고로 엄선된 제품만 취급합니다."

"6천 골드? 비싸도 5천 골드잖아요."

"원래 제품에는 정해진 가격이 없습니다. 수요가 많으면 가격이 올라가고, 공급이 많으면 내려가는 법이지요. 아쉽게도 품귀 현상으로 가격이 조금 올랐습니다."

"마, 말도 안 돼! 젠장, 뭐 이런 곳이 다 있어!"

화가 난 엘프가 소리치자, 샌더스가 씩 웃었다.

"경비대를 부를까요? 경비대가 오면 일이 복잡해질 겁니다. 이미 약병을 가지고 나갔는데 값을 지불하지 않겠다고 하시니…… 저는 어쩔 수 없이 그 사실을 알려야 하고, 그러면 경비대는 당신을 절도죄로 체포할 겁니다. 제가 알기로 이방인은 시간을 매우 중요시한다는데, 당신은 재판을 거쳐 적어도 열흘, 어쩌면 그보다 더 오랫동안 감옥에 있어야 할지도 몰라요. 게다가 아무것도 모르고 저 밖에서 당신을 기다리고 있는 여자 친구 역시 공범으로 잡힐 겁니다. 그래도 좋은가요?"

샌더스는 상대의 약점을 건드렸다.

"……."

이방인 엘프는 아무 말도 못 했다.

"병당 7백 골드, 합쳐서 7천 골드."

"······조금 전에는 6천 골드라고 했잖습니까."

"시간은 금이니까요. 8천 골드로 올릴까요?"

"······아니, 아닙니다."

엘프 게이머는 7천 골드를 내고 서둘러 약종상을 빠져나 갔다.

돈을 확인한 샌더스는 휘파람을 불었다. 저런 멍청한 이방 인 덕분에 잘하면 올해 안으로 좀 더 크고 좋은 곳으로 가게 를 옮길 수 있을지도 모른다.

그때, 다른 손님이 상점으로 들어왔다.

샌더스는 약병을 수건으로 닦으면서 그 이방인을 살폈다. 얼굴이 지나치게 컸다. 사람의 몸에 곰의 머리를 얹어 놓은 느낌이랄까.

'이방인들 중에는 가끔 이해하기 힘든 놈들이 있어. 외모 를 자유롭게 바꿀 수 있다면 왜 저런 모습을 할까? 나라면 누가 봐도 눈이 휘둥그레질 미남으로 만들었을 텐데.'

옷은 평범했다. 이제 막 이곳 세계로 도착하여 물정을 모 르는 초보자 같았다.

푸른색 보석이 박힌 목걸이와 손가락에 낀 반지가 왠지 모 르게 거슬렸지만, 전체적으로 룬트란 왕국과 빛의 도시 엘루 마의 실정에 어두운 이방인이라 결론 내릴 만한 복장이었다.

장사꾼에게 가장 필요한 재능은 사람을 정확히 꿰뚫는 안 목이었다. 상대가 어떤 사람인지 알게 되면 거기에 맞춰서 물건을 팔 수 있다. 파는 과정에서 융통성 있게 적절한 이익을 추구할 수도 있다.

그 이방인이 요즘 잘 나가는 프리마급 녹색 회복약 한 병을 들고 계산대로 다가왔다.

'가격을 물어보기 위해선가? 너 같은 초보에겐 어울리지 않는 회복약인데.'

샌더스는 홍보용 미소를 머금고 이방인의 질문을 기다렸다.

"얼마죠?"

"한 병에 600골드입니다."

샌더스는 정가인 500골드에 2할을 붙였다.

'비싸다고 하겠지. 깎아 달라고 하겠지. 그러면 난 환하게 웃으며 널 쫓아낼 거다.'

"한꺼번에 많이 사면 얼마나 깎아 줄 수 있습니까? 예를 들어 열 병을 한꺼번에 구입한다면 말입니다."

그 질문에 샌더스는 깜짝 놀랐다. 오랜만에 자신의 예상을 깨는 이방인이 나타난 것이다.

"음, 쉽지는 않겠지만 병당 550골드에 맞춰 드릴 수는 있을 것 같습니다."

샌더스는 고심하는 척하며 이방인을 관찰했다.

입고 있는 옷, 신고 있는 구두, 허리에 찬 평범한 단검 등 아무리 살펴도 프리마급 녹색 회복약을 한꺼번에 열 병이나 살 만한 재력의 소유자는 아니다.

'장난을 치는 것일까?'

그때, 이방인이 손을 내밀었다.

"제 이름은 노바디입니다."

"……설마?"

샌더스는 조심스럽게 그 손을 맞잡았다. 그 순간, 거금을 들여 손바닥에 새겨 놓은 식별 마법이 실행되었다. 샌더스는 상대가 누군지 알 수 있었다.

"셀레스카르 님의 제자이신 바로 그 노바디 님이시군요. 진작 말씀하시지 그랬어요? 노바디 님이라면 제가 특별히 한 병에 500골드로 모시겠습니다."

샌더스는 그 유명한 이방인 노바디가 이처럼 허름한 꼴로 찾아왔다는 사실에 놀랐지만, 상인으로서의 자세…… 수익을 추구하는 집요함을 잊지는 않았다.

명성이 높은 이방인일수록 그 유명세에 집착한다. 그저 특별히 싸게 해 드리겠다는 말만 하면 얼마든지 이익을 남길 수 있다. 샌더스는 경험으로 그 점을 잘 알고 있었다.

"만약 백 병을 구입한다면요?"

노바디의 두 번째 질문 역시 샌더스의 예측을 뛰어넘었다.

"음, 노바디 님이시기 때문에 특별히 400골드로 가격을 내리겠습니다. 다른 사람들에겐 비밀로 해 주셔야 합니다."

"길 건너편 키렌코 약종상은 350골드까지 해 준다던데."

싱크

노바디가 혼잣말처럼 중얼거렸다.

"흥정을 잘하시네요. 좋습니다. 350골드에 십무낭까지 드리죠."

무낭, 즉 무한의 주머니는 공간 확장 마법이 내부에 설치되어 한꺼번에 많은 물건을 넣을 수 있는 가방으로, 이방인에게 인기가 많았다. 채울 수 있는 물건의 양에 따라 가격이 달라지는데, 샌더스 약종상에서 취급하는 십무낭은 약병 열 개 정도는 거뜬히 넣을 수 있었다.

'그 무한의 주머니는 기껏해야 7백 골드야. 백 병이면 무려 3만 5천 골드나 돼. 이 거래를 성사시키기만 하면 적어도 1만 골드는 챙길 수 있을걸.'

"좋습니다. 계약을 하죠. 아, 잠깐만 기다려 주십시오. 금방 오겠습니다."

노바디가 약종상 밖으로 나가자 급히 계약서를 준비한 샌더스는 일이 손에 잡히지 않았다. 혹시 키렌코 상점으로 가서 가격을 더 깎고 있을지 모른다.

무엇이든 대량으로 주문하면 가격을 깎기 쉽다. 회복약을 제작하는 조약사 길드 역시 대량 주문이라면 두말 않고 할인을 받아들인다. 이 좋은 기회, 절대 놓칠 수 없다.

그때, 노바디가 가게로 돌아왔다.

"노바디 님, 계약서에 서명만 하시면 됩니……."

샌더스는 말문이 막혔다.

지팡이를 짚고 천천히 다가오는 사람은 분명히 그 유명한 이방인 노바디가 맞다. 그런데 왜 저토록 처량해 보일까?

그 어떤 거지에게도 동정심 한번 느낄 수 없었던 샌더스는 급히 고개를 돌려 손수건으로 눈가를 막았다. 자신도 모르게 눈물이 흘러내릴 뻔했다.

'도와주고 싶다!'

샌더스는 자기 뺨을 때렸다.

'정신 차려! 저 이방인은 셀레스카르의 제자야. 오히려 내가 도움을 받아야 할 처지라고!'

이성이 잠시 마음의 왕좌를 차지했지만, 백태가 낀 것 같은 노바디의 회색 눈을 보자 가슴이 뜯겨 나갈 것만 같았다. 샌더스는 뭘 해야 할지 고민하다가 들고 있던 계약서를 발견했다.

'이건 너무 불공평해! 나한테 지나치게 유리해!'

계약서를 찢어 버린 샌더스는 새로운 내용으로 계약서를 작성했다.

"노바디 님, 제발 계약서에 서명해 주십시오. 제 성의를 받아 주십시오."

앞이 보이지 않는 노바디의 손을 잡아다가 반강제로 계약서에 서명을 하게 만든 샌더스는 그제야 마음이 한결 편안해졌지만, 무언가 부족했다. 그걸 찾아내지 못하면 답답해서 죽을 것만 같았다.

그 이유를 깨닫자마자 선반에 있는 비싼 약초, 최고급 회복약, 단약 등을 십무낭에 쓸어 담았다. 두 장의 계약서 중 하나를 주머니에 넣어 준 후, 샌더스는 즐겁게 십무낭을 노바디에게 건넸다.

'이제 좀 낫다.'

노바디를 가게 밖으로 배웅한 샌더스는 안도의 한숨을 내쉬었다. 인간으로서 최소한의 도리를 다한 느낌이었다.

이런 감정, 오랜만이었다. 하루를 충실히 산 후에 침대에 누웠을 때 찾아오는 뿌듯함보다 훨씬 짙고 만족스러운 감정이었다.

급히 십무낭에 약병을 넣느라 흐트러진 선반을 쳐다보던 샌더스는 서서히 이성을 되찾았다. 처음엔 꿈이라고 생각했다. 수십 년 동안 살아오면서 동정심이라곤 느껴 본 적이 없었다.

'그래, 꿈이야. 현실일 리가 없어.'

샌더스는 악몽에서 깨어나기를 기다렸다. 초조해지자 손등을 꼬집고 뺨까지 때려 봤지만 아프기만 했다.

"……아니야."

고개를 흔드는 샌더스.

계산대 위에 놓인 계약서 내용을 본 순간, 샌더스의 눈이 터질 것처럼 커졌다.

회복약 평생 무료!

아무런 조건 없이!

샌더스는 그 계약서를 집어 들고 약종상 밖으로 달려 나갔지만, 어디에서도 노바디를 찾을 수가 없었다.

"안 돼!"

길바닥에 주저앉은 샌더스가 외쳤다.

노바디는 롭시스 국숫집 뒤뜰 커다란 탁자 앞에 앉아서 약종상 주인 샌더스가 건넨 계약서를 몇 번이나 읽었다. 빈사 상태로 가게에 들어갔기 때문에 앞이 보이지 않았고, 당연히 그 내용을 알 수 없었다.

"평생 무료라니. 그 사람 깐깐하게 보였는데 역시 겉모습만으로 사람을 판단하면 안 되는구나."

노바디는 그 이름 '샌더스'를 머리에 새겼다.

약종상에 가기 전, 정육점과 빵 가게에서 빈사 상태를 시험해 봤었다. 동정심 유발은 확실했지만 누구도 샌더스처럼 반응하지는 않았다. 기껏해야 하나 더 끼워 주는 정도였다.

점원 베론이 쟁반에 롭시스 국수 한 그릇을 가지고 다가왔다.

"또 오셨네요. 전 노바디 님을 이해할 수 없어요. 이런 걸 매일 드시러 오시다니요."

그렇게 말한 베론은 뒤도 돌아보지 않고 가게 쪽으로 가 버렸다.

손으로 코를 막아서 악취의 강도를 줄인 노바디는 파워를 펼쳐 분신을 만들었다. 생명력 1% 이하, 즉 빈사 상태가 되기 위해서였다.

분신의 도움으로 빈사 상태가 되자 앞이 깜깜해졌다. 그와 동시에 롭시스 국수의 악취도 사라졌다. 청명으로 국수의 위치를 파악한 노바디는 약간의 두려움을 이겨 내며 면발을 입으로 밀어 넣었다.

"어?"

무미 무취! 맛도 없고 냄새도 없었다.

전혀 괴롭지 않았다. 목구멍 너머로 면발이 내려가자 위장이 반응했지만, 고통과는 거리가 멀었다. 빈사 상태로 인해 강화된 소화력이 롭시스 국수의 힘을 감싸 버린 것이다.

혹시나 하는 마음으로 국물도 마셨다.

'먹을 만하잖아.'

맛없는 멸치 국수를 먹는 느낌이었다. 롭시스 국수의 맛과 냄새를 생각한다면, 이건 기적이었다.

30분도 못 되어 롭시스 국수 한 그릇을 비웠다. 기뻐서 몸을 일으키던 노바디는 균형을 잃고 넘어졌다. 이마가 돌부리에 찍히는 순간, 1% 남은 생명력이 사라졌다.

노바디는 어이없게 죽고 말았다.

초인종 소리에 고형덕은 현관문으로 나갔다. 배달원이 내려놓은 볶음밥을 가지고 거실로 온 그는 텔레비전을 켜 놓은 채 밥을 먹었다.

수많은 페플 게이머처럼 그도 커넥터 밖으로 나와서 밥 먹는 시간이 아까웠다. 하나만 삼켜도 속이 든든해지는 알약이 개발된다면 페플 유저들이 싹쓸이할지도 모른다고 생각한 그는 낄낄 웃음을 터트렸다.

빈 그릇을 복도에 두고 들어온 고형덕은 베란다에서 담배를 피웠다. 페플로 들어가기 전 항상 하는, 일종의 의식 같은 행동이었다.

오늘따라 마음이 무겁다. 풀리지 않는 고민 때문이라는 사실을 그는 잘 알았지만, 답을 찾기 어려울 뿐 아니라 누군가에게 털어놓고 조언을 구할 수조차 없어서 더 답답했다.

"일단 들어가 보자."

고형덕은 커넥터가 놓인 곳으로 걸어갔다.

섬광이 사라지자, 홍길동은 룬트란 왕국 남서부 빛의 도시 엘루마의 테페오 광장 중앙에 서 있는 자신을 발견했다. 이곳에만 오면 왠지 모르게 힘이 넘친다.

'이런 게 중독이란 건가.'

홍길동은 사자 청동상이 얹힌 대리석 기둥 아래로 걸어갔다. 거기에는 이미 벤타가 기다리고 있었다.

"형님!"

반갑게 손을 흔들며 달려오는 벤타.

첫 만남은 그리 좋지 않았다. 현상금 걸린 벤타를 홍길동이 소매치기 현장에서 바로 잡아 경비대에 넘겼던 것이다. 그럼에도 벤타는 그 일로 홍길동을 원망한 적이 한 번도 없었다. 오히려 헌터로서 해야 하는 지극히 당연한 의무라고 몇 번 언급했다.

벤타와 같이 일을 하게 된 건, 사실 이곳 엘루마를 속속들이 알기 위한 선택이었다.

엘루마의 뒷골목에서 태어나고 자란 벤타는 이 커다란 도시에 대해 모르는 게 없었다. 특히 범죄가 벌어지는 어둠의 세계에 대해서는 손금 들여다보듯 빠삭해서 홍길동에게 적잖이 도움이 되었다.

벤타가 잡아야 할 현상금 수배범의 정보를 가져오면 홍길동은 직접 움직여 그자를 잡는다. 그런 다음에 현상금을 일정 비율로 나눈다.

현재 그 비율은 4 대 6이었다. 물론 물리적 위험을 감수하는 홍길동이 6이었다.

"오늘은 악질 같은 놈이에요, 형님."

벤타는 종이 한 장을 내밀었다.

"악질?"

"갈분자에다 소아성욕자예요."

갈분은 황갈색 가루로, 소량으로도 환각 현상을 일으키는 물질이었다. 갈분자는 곧 마약중독자를 의미했다.

"……소아성욕자?"

"어린 소녀만 보면 참지 못하는 놈이에요. 정말 악질이죠?"

"어, 디, 있, 냐?"

홍길동은 꼭지가 돌기 직전이었다. 이곳 페플에도 그런 놈이 있을 줄이야.

"따라오세요."

벤타는 그 반응을 예상한 듯 이미 달리고 있었다.

제법 강한 녀석이 있어서 고전했지만, 전투는 한 시간이 채 걸리지 않았다. 홍길동이 황금잎사귀 엘프의 거주지 룩소르 숲으로 이어지는 남문 근처 허름한 건물 지하실을 폐허로 만드는 데 딱 한 시간 걸린 셈이었다.

굴비처럼 밧줄로 줄줄이 엮어 경비대로 데려가서 넘긴 홍길동은 짭짤한 현상금의 40%를 벤타에게 건넸다.

"형님은 대단하세요. 혼자 그 고약한 놈들을 다 처리할 줄은 상상도 못 했어요."

벤타는 번들거리는 눈으로 금화를 세었다.

"괜찮겠냐?"

"뭐가요?"

고개를 든 벤타.

"놈들은 날 죽도록 미워하겠지만, 너도 예외는 아닐 거다. 어쩌면 헌터 길드 소속인 나보다 네가 더 복수하기 쉬운 대상일지도 모르겠다."

"절 걱정하시는 거예요?"

"걱정이라니. 난 그딴 건 안 한다."

"형님은 진짜 사내예요. 속내를 드러내지 않는 진정한 영웅 말이에요. 염려 안 하셔도 돼요. 이제까지 형님께 알려 드린 현상금 수배자들은 모두 이방인이거나, 이방인과 엮인 더러운 놈들이거든요."

홍길동은 벤타가 보여 주는 자신감의 근거를 그제야 이해할 수 있었다. 벤타 혼자 그토록 정확하고 가치 있는 정보를 모아 올 수는 없다. 뒤에 꽤 규모가 있는 조직이 있는 것이다. 아마도 이방인의 침투에 불안을 느낀 범죄 조직이 벤타를 이용하여 자신에게 그 정보를 전달했을 것이다.

'여기도 저 바깥세상과 같구나.'

홍길동은 쓸쓸하게 웃었다.

벤타와 헤어진 그는 여관으로 돌아왔지만, 선뜻 안으로 들어갈 수가 없었다.

"오늘은 일이 빨리 끝난 모양이오."

뒤에서 들린 목소리.

"아, 그저 운이 좋았소."

"아직 날이 밝지만, 술 한잔하시겠소?"

"그럴까요?"

홍길동은 전직 용병과 함께 낡은 술집으로 들어섰다. 술맛이 독해서 이방인은 잘 찾지 않는 곳이었다.

두 사람은 자기 앞에 놓인 잔을 비운 후 상대의 잔에 술을 채워 줄 뿐, 별로 말이 없었다. 그런 과묵함에 만난 지 얼마 되지 않았음에도 이렇게 가끔 함께 술을 마시는지도 몰랐다.

"혹시 어촌 출신이오?"

전직 용병 겔란드가 물었다.

"아니오만."

홍길동은 속으로 깜짝 놀랐다.

아버지가 싫어서 고향을 일찍 떠났지만 어촌 출신이라는 점은 부정할 수 없었다. 그 순간, 타지로 나와 학교를 다닐 때, 몸에 밴 생선 냄새가 나지 않을까 노심초사했던 옛날 일이 떠올랐다.

"왠지 모르게 바닷바람이 느껴지는 것 같아서 말이오."

두 사람은 한참 동안 침묵 속에서 술을 마셨다. 이번에는 홍길동이 입을 열었다.

"요즘 고민이 있으신 모양이오."

"……삶이란 게 고민의 연속이지만, 밤잠을 설칠 정도로 고민하는 건 오랜만이오. 어떻게 아셨소?"

싱크

"얼굴에 드러나니까요."

"그렇군요."

또다시 이어지는 고요한 시간.

"일어날까요?"

겔란드가 말했다.

"그러죠."

두 사람은 여관까지 함께 걸었다. 그리고 각자의 방으로 헤어지기 전, 서로를 바라보며 가볍게 고개를 끄덕였다.

방에 들어와 침대에 누워 버린 홍길동은 라마간 시장과 벤타 그리고 겔란드를 떠올리며 한숨을 내쉬었다.

"빌어먹을."

전종환 경사가 준 오블랑 입문 퀘스트를 완수하려면 누군가의 목숨을 빼앗아야 한다. 처음엔 그리 어렵지 않다고, 꺼림칙하지만 해 버리면 그만이라고 생각했다. 그러나 라마간 시장을 비롯해 벤타, 겔란드 등 이곳 페플에서 만난 NPC를 떠올리면 그 퀘스트는 점점 불가능한 임무로 느껴졌다.

사람은 사람을 죽여선 안 된다. 그러나 NPC는 사람이 아니다. 그러니 NPC를 죽이는 일에 죄책감이나 양심의 가책 따위를 느끼는 건 비정상적이다.

머리는 그렇게 주장했다.

가슴은 아니었다.

전직 용병 겔란드처럼 함께 술을 마시면 마음이 편안해지

는 사람은 현실에서도 만난 적이 없다. 인연이라는 이유로
그 귀한 용갑을 선뜻 내주는 사람은 현실에는 없을 것이다.
벤타처럼 순수한 소매치기도 현실에는 존재하지 않는다.

임무는 지금 당장이라도 끝낼 수 있다. 검을 들고 목표물
이 있는 방으로 들어가 심장에 꽂으면 된다.

"휴우."

한숨이 터져 나왔다.

전종환 경사가 요구한 암살 대상은 체리언 델 뮤카멘, 바
로 이 여관에 투숙한 NPC로 전직 용병 겔란드의 일행이었
다. 놀랍게도 그 일행은 유저와 NPC가 섞여 있는데, 신기할
만큼 관계가 좋아 보였다.

오다가다 슬쩍 본 것만으로도 그 일행의 중심에는 노바디
라는 유저가 있음을 홍길동은 눈치챌 수 있었다. 겔란드는
노바디의 대사형이었고, 체리언 델 뮤카멘은 노바디와 계약
한 NPC였다.

최근 노바디는 엘루마 최고의 이슈였다. 노바디가 유명한
마법사들, 무인들, 심지어 세븐 길드라는 거대 세력과 경쟁
하여 이겼다는 소문이 엘루마 전역에 퍼져 있었다.

사실, 그 때문에 홍길동 역시 호기심에 이끌려 롭시스 국
수를 먹기 위해 국숫집으로 갔다. 줄이 긴 데다 하루에 만
들 수 있는 롭시스 국수의 양이 정해져 있어서 냄새만 맡았
는데, 생명력의 45%가 한꺼번에 빠져 버려 당황했었다.

노바디는 겔란드는 물론 체리언, 스스로 체리라 불리기를 원하는 NPC를 진짜 사람처럼 대했다. 장난을 치기도 하고 때로는 정색하는 모습도 보였는데, 그 행동을 보면 홍길동은 왠지 모르게 가슴이 시원해지는 느낌을 받았다.

마치 풀기 위해 오랜 시간을 투자한 까다로운 문제의 정답을 본 느낌이었다.

그런 생각이 들 때마다 홍길동은 급히 머릿속을 비웠다. 현실과 가상에 혼란을 느낀 극소수 게이머가 식칼을 들고 가족이나 일면식도 없는 행인을 몬스터로 간주하고 찔러서 죽인 사건이 떠올랐던 것이다.

'여긴 가짜 세계고, 그들은 가짜 사람이야.'

그렇게 마음을 다잡을수록 고민은 깊어졌다.

갑자기 괜찮아 보이는 아이디어 하나가 떠올랐다. 그 어떤 게이머보다도 페플에 깊이 빠져 있는, 반쯤 미쳐 있는 노바디라는 유저를 직접 만나면 이 고민이 해결될지도 모른다는 생각이 뇌리를 스친 것이다.

만약 노바디가 정상적인 사람이라면, 이야기를 나누었을 때 조금도 위화감이 느껴지지 않는, 사회적으로 아무런 문제가 없는 사람이라면 마음껏 이곳 NPC를 진짜 사람처럼 대해도 된다는 확신을 얻을 수 있을 것 같았다.

노바디가 뉴스에 나올 만큼 극단적이고 사회에서 격리되어야 할 사람이라면…… 고민을 억누른 채 체리언 델 뮤카멘을 죽이고 전종환 경사를 찾아가게 될 터였다.

"좋아."

홍길동은 유저 노바디에 대한 정보를 공식적으로 요청했다.

이곳에서의 신분 역시 경찰이었기 때문에 수사 과정에 필요한 정보를 입수할 권한은 여전했다. 용의자라면 재정·인간관계 등 보다 깊숙한 정보까지 파고들 수 있지만, 단순한 참고인이라면 캐릭터 속성과 현실에서의 이름, 주소 등 기본적인 정보만 주어졌다.

회답은 짧으면 사나흘, 길면 열흘이 걸린다. 홍길동은 이번 결정으로 깊은 고민이 해결되기를 간절히 바랐다.

크리티컬 어택

새벽 4시.

김현은 두어 시간의 잠에서 깨어났다. 두세 시간이면 충분했다. 오래되어 색깔이 바랜 붉은 소파에서 몸을 일으킨 그는 간단히 세수를 하고 물을 마신 후 페플로 접속했다.

어둠이 내려앉은 여관 뒤뜰은 수련하기에 딱 좋을 만큼 고요했다.

무극심법 제1문 축현. 몸의 무게중심을 낮춘 자세로 땅의 기운을 내부로 받아들이는 자세. 그 자세를 처음 시작했을 때는 온몸이 다 아팠지만, 지금은 하루라도 빼먹으면 이상할 만큼 익숙해진 상태였다.

노바디는 축현 수련 시간을 늘릴 방법을 고민하고 있었다.

축현은 무극심법의 기초이자 토대였기 때문에 소홀히 할 수 없다.

문제는 하루가 스물네 시간이라는 사실이다. 축현에 푹 빠져 몇 시간 동안 꼼짝도 하지 않으면 쌍각이나 파위, 수라부월공과 광현칠검보 등 다른 무술을 익힐 시간이 줄어든다. 하루 종일 수련만 할 수는 없기 때문이다.

답은 분신이었다.

노바디는 분신을 만들어 냈다.

요즘엔 뭘 하든지 분신과 함께했다. 파위의 스킬 레벨을 올리기 위한 결정이었다. 내공은 물론 생명력까지 소모되면 천사 같은 상인 샌더스 덕분에 확보한 회복약을 마셨다.

노바디를 포함하여 네 명이 마보를 취한 채로 기를 모았다. 분신의 장점이 발휘되었다. 땅과 담벼락을 덮으며 천천히 흐르는 새벽안개가 서서히 소용돌이치며 노바디와 분신들을 에워쌌다.

'분신이 늘어날수록 수련 시간도 늘어나는구나. 한 시간 축현을 수련하면 저 녀석들로 인해 네 시간 동안 꼬박 수련한 것과 같겠지.'

노바디는 분신의 수를 왕창 늘리고 싶었다. 분신을 백 명으로 늘릴 수 있다면 한 시간을 백 시간처럼 사용할 수 있을 것이다. 그보다 더 많은 분신을 만들어 낼 수 있다면 시간이 부족하다는 생각은 사라질 것이다.

"그렇게 되면, 디월드 뎁스 파이브의 세계로 굳이 내려갈 필요는 없어. 여기서도 시간은 충분할 테니까."

한 시간 남짓 축현의 자세로 대자연의 기를 흡수한 노바디는 제2문 쌍각을 생략했다. 쌍각은 새벽의 고요를 깨 버리기 때문에 시끌벅적한 낮에 주로 수련했다.

파워로 생겨난 세 명의 분신은 제각기 다른 무술 수련에 돌입했다. 사라겐의 비월을 손에 쥐고 수라부월공을 익히는 첫 번째 분신, 그다음은 목검을 들고 광현칠검보의 두 번째 초식을 연구 중이었다. 세 번째 분신은 이미 익숙한 천무삼권과 최근에 알게 된 청지풍을 맡았다.

분신들은 몸에 이상이 생기면 노바디가 미리 나눠 준 회복약을 마셨다. 그 덕에 노바디는 그들의 몸 상태를 일일이 확인하고 신경 쓸 필요가 없었다.

노바디는 파워가 깨지지 않도록 조심하며 울창한 나무 아래로 가서 앉았다. 안진후에게서 받은 뱀파이어 마법서를 꺼낸 그는 천천히 책을 읽었다. 뱀파이어 특유의 마법 체계를 알게 되면 대처법도 찾아낼 수 있을 것 같아서였다.

무공을 수련하는 분신들은 짧으면 30분, 길어도 1시간 만에 회복약을 마셔야 했다. 회복약이 없다면 얼마 버티지 못하고 사라질 것이다. 대련이라도 할 경우엔 지속 시간이 더 짧았다. 한 시간에 적어도 세 개, 많으면 여섯 개 이상의 회복약이 소비된다는 뜻이다.

병당 수백 골드에 달하는 고급 회복약을 마시면 거짓말처럼 몸 상태가 좋아지고 내공도 채워진다. 분신은 저마다 맡은 무공 수련을 재개했다.

'샌더스가 도와주지 않았다면 어마어마하게 많은 돈이 깨졌겠지. 샌더스 같은 사람은 다시없을 거야.'

미리 설정해 둔 알람이 울렸다. 아침 7시라는 뜻이다.

"벌써 이렇게 됐나?"

노바디는 접속을 끊었다.

아침 7시 30분.

샤워를 하고 나온 김현은 보글보글 뚝배기 안에서 끓는 해물 된장찌개를 보고 활짝 웃었다.

물리적인 관점에서 보자면 몸은 커넥터에 가만히 있어서 에너지 소모가 없어야 정상이지만, 페플에서 집중적으로 수련을 하면 이곳에서의 몸 역시 영향을 받는 듯 배 속에서 느껴지는 허기가 어마어마했다.

"오늘도 일찍 페플에 들어갔더라."

"해야 할 일이 있어서."

김현은 엄마 눈치를 살짝 봤다. 그 일이 터지기 전의 엄마는 게임하는 아들을 내버려 두지 않았었다.

"잠이 부족하지 않니?"

"낮잠으로 보충해."

김현은 거짓말로 둘러댔다. 낮잠? 시간이 아까워서 상상도 할 수 없는 일이었다.

"요즘 얼굴이 안 좋아. 피곤해 보여. 눈도 퀭하고. 어디 아픈 건 아니지?"

"전혀."

다행히 엄마는 더 깊이 파고들지 않았다. 눈치 빠른 엄마라면 몇 개의 질문만으로 김현이 숨긴 부분을 알아낼 수 있을 터였다.

밥을 세 공기나 먹어 치운 김현은 배를 두드리며 일어나, 엄마가 좋아하는 아이스커피를 만들었다. 믹스 커피 세 봉을 넣은 아이스커피는 한 모금만으로도 정신이 번쩍 들 만큼 맛이 진했다.

텀블러에 아이스커피를 넣은 엄마는 아들을 향해 밝게 웃었다.

"갔다 올게. 밥 잘 챙겨 먹어. 그리고 오늘 저녁엔……."

"회식이 있다는 거, 어제 말했어. 걱정 마. 진후랑 같이 밥 먹기로 했으니까."

"그래?"

엄마는 가방에서 지갑을 꺼냈다.

그 행동이 무엇을 의미하는지 알았지만 김현은 가만히 있었다. 엄마는 만 원을 두 장 꺼냈다가 한 장 더 추가했다. 3만 원을 건넨 엄마는 미안해하는 표정을 지었다.

"맛있는 거 먹어."

"알았어."

김현은 자기가 얼마나 부자인지 엄마에게 알려 주고 싶지만, 아직은 때가 아니라는 생각에 입을 다물었다.

엘리베이터 앞에서 엄마를 배웅한 아들은 주방으로 가서 설거지를 시작했다. 그릇을 씻는 이 단순한 노동에 시간을 뺏기기 싫었던 김현은 고개를 갸웃거렸다.

"가능할까? 해 보자."

거실 중앙으로 간 김현은 심호흡으로 마음을 가라앉혔다. 그런 후에 파워를 펼쳤다.

처음엔 주위로 흐릿한 윤곽만 드러났다. 그러다가 몸에서 거대한 힘이 외부로 빠져나가며 그 연결이 뚝 끊기는 순간, 분신이 나타났다.

그러나 분신은 곧 흐릿해지며 소멸되었다. 페플처럼 독립적인 분신은 아직 현실에서는 어려운 듯했다.

분신 생성에 실패해도 그만큼 내공과 생명력이 줄어든다. 인벤토리에서 녹색 회복약을 꺼내어 마신 김현은 싱크대 앞에 섰다.

아침 8시.

반팔 티셔츠에 반바지 그리고 운동화까지 갖춘 김현은 자신의 방에서 현섬을 펼쳤다. 공간 이동술로 사라진 그는 천

싱크

무관의 은밀한 수련실인 계관 뒤쪽 덤불 사이에 나타났다.

주위를 둘러봤다. 깜짝 놀라 나뭇가지를 박차고 날아오른 새 몇 마리만 제외하면 목격자는 없는 듯했다.

수풀 밖으로 나와 계관 입구에 선 김현은 손을 뻗어 벽면 사이를 더듬었다. 열쇠 일부가 손에 잡혔다.

계관 정문을 여는데 뒤에서 소리가 들렸다. 인기척을 이미 알아챘기 때문에 김현은 전혀 놀라지 않았다. 천무관을 이끄는 실세이자 현기명 노관장의 수제자인 강영준이었다.

대리석으로 조각된 석상처럼 변하지 않는 표정, 사람 속을 들여다보는 듯한 고요한 시선, 뱀처럼 소리 없이 움직이는 행동으로 유명한 강영준을 본 김현은 고개를 숙였다.

"대사형을 뵙습니다."

"아침마다 이곳에 와서 수련을 하는 모양이구나."

계관을 바라보는 강영준의 시선은 복잡했다. 그 자신조차 공식적이든 비공식적이든, 계승자의 수련실인 저곳을 이용해도 된다는 허락은 받은 적이 없었다.

"가끔 옵니다."

"둘째 말로는 천부선공 제3문 파위를 수련 중이라던데."

가늘게 떨리는 강영준의 눈빛.

"사부님 덕분에 겨우 맛만 봤을 뿐이에요."

"대단하구나."

입은 웃으려 하지만 얼굴 전체적으로 오히려 딱딱하게 굳고 말았다.

"과찬입니다."

"언제 한번 밥이나 같이 먹자."

"네, 대사형."

"수고해라."

강영준은 뒷짐을 진 채 계관에서 멀어졌다.

긴장으로 힘이 들었던 김현은 길게 숨을 내쉬면서 계관 안으로 들어섰다. 밤새 가라앉은 공기의 무게가 느껴지는, 묘한 장소였다.

도복으로 옷을 갈아입은 김현은 계관 중앙에 서서 무극심법 제2문 쌍각 중 타각을 펼쳤다. 견고하게 얽혀 있는 마룻바닥이 피아노 건반처럼 달그락거리며 충격파가 사방으로 퍼져 나갔다. 바로 좌각을 펼치자 그 힘이 김현을 향해 몰려들며 계관 내부가 조용해졌다.

타각, 좌각을 동시에 펼쳤다. 거대한 기의 풍선이 계관을 가득 채웠다.

'여기서 규검을 펼치면 어떨까? 누구든 맞으면 죽고 말 거야. 위험해.'

김현은 기를 흩었다. 목검을 꺼내어 규검을 펼치는 동안 누가 들어온다면 돌이킬 수 없는 비극이 벌어지고 말 터였다.

오전 10시.

수련을 마친 김현은 샤워한 후에 반팔, 반바지 차림으로 옷을 갈아입었다. 다시 주위를 살피다가 계관 뒤쪽 수풀로 들어간 그는 현섬으로 이동했다.

집에는 평소처럼 아무도 없었다.

운동화를 벗어서 소파 옆으로 던진 김현은 냉장고로 가서 바나나, 초콜릿, 우유, 빵 등을 꺼내어 쉬지 않고 먹었다. 워낙 많이 움직였기 때문에 에너지를 만들어 내는 음식을 아무리 먹어도 배가 고팠다.

배를 채운 김현은 가볍게 몸을 푼 다음, 페플 커넥터로 들어갔다.

오전 11시.

롭시스 국숫집 뒤뜰은 아담하면서도 질서가 있는 정원이었다. 군데군데 놓인 바위 옆에는 서로 색깔이 다른 꽃이 심겨 있고, 따가운 여름 햇살을 막아 줄 만큼 크고 울창한 나무 몇 그루가 절묘한 위치에 자리를 잡고 있었다.

그늘로 바람이 솔솔 불었다.

노바디는 탁자에 앉아 주문한 국수가 나오기를 기다렸다. 겔란드 대사형의 충고대로 시간이 날 때마다 이곳으로 와서 그 끔찍한 국수를 먹었던 것이다.

점원 베론이 쟁반을 들고 다가왔다. 쟁반 위에는 롭시스 국수 두 그릇이 놓여 있었다.

"확실히 노바디 님은 미쳤어요. 두 그릇이라니요? 정말 대단한 분이에요."

칭찬인지 비아냥거림인지 알 수 없는 말투.

노바디는 베론의 태도와 눈빛에 신경 쓸 여력이 없었다. 마음을 단단히 먹어야 저 요리를 먹어 치울 수 있을 터였다.

롭시스 국수가 앞에 놓였다.

노바디는 시꺼먼 국물과 새까만 면발을 노려보며 마음을 가다듬었다. 비장미마저 느껴졌다. 베론은 고개를 절레절레 흔들며 가게로 돌아갔다.

"……피할 수는 없어."

노바디는 파워를 펼쳐 분신을 만들어 냈다. 분신과의 대련이 시작되었다. 수라부월공으로 서로를 죽일 듯 틈을 공략하자 곧 생명력은 5% 아래로 떨어졌다.

생명력 1%가 된 순간, 메시지 창이 떴다.

-빈사 상태가 발동되었습니다.

노바디는 즉시 분신을 무로 되돌렸다.

"먹어 볼까?"

쇠도 먹어 치울 듯한 소화력에 후각, 미각이 마비된 상태여서 노바디는 즐겁게 롭시스 국수 앞으로 향했다. 손가락을 서로 부딪쳐 '딱딱' 소리를 내면서. 어쨌거나 지난번처럼 돌부리에 걸려서 넘어지는 바람에 죽는 일은 없어야 했다.

싱크

오후 1시.

검 토포레를 손에 쥐고 살금살금 앞으로 걷던 아로간타르의 발이 바닥의 돌을 꾹 눌렀다. 커다란 판석은 '딸깍' 소리를 내며 5센티미터가량 아래로 내려갔다.

아로간타르가 고개를 돌려 노바디를 쳐다봤다. 눈꼬리가 아래로 처져 처량함마저 느껴진다. 노바디 뒤쪽에서는 분신 세 명이 저마다 다른 무공을 수련하고 있었다.

"셋에 뛰어."

노바디는 하나, 둘을 말한 다음 사라젠의 비월을 던졌다.

노바디의 입에서 셋이 튀어나온 순간, 아로간타르는 날아오는 커다란 도끼 위로 몸을 날렸다. 와르르 무너지는 바닥을 도끼 위에 서서 내려다본 아로간타르의 가슴이 서늘해졌다. 저 밑에 뾰족한 쇠꼬챙이가 발 디딜 틈도 없이 위를 향해 꽂혀 있었던 것이다.

양날도끼는 넓은 공간을 선회하여 파티가 있는 곳으로 날아왔다. 도끼에서 뛰어내린 아로간타르는 안도의 한숨을 내쉬었다. 이곳에서 죽는다고 해도 대기실이라 불리는 곳에서 부활하겠지만, 죽을 때마다 내면의 자존심이 갈가리 찢겨서 진짜로 죽는 느낌이었다.

"죄송합니다, 대사형."

고개를 숙인 아로간타르.

노바디는 캉트 던전의 특징, 그중에서도 함정과 덫이 곳곳에 설치되어 있다는 사실을 파티원에게 설명했다. 누구도 시프나 헌터 특유의 트랩 감지 스킬을 익히지 않았기 때문에 노바디 자신이 선두에 나서야 한다고도 말했다.

아로간타르는 그럴 수 없다고, 자신이 가장 위험한 앞쪽을 맡겠다고 고집을 부렸다. 그 결과 멀쩡했던 통로 바닥이 아래로 무너진 것이다.

"알면 됐어."

분신을 풀어 버린 노바디는 앞으로 나섰다.

사라겐의 비월에 올라탄 채 꺼진 함정 위를 천천히 날아간 노바디는 손가락을 튀겨 소리를 내며 벽과 천장, 바닥의 구조를 살폈다. 딱딱딱 소리가 퍼져 나가면 눈으로 볼 수 없는 곳까지 확인할 수 있었다.

'여기에 가느다란 선이 있을 줄이야.'

노바디는 몸을 숙여 머리 위로 지나가는 투명한 선을 자세히 관찰했다. 멋모르고 저 선을 건드리면 벽 내부에 설치된 화살이 비처럼 쏟아질 터였다.

다행히 아직 캉트 던전 지하 1층 초반이라서 그런지 여러 개의 함정이 연계된 복합 함정은 아니었다. 노바디는 기다리는 파티원들에게 함정 구조를 설명한 뒤, 지시를 내렸다.

"아로간타르는 비월을 타고 와. 바마퉁 너는 추익을 펼쳐 체리를 데리고 올 수 있지?"

"……내가?"

바마퉁의 눈이 커졌다.

"할 수 있어."

아로간타르를 향해 사라겐의 비월을 가볍게 던진 노바디는 앞쪽으로 한 걸음 나아가며 손가락으로 딱딱 소리를 냈다. 딱딱한 바닥 아래와 벽 안쪽에 무언가 단단한 것이 숨어 있었다. 노바디는 눈을 감고 다시 잠수함이 소나로 타깃 위치를 탐지할 때처럼 손가락을 튀겼다.

'스톤골렘이야. 정보가 꽤 도움이 되는구나. 앞으론 좀 더 열심히 공부해야겠어.'

몸을 돌린 노바디는 아름다운 날개를 활짝 펼친 바마퉁이 붉게 달아오른 표정으로 체리를 안고 날아오는 광경을 볼 수 있었다. 아로간타르는 이미 무너진 함정을 절반 이상 건너온 상태였다.

파티원들이 무사히 건너오자 노바디는 바로 스톤골렘에 대해 알렸다.

"스톤골렘을 어떻게 없애죠?"

걱정이 가득한 아로간타르의 얼굴.

"빙계 마법사가 있으면 좀 쉽지만, 없어도 죽일 수는 있어. 급소가 있으니까."

노바디는 손가락으로 아로간타르의 목, 명치 그리고 사타구니를 가리켰다. 아로간타르가 몸을 움찔거렸다.

시선을 옮긴 노바디는 체리와 바마퉁을 쳐다봤다. 언제 어디서든 당당한 얼굴인 체리와 달리 바마퉁은 이미 실수를 저지른 듯한 표정을 짓고 있었다.

"시간이 좀 걸릴 거야. 부탁해."

인터넷에서 확인한 정보가 옳다면 현재 파티의 능력으로 스톤골렘 한 놈을 죽이는 데 대략 30분 정도는 걸리겠지만, 이쪽은 공격력이 강한 스톤골렘에게 두 방 연속으로 맞으면 죽어 버릴지도 몰랐다.

"염려 마세요, 마스터."

체리만 대답했다.

노바디는 바마퉁 앞으로 가서 여전히 떨고 있는 드워프의 귀에 대고 속삭였다.

"긴장 풀어. 넌 할 수 있으니까."

"……고마워."

선두로 복귀한 노바디는 사라겐의 비월을 앞으로 던졌다. 거기에 반응하듯 벽과 바닥을 뚫고 바윗덩이가 다닥다닥 붙어 있는 거인이 나타났다. 스톤골렘은 두 마리였다.

"제가 왼쪽을 맡겠습니다."

아로간타르는 급한 성격을 참지 못하고 검을 앞세운 채 앞으로 달려 나갔다.

고개를 흔든 노바디는 오른쪽 스톤골렘을 향해 사라겐의 비월을 던졌다.

15분 가까이 스톤골렘의 급소를 중심으로 두드리던 노바디는 이 방식으로는 시간이 너무 오래 걸린다는 결론에 이르렀다. 어떻게든 빨리 골렘을 쓰러뜨려야 한다. 블로그나 공략 설명 사이트에서 본 급소 공격은 그리 효과적이지 않았다.

'최소 열 명, 어쩌면 스무 명 이상의 파티에게 적합한 방법이었어.'

퍽.

스톤골렘이 휘두른 팔꿈치에 맞았다. 용현갑이 발동되어 파괴력의 대부분을 흡수했지만, 워낙 레벨이 낮았기에 노바디의 생명력 중 65%가 사라졌다.

그때, 하얀 기운이 몸을 덮었다. 생명력은 금세 80%까지 차올랐다. 노바디는 연이어 주먹을 뻗는 스톤골렘의 공격을 피하며 뒤쪽에서 보고 있을 바마퉁을 향해 엄지를 세웠다.

25분이나 두들겼지만 스톤골렘은 행동이 조금 느려졌을 뿐 여전히 위력적이었다.

왼쪽을 맡았던 아로간타르의 숨소리가 점점 거칠어졌다. 직접 개조한 석궁 트리플에 화살 대신 가루형 회복약을 장착한 체리와 사토르의 장갑을 착용한 바마퉁이 적극적으로 도왔지만, 아로간타르는 한계에 이른 상태였다.

'이대로는 안 돼. 직접 확인해 봐야겠어.'

노바디는 인터넷에서 찾아낸 정보를 무시하기로 마음먹었다. 목, 명치, 사타구니는 분명히 스톤골렘의 급소였다. 문제는 충분할 만큼의 정교한 타격이 이뤄지지 않는다는 점이었다.

　노바디는 사라겐의 비월을 공중에 띄워 놓은 채 스톤골렘 가까이 다가갔다. 천무삼권 중 시위현동에 몸과 마음을 집중시켰다.

　스톤골렘은 화가 나서 고함을 지르며 주먹을 휘둘렀지만 그림자처럼 달라붙어 있으면서도 전혀 맞지 않는 노바디를 떨쳐 낼 수가 없었다.

　노바디는 손을 뻗어 골렘의 등, 다리, 팔, 어깨 등을 만졌다. 내부를 좀 더 깊이 알아내기 위해서였다. 시간이 짧아서 깊이 파고들기는 어려웠다.

　'맞아서 죽더라도 알아내야 해.'

　키가 4미터에 이르는 스톤골렘의 허벅지에 왼손을 올린 노바디는 공격을 피하지 않았다.

　오른손으로 날아오는 주먹의 방향을 바꾸었다. 바로 화결의 묘리였다. 힘의 차이가 어마어마해서 완벽한 화결은 어려웠지만, 스톤골렘의 주먹이 벽에 박히도록 만들 수 있었다.

　그 순간, 노바디는 스톤골렘 내부에서 요동치는 에너지를 느꼈다.

　'세 개의 점에서 힘이 흘러나오고 있어. 목, 명치, 사타구니와 가까운 곳이긴 한데, 조금씩 움직이고 있어. 정확히, 순서대로, 가능하면 동시에 타격을 해야 이 안정된 구조를 무너뜨릴 수 있겠어.'

"마스터!"

"노바디!"

체리와 바마퉁이었다.

노바디가 뒤를 돌아본 순간, 아로간타르를 상대하던 스톤
골렘의 발이 노바디를 걷어찼다. 지친 아로간타르가 잠시 뒤
로 물러난 틈을 노린 것이다.

–크리티컬 어택이 터졌습니다.

단 한 번의 발길질에 노바디는 죽고 말았다. 힐링 마법을
펼칠 기회조차 없었다.

대기 홀에서 부활한 노바디는 레벨 하락에 대해서는 조금
도 생각하지 않았다. 북적거리는 게이머 중 일부가 다가와
파티에 참가하지 않겠냐고 물어볼 때도 노바디는 아무 말도
하지 않고 생각에 잠겨 있었다.

'스톤골렘의 몸에 손을 대지 않고도 급소의 위치를 정확히
알아내야 돼. 어떻게 해야 할까? 일단은 계속 내려가 봐야겠
어. 여러 번 보면 익숙해질 테니까.'

파티원이 돌아올 때까지 빈둥거릴 생각이 전혀 없는 노바
디는 구석으로 가서 자세를 잡았다. 바로 무극심법 제1문 축
현이었다. 마음 같아서는 분신을 만들어 서로 다른 무공을
동시에 익히고 싶지만, 그랬다가는 사람들이 몰려들어 오히
려 불편해질 것이다.

노바디는 마보 자세로 스톤골렘 공략법을 진지하게 고민했다.

오후 3시.
노바디는 일곱 번 더 죽었다. 헛된 죽음은 아니었다. 덕분에 스톤골렘의 내부 구조와 약점을 깊이 알게 된 것이다. 그 생생한 지식을 바탕으로 스톤골렘 필승법까지 찾아냈다.
스톤골렘이 바닥을 뚫고 올라왔다.
"마스터."
체리의 목소리에는 염려가 담겨 있었다. 아로간타르와 바마통의 시선도 마찬가지였다.
"날 믿어."
그렇게 말한 노바디는 파위로 분신 하나를 만들어 냈다.
분신이 스톤골렘의 시선을 빼앗는 동안, 노바디는 배후로 돌아갔다. 접촉을 통해 급소의 정확한 위치를 알아낸 순간, 노바디와 분신 그리고 사라겐의 비월이 동시에 움직였다.
노바디는 명치 부근의 급소를 수라부월공 맹부단월의 수법으로 가격했다. 분신은 사타구니의 급소를 무릎으로 올려 쳤다. 사라겐의 비월은 목에서 가까운 급소로 박혔다.
-크리티컬 어택이 터졌습니다.
정교한 삼중 타격에 스톤골렘은 뻣뻣해졌고, 곧 와르르 무너져 돌무더기가 되고 말았다.

레벨이 올랐다는 메시지 창을 시크하게 내린 노바디는 경악한 파티원들의 표정에 미소를 머금었다. 고생한 보람이 있었다.

"어때?"

"대사형, 대체 어떻게 하신 겁니까? 제게도 알려 주십시오."

아로간타르는 검 토포레로 조금 전까지 스톤골렘이었던 바위를 건드리며 말했다.

"급소를 공격하면 돼."

"목, 명치, 사타구니는…… 저도 공격했습니다."

"음, 정확한 위치를 가격해야 돼. 급소는 조금씩 이동하고 있거든."

"급소가 이동하고 있다고요?"

"스톤골렘 내부를 들여다볼 수 있으면 급소의 정확한 위치도 알 수 있을 거야."

"……."

아로간타르는 입을 다물었다.

오후 7시.

드디어 캉트 던전 지하 1층의 막바지에 이르렀다.

바마퉁은 파티의 뒤쪽에 서서 그 강력한 스톤골렘이 어이없을 만큼 쉽게 죽는 모습을 보았다. 모두 크리티컬 어택이

었다. 물리적인 공격력의 몇 배, 때로는 몇십 배에 이르는 공격력이 터진 것이다. ·

파티를 맺어서 내려왔지만 이곳 캉트 던전에서의 플레이는 사실상 노바디의 독무대였다. 스톤골렘의 방어력은 워낙 강해서 아로간타르의 녹색 검, 체리의 개조 석궁 트리플로는 미약한 타격만 가능할 뿐 쓰러뜨릴 수가 없었다. 노바디가 없었다면 이곳까지 내려오지 못했을 것이다.

'내 친구지만 정말 대단해. 난 다시 태어나도 저렇게는 못할 거야.'

바마퉁은 당당한 태도로 선봉에 서 있는 노바디의 뒷모습을 바라보는 아로간타르와 체리의 시선에서 자신과 비슷한 감탄, 자괴감을 엿볼 수 있었다. 그들의 눈에도 노바디는 태산처럼 보이는 모양이었다.

페플에 접속해 있다고 해도 허기는 느껴진다. 바마퉁은 배가 고팠다. 접속을 끊고 나가서 배를 채우고 싶지만 그런 이야기를 꺼낼 수도 없고, 꺼내고 싶지도 않았다.

야구장만큼이나 큰 홀이 나타났다. 홀 건너편에 지하 2층으로 내려가는 입구가 보였다. 노바디가 고개를 돌려 아로간타르, 체리 그리고 바마퉁을 쳐다봤다.

"여기에 스톤 마법사 루드라가 있어. 함정을 자유자재로 설치할 뿐 아니라 스톤골렘도 만들어 내는 마법사야. 단 네 명으로 여기까지 내려온 파티는 거의 없을걸. 아마도 이곳을

싱크

통과하긴 쉽지 않겠지만, 그래도 최선을 다해야겠지. 마지막까지 부탁한다."

"도움이 못 되어 죄송합니다, 대사형."

아로간타르는 입술을 깨물었다.

"두 배로 늘려."

"뭘요?"

"축현."

"……."

아로간타르의 얼굴이 새하얗게 질렸다. 안 그래도 허벅지가 터져 나갈 것 같은데 두 배로 늘리라니, 차라리 죽는 게 낫다는 생각이 들었다.

"너한테도 티메후르가 필요하겠다."

"티메후르라면…… 시간과 관련이 있는 용옥이잖아요."

체리는 아는 게 많았다.

씩 웃은 노바디는 성큼성큼 홀로 들어섰다.

광활한 홀 바닥을 뚫고 수십 마리의 스톤골렘이 올라왔다. 그 중심에는 몸이 크고 단단한 마법사가 지팡이를 쥐고 서 있었다. 바로 스톤골렘을 창조한 마법사 루드라였다.

스톤골렘들이 미식축구 선수처럼 어깨를 맞대고 달려오자 땅이 쿵쿵 울렸다.

'저 많은 스톤골렘들을 한꺼번에 상대할 수는 없어. 내가 찾아낸 필승법은 스톤골렘 한 놈을 없애는 방법이니까. 휴

우, 접촉을 하지 않고도 급소의 위치를 정확하게 알아낼 수만 있다면 어떻게 해볼 수도 있을 텐데.'

노바디는 아쉬움을 느끼며 파워를 펼쳐 분신을 셋이나 만들어 냈다. 그래도 최선을 다해 저항할 생각이었다.

노바디와 분신들은 고함을 지르며 스톤골렘들을 향해 돌진했다.

오후 8시.

노바디는 십무낭에 회복약을 채우기 위해 현섬을 펼쳐 샌더스 약종상으로 이동했다. 약종상 앞을 가득 채웠던 사람들이 노바디를 발견하고 소리쳤다.

"노바디 님이시다!"

"노바디 님이셔!"

한눈에 봐도 엘루마 시민인 사람들이 환호하자 근처에 있던 이방인들, 즉 유저들도 예민하게 반응했다.

"노바디다!"

"노바디야!"

그들을 뚫고 샌더스가 달려왔다. 얼굴에 환한 미소를 띤 샌더스는 능숙한 몸놀림으로 노바디를 데리고 가게 안으로 들어갔다.

간판 아래쪽과 상점 정문, 내부를 들여다볼 수 있는 커다란 창문에 광고 문구가 붙어 있었다. 노바디는 엉터리 같은 광고 문구를 보고는 할 말을 잃었다.

절대자의 선택!

하이엘프 셀레스카르 님의 대제자 노바디를 모르는 사람은 없다. 그의 능력은 누구도 잴 수 없을 만큼 깊고 광활하다. 그런 노바디가 심혈을 기울여 판단한 끝에 선택한 기적의 회복약! 기적의 약종상!

당신도 선택하라!

상점 안에도 사람들이 버글거렸다. 선반 곳곳은 텅 비어 있었다. 채워 놓기 무섭게 약병이나 단약, 건약초 따위가 팔려 나간 것이다.

샌더스는 흐뭇한 미소를 지으며 자신이 일궈 낸 반전을 바라보았다. 노바디와 계약한 날, 절망 때문에 정신을 잃을 정도로 술독에 빠졌지만 다음 날 아침 그는 위기를 기회로 삼기로 마음먹었다.

노바디에 대해 자세한 조사를 한 이후 전략을 세웠고, 어떻게 해야 폭발적인 반응이 생길까 고민한 끝에 '색다른 광고'를 실행에 옮겼다.

약종상 상점에 광고 문구를 붙이는 것만으로는 부족했다. 샌더스는 시청은 물론 귀족가, 마탑, 용병대 등 유명한 사람들이 노바디를 만나고 싶어한다는 점에 주목했다. 샌더스는 큰맘 먹고 마치 자신이 노바디를 잘 아는 듯한, 아주 친해서 소개를 해 줄 수도 있는 인물인 것처럼 행동했다.

시청 소속 공무원들이 먼저 상점으로 찾아왔다. 귀족가의 집사들도 몰려들었다. 마법사들과 용병들도 가게 안으로 들어와 약병을 하나둘 구입했다.

그게 시작이었다.

대중은 그 독특한 흐름에 격렬하게 반응했다. 대중의 태도를 살피던 시청, 귀족가와는 꽤 큰 규모의 계약을 체결할 수 있었다. 그 계약으로 인한 수익은 노바디로 인한 손해를 채우고도 남을 만큼 컸다.

그 결과가 눈앞에 펼쳐져 있었다.

"십무낭이 좀 작지요? 저도 그렇게 생각합니다. 해서 백무낭으로 준비해 놓았습니다. 물론 노바디 님께서 선호하는 녹색 프리마급 회복약으로 채워 놓았습니다."

샌더스는 미리 준비해 놓은 암갈색의 가죽 주머니를 내밀었다. 노바디는 감탄했다.

'역시 보통 사람은 아니었어. 십무낭도 고마운데 내 불편을 덜어 주려고 백무낭을 준비했다니. 이렇게 착한 사람은 세상에 다시없을 거야.'

백무낭을 손에 들고 약종상 밖으로 나온 노바디는 둘러싼 사람들을 피해 현섬을 펼쳐서 이동했다.

싱크

오후 9시.

안진후 집에서 맛있는 저녁 식사를 끝낸 김현은 즉시 집으로 이동했다. 방으로 직접 이동하지 않고 아파트 계단에 나타난 김현은 열쇠로 문을 열고 집으로 들어갔다.

"일찍 왔구나."

엄마는 소파에 앉아 안경을 끼고 책을 읽는 중이었다.

"페플에 들어가야 해서."

"너무 늦게까지 하진 마."

"알았어."

우유 한 잔을 마신 김현은 커넥터로 들어갔다. 정말로 할 일이 있어서였다.

노바디는 여관 지붕으로 올라갔다. 달이 유난히 컸다. 옆 건물로 몸을 날린 그는 도시의 남쪽 문을 향해 달렸다. 거대한 성문은 닫혀 있지만, 그 옆에 난 조그만 문은 활짝 열려 있어 이방인들이 오가고 있었다.

빛의 도시 엘루마의 동남쪽엔 1년 내내 금빛 잎사귀를 뿜내는 거대한 숲이 펼쳐져 있다. 황금의 숲이라 불리는 룩소르는 황금잎사귀 일족의 영역이지만, 그중 일부는 이방인들이 공식적으로 몬스터를 죽일 수 있는 사냥터였다.

노바디가 향한 곳은 바로 룩소르 사냥터로, 밤에 더 강한 마물이 출몰하는 숲이었다. 룩소르 사냥터가 좋은 이유는 파티를 맺지 않고도 입장이 가능하다는 점이었다.

대부분의 게이머들은 엘루마 남쪽 성문에서 룩소르 사냥터 입구까지 운행되는 마차를 이용했다.

"저, 마차 안 타세요?"

노바디를 힐끔거리던 여성 엘프 유저가 용기를 내어 다가와 물었다.

"좁은 곳은 싫어서요."

간단히 대답한 노바디.

"아쉽네요."

머리카락이 금색인 엘프 유저는 마차에 올라타면서도 노바디에게서 시선을 떼지 못했다.

노바디는 마차가 오가는 길에서 약간 벗어난 곳에서 달렸다. 좌각을 적절히 이용하여 빨리 달리는 방법을 알아내기 위해서였다.

무극심법 제2문 쌍각 중 하나인 좌각은 기를 끌어모은다. 그 때문에 몸이 일순간 가벼워지는 착각을 일으킨다. 사실, 완전한 착각은 아니다. 기가 급격하게 몰려들면 보이지 않는 스프링 위에 선 것처럼 쉽게 뛰어오를 수 있다.

좌각에 화결을 접목했다. 달리는 속도가 한결 더 빨라졌다. 문제는 방향 조종이었다. 아무리 빨리 달려도 원하는 곳으로 갈 수 없다면 무용지물이다. 타각이 여기서 빛을 발했다. 적절한 방향으로 타각의 충격력을 뿜어내면 달리는 방향이 바뀐다. 작용-반작용의 법칙이었다.

속도를 줄이는 데는 중결과 흡결을 사용했다. 몸을 무겁게 하면서 질주하는 몸 내부의 힘을 순식간에 없애 버리면 쉽게 멈춰 설 수 있을 터였다.

거의 동시에 출발했던 마차보다 훨씬 일찍 사냥터에 도착한 노바디는 경비병들이 지키는 문 너머로 들어섰다. 공기의 질이 달라졌다. 따끔한 바늘 같은 것이 바람에 실려 다가와 몸을 찌르는 느낌이었다.

룩소르 사냥터 외곽에는 두 종류의 뱀이 출몰한다고 알려져 있었다. 자이곤과 릴리스였다. 자이곤이 수컷이라면 릴리스는 암컷 뱀이었다.

룩소르 사냥터 어딘가에 킹자이곤과 퀸릴리스가 똬리를 틀고 있는데, 그 위치가 매번 바뀔 뿐 아니라 철저한 준비 없이 맞닥뜨리면 잡기는커녕 오히려 잡아먹힐 가능성이 훨씬 높아서 유저들은 뱀이 자주 나타나는 지역을 꺼렸다.

괴조 카람과 거대 개미 안투크도 솔로잉을 주로 하는 유저들에겐 공포의 대상이었다. 혼자 룩소르 숲에 온 게이머들 대부분은 숲 가장자리에 나타나는 뱀 자이곤과 릴리스를 사냥하는 데 만족했다.

파티를 맺은 게이머들은 검증된 공략법을 사용하여 킹자이곤, 퀸릴리스 그리고 카람과 안투크까지 사냥의 목표로 삼았다.

규모가 큰 길드가 동원된 경우에는 사냥터의 깊숙한 곳으로 들어가는데, 거기에는 좀비와 광전사가 돌아다녔다. 수백 마리의 좀비들에게 둘러싸인 채 전투를 벌이는 길드의 모습은 고귀하면서도 치열했다.

대규모 원정이 이루어져야 접근이 가능한 사냥터의 중심부에는 악마들이 출몰했다.

한때 어둠의 군단을 이끄는 지휘관이었다가 유배되어 룩소르 사냥터에 갇힌 악마 타프, 뼈로 만들어진 하프를 튕겨 게이머를 호수로 끌어들이는 물귀신 라리엔, 마지막은 룩소스 사냥터의 최종 보스 베헤모스였다. 특히 교활한 베헤모스는 아직 한 번도 잡히지 않은 몬스터로 유명했다.

허리까지 자란 풀숲을 헤치며 앞으로 나아가던 노바디는 쉭쉭 소리를 듣고 즉시 멈췄다.

'이 소리, 오랜만이야.'

수백 마리의 뱀이 풀잎을 스치며 다가올 때면 소름 끼치는 소리가 들린다.

노바디는 포위당하기 전 거기서 벗어났다. 사라겐의 비월을 휘두르면 그 많은 뱀들도 처리할 수 있겠지만, 오늘 이곳에 온 이유는 사냥이 아니었다.

뱀 무리의 가장자리로 접근하자 몇 마리가 반응했다. 다가와 독니를 드러낸 자이곤의 대가리를 꽉 잡고 안전한 곳으로 향한 노바디는 널찍한 바위에 뱀을 풀어 놓았다.

싱크

노바디가 만들어 낸 분신들은 저마다 다른 무공 수련에 돌입했다. 충분한 양의 회복약을 받았기 때문에 몇 시간은 귀찮게 하지 않을 것이다. 노바디의 지시에 분신들은 멀찌감치 떨어진 곳으로 이동했다.

잔뜩 독이 오른 자이곤이 코브라처럼 대가리를 쳐들고 쉭쉭 소리를 냈다.

노바디는 그 앞에 서서 눈을 감았다. 자이곤의 급소를 만지지 않고도 알아내기 위해서였다.

손가락으로 딱딱 소리를 내자 고개를 빳빳하게 든 채 앞으로 다가오는 자이곤의 움직임이 느껴졌다.

'급소는? 급소가 중요해!'

몸을 움츠렸던 자이곤이 갑자기 날아와 노바디의 팔뚝을 물었다.

용현갑이 발동되자 자이곤은 독니가 부러졌고, 갑옷이 튕겨 낸 힘에 의해 대가리가 부서져 죽고 말았다. 틈을 노린 릴리스의 운명도 마찬가지였다.

'죽어선 곤란해.'

용현갑을 벗어서 인벤토리에 넣은 노바디는 다시 자이곤과 릴리스를 잡아 왔다.

이번엔 자이곤이 팔뚝을 무는 데 성공했다. 독이 팔을 통해 어깨로 올라왔지만 노바디는 자이곤을 뚫어지게 노려보았다. 몸에 닿으니 자이곤의 급소가 머리와 몸통 중앙이라는 사실을 알 수 있었다. 별로 만족스럽지 않았다.

'접촉한 후에는 늦어.'

자이곤 역시 급소의 정확한 위치는 미묘하게 달라졌다. 한 대 치면 죽는 수준이라서 굳이 급소의 위치가 중요하진 않지만, 자이곤의 급소를 제대로 파악할 수 있다면 스톤골렘의 급소 역시 쉽게 알아낼 수 있을 터였다.

자이곤을 팔에서 떼어 내 앞으로 던진 노바디는 해독약을 복용했다. 해독약 수십 개를 이미 구입해 둔 상태였다. 자줏빛으로 부어올랐던 팔이 빠르게 가라앉았다.

노바디는 다시 자이곤 앞에 섰다.

"저기 좀 봐."

"저 사람 뭐 하는 거야?"

"설마 자이곤 한 마리랑 싸우는 거야?"

"정말 약한가 봐."

수십 마리의 릴리스를 상대하여 멋지게 사냥에 성공한 파티가 노바디를 발견하고는 한마디씩 했다. 그들 눈에 노바디는 건방진 초보자였다. 룩소르 사냥터는 이제 막 페플을 시작한 초보자에겐 어울리지 않는 곳이었다.

그 비아냥거림을 가볍게 무시한 노바디는 자이곤을 노려보았다. 기괴한 이방인에게 질려 버린 자이곤이 풀숲으로 달아나려 했지만 노바디가 빨랐다. 목과 머리를 잡아 버린 노바디는 자이곤을 바위 중앙에 풀어 놓았다.

"넌 나를 공격해야 돼. 내가 급소를 알아낼 때까지."

노바디가 속삭이자 자이곤이 잠시 움찔거렸다.

밤 1시.

릴리스는 붉은 혀를 날름거렸지만 속내는 이 넓은 바위에서 달아나려는 속셈이었다.

노바디에게 붙잡혀 수십 번이나 최선을 다해서 팔뚝을 물었던 자이곤은 한쪽에 축 늘어져 있었다. 죽지는 않았다. 죽은 척하며 도망칠 틈을 엿보고 있었다.

"달아날 생각은 꿈도 꾸지 마."

노바디의 말에 릴리스는 사납게 쉭쉭 소리를 내며 빠르게 다가왔다. 릴리스의 몸이 화살처럼 길게 뻗으며 공중을 날았다. 시뻘건 독니가 드러났고, 거기에 맺힌 검붉은 독액이 달빛을 받아 반짝거렸다.

노바디는 들고 있던 바늘로 급소라고 생각한 부위를 찔렀다. 그러나 바늘은 진짜 급소 바로 옆으로 파고들었다. 릴리스는 그 고통에 더 깊이, 세게 물었다.

눈살을 찌푸린 노바디는 릴리스를 팔뚝에 매단 채 해독약을 마셨다. 자이곤과 달리 해독약이 제대로 듣지 않는 것 같자, 릴리스의 배를 갈라서 내장을 입에 넣고 삼켰다. 잠시 후, 중독으로 하락하던 생명력이 뚝 멈췄다.

한숨을 내쉬며 죽은 릴리스를 옆으로 던져 버린 노바디는 또 다른 뱀을 잡기 위해 풀숲으로 뛰어들었다. 야간 사냥을 하는 파티들이 제법 많았다. 여기저기 횃불이나 빛의 정령이 어둠을 밝히고 있었다.

화염 마법사가 던진 불덩어리에 수십 마리의 뱀이 까맣게 타 버렸다. 파티원들이 환호하자, 마법사는 어색하게 웃으며 머리를 긁었다.

멀리서 그 장면을 쳐다보던 노바디는 속으로 웃었다. 지금은 고스트 커넥터에 푹 빠진 안진후가 소환하는 불의 정령 슈뢰딩거의 화염 공격을 저들이 본다면 기절하고 말 것이다.

자이곤과 릴리스를 한 마리씩 사로잡은 노바디는 바위로 돌아가서 작업을 재개했지만 아무리 집중해도 이 치명적인 독사의 급소 위치를 알아낼 수가 없었다.

'하루아침에 답을 찾기는 어려워. 언젠가는 알게 되겠지. 끈질기게 물고 늘어지면.'

알람이 울렸다. 벌써 아침 7시였다.

노바디는 덩굴로 어설프게 만든 우리 안에 자이곤과 릴리스를 가둔 다음, 그 우리를 인벤토리에 넣었다. 분신들이 있는 곳으로 향했다. 풀로 뒤덮인 초원과 나무로 우거진 숲 사이의 경계 지점이었다.

분신을 풀자 무형의 기운이 몸 주위를 맴돌면서 서서히 스며드는 게 느껴졌다. 그 기운에는 분신 각자의 기억이 담겨 있었다. 노바디는 분신들이 어떻게 무공을 수련했는지, 어디서 헤맸는지 알 수 있었다. 분신들은 시키지 않아도 대련으로 실력을 확인했다는 사실도 깨달았다.

파워의 스킬 레벨이 6으로 올랐다. 분신의 지속 시간이 늘어났다는 뜻이다.

신이 난 노바디는 밖으로 나가야 한다는 사실이 아쉬웠다.

김현은 샤워를 했다. 시원한 물이 몸을 감싸며 흐르자 긴장이 풀리는 듯했다. 거기서도 고민은 계속되었다. 어떻게 해야 급소를 정확하게 알아낼 수 있을까?

몸을 닦고 옷을 갈아입은 김현은 식탁으로 가서 앉았다. 오늘 아침 메뉴는 제육볶음에 콩나물국이었다. 콩나물국을 한 모금 먹자 속이 시원해졌다.

"어때?"

"역시 엄마야."

김현은 엄지를 들었다.

뱀파이어는 잠들지 않는다. 몸을 쉬느라 몇 시간을 낭비할 이유가 뱀파이어에겐 없다.

그럼에도 타크란은 침대에 누워서 날이 밝기를 기다렸다. 팔베개를 한 채로 창밖이 밝아 오기를 기다리면 왠지 모르게 멍청한 인간이 된 기분이 든다.

안개가 낀 것처럼 시야가 흐릿해졌다. 닭 우는 소리도 멀어졌다. 몸까지 무거워지자 타크란은 주머니에서 목제 약병을 꺼냈다. 뚜껑을 열자 그 안에는 콩을 닮은 빨간색 알약 하나가 들어 있었다.

붉은빛이 불길하게 감도는 알약을 손바닥 위에 올려놓은 타크란은 길게 숨을 내쉬었다.

"언제까지 이걸 먹어야 할까."

혀를 차며 고개를 갸웃거린 뱀파이어는 알약을 입에 넣고 가볍게 삼켰다.

잠시 후, 몰려들던 망각의 기운은 빠르게 사라졌다. 벽 너머의 조그만 소리도 또렷이 들렸고, 창틀 구석에서 덫을 놓는 거미의 움직임도 선명하게 보였다. 몸은 깃털처럼 가벼워져 저 높은 하늘로 날아오를 수 있을 것만 같았다.

혈두 또는 적두라 불리는 알약의 효과는 매번 경이로웠다. 만약 그 알약 복용을 중단하면 진실을 잊게 될 것이다. 다수의 뱀파이어처럼 명령에만 복종하게 될 터였다.

최근 10년 동안 뱀파이어 일족 루비로스는 상상을 초월하는 변화를 겪고 있었다. 언제, 어떻게, 왜 그런 변혁이 시작되었는지 나서서 설명하는 사람은 아무도 없었다. 그들은 갑자기 나타났다.

스스로 깨달은 자라고 부르는 소수의 뱀파이어.

그들의 명령에는 권위가 실려 있었다. 목소리를 듣기만 해도 거기에 복종하고 싶은 마음이 생겨난다. 심지어 죽을 게 뻔한 작전에 투입해도 기꺼이 웃으며 명령에 복종하는 뱀파이어들도 있었다.

뱀파이어 일족 루비로스의 귀족 가문 중 하나였던 레라르는 그들의 출현으로 인해 몰락했다. 명예로운 전통과 거기에 어울리는 능력까지 갖추었으나 그 강력한 권위 앞에서는 무용지물이었다. 결국 아버지와 어머니를 비롯해 가문의 어른들은 중명 제국의 황가를 공격하려다가 포위되어 죽고 말았다.

타크란은 부모와 친척의 죽음 앞에서 슬퍼하거나 절망하기는커녕 오히려 지배자의 명령에 복종하여 전사한 가족들의 숭고한 희생을 진심으로 기뻐했다. 그 역시 지배자들의 목소리에 취해 있었던 것이다.

만약 아직도 정체를 알 수 없는 남자가 찾아와 진실을 알려 줄 뿐 아니라 그 진실을 유지하도록 도와주지 않았다면 죽을 때까지 지배자의 명령에 따랐을 것이다.

귀면을 쓴 그 사람이 준 알약 덕분에 타크란은 여동생 칼리페와 함께 그 목소리의 권위에서 벗어날 수 있었다.

그때, 손에서 뿜어져 나온 죽음의 안개가 허공에서 몽글몽글 구체가 되었다. 표면이 거울처럼 매끈해지자, 늙은 족장의 얼굴이 나타났다.

－엘루마군.

"그렇습니다."

타크란은 속으로 긴장했다. 어떻게 저 늙은이가 그 사실을 알아냈을까?

－추영의 소유자는?

"위치는 파악했습니다만, 옆에 성가신 존재가 있습니다. 셀레스카르의 수제자가 추영의 주인과 잘 아는 사이인 것 같습니다."

－셀레스카르의 수제자?

항상 주름진 피부에 짓눌려, 떴는지 감았는지 알 수 없던 눈이 커지며 회색의 눈동자가 드러났다.

"그자가…… 칼리페를 죽였습니다."

－음.

"제게 맡겨 주십시오. 반드시 추영을 회수하겠습니다."

－복수도 하고 싶겠지?

"허락하시면 해 보이겠습니다."

－좋아. 자네를 믿어 보지. 좋은 소식, 기다리겠네.

테네파르 인스푸모는 흩어지며 손으로 스며들었다.

타크란은 저 늙은이가 당장 돌아오라고 명령하지 않아서 다행이라고 생각했다. 만약 후퇴 명령을 내렸는데 그가 따르지 않는다면 저 늙은이는 오래지 않아 타크란이라는 젊은 뱀파이어가 더 이상 그 기괴한 목소리에 매여 있지 않다는 사실을 알아차릴 것이다.

타크란은 낡은 편지를 꺼냈다. 여동생 칼리페가 그에게 보낸 편지였다.

오라버니 말을 듣지 않길 잘했어. 내가 냄새 나는 지하 깊은 곳으로 내려가는 거, 오라버닌 무지 싫어했잖아. 물론 족장님의 명령을 거역할 수는 없었으니 선택의 여지가 없긴 했지만 말이야.

추영 회수를 위해 내려온 투월령에서 의외의 존재를 발견했어. 바로 현자야! 놀랍지? 그 멍청한 인간족 현자 말고, 진짜 현자! 오라버니에겐 깨달은 자라고 해야겠지? 그런 사람을 투월령에서 찾은 거야.

깜짝 놀랐지? 그랬을 거라고 생각해.

오라버니가 내게 선물로 빌려준 키오의 눈 덕분에 깨달은 자를 알아볼 수 있었어. 몸에서 번쩍번쩍 빛이 나는데, 처음 봤을 때는…… 나도 처음엔 내 눈을 믿을 수 없었어.

이 기회를 놓칠 수는 없어. 오라버니는 날 염려해서 기다리라고 하겠지만, 그럴 순 없어. 자칫 잘못하면 그를 놓쳐 버릴지도 모르잖아. 오라버니도 내 마음 잘 알 거야.

가능성은 매우 높아. 내게도 계획이 있으니까. 성공하면 레라르 가문의 회복이 훨씬 빨라질 거야. 혈두를 더 이상 먹지 않아도 될 거야. 내가 오라버니보다 강해져도 너무 질투하진 마. 다음 편지엔 어떻게 내가 그의 힘을 흡수했는지 자세히 설명할게.

하도 읽어서 다 외워 버린 편지를 다시 접어서 품에 넣는 타크란의 눈빛이 흔들렸다. 편지 대신 그의 손에는 새까만 구슬이 들려 있었다.

"키오의 눈."

타크란은 이 보물을 여동생에게 흔쾌히 빌려준 자신을 저주했다. 칼리페가 키오의 눈을 착용하지 않았다면 깨달은 자를 알아보지 못했을 텐데.

칼리페가 소멸된 순간, 키오의 눈은 원주인에게로 돌아왔다. 명령을 받아 중명 제국에서 은밀히 움직이던 타크란은 처벌을 각오하고 룬트란 왕국으로 돌아왔지만 칼리페는 이미 재가 되어 있었다.

타크란은 키오의 눈을 자신의 왼쪽 눈으로 가져가 밀어 넣었다. 구슬처럼 빛나던 키오의 눈은 스르륵 녹으며 눈으로 흡수되었다.

그 순간, 타크란은 어마어마한 고통을 느꼈다. 하마터면 비명을 지를 뻔한 그 고통을 겨우 넘기자 참을 수 없는 허기를 느낄 수 있었다. 키오의 눈이 힘을 빨아들이는 바람에 갈증이 커진 것이다.

"오늘은 건너뛰려 했더니만."

방 밖으로 나온 타크란은 바닥이 군데군데 꺼진 복도 벽에 붙어 있는 망량을 볼 수 있었다. 드워프보다도 작은 몸에 호박 같은 머리가 붙어 있는 유령 망량은 자신을 바라보는 타크란을 확인한 즉시 달려들었다.

타크란이 뿜어낸 죽음의 안개 테네파르 인스푸모가 망량을 에워쌌다. 귀청을 찢는 고음이 망량에게서 터져 나왔지만 정상적인 청각을 지닌 사람들에겐 들리지 않는 소리였다. 망량은 검은 늪에 빠진 것처럼 죽음의 안개에 빠져 녹아내렸다.

허기가 물러갔다. 공포라는 감정을 먹고 살아가는 망량이 쌓아 놓은 힘이 제법 컸던 모양이다.

"음, 잊고 있었어."

키오의 눈을 칼리페에게 빌려준 이후, 인간이나 동물 대신 망량을 흡수해도 된다는 사실 자체를 잊어버린 것이다.

타크란은 다시 방으로 돌아가지 않았다.

그 녀석은 벌써 행동하고 있을 것이다.

한동안, 노바디를 따라다녔다. 여관 뒤뜰에서 수련을 하면 근처 건물 옥상에 숨어서 지켜보았고, 던전으로 내려가면 나올 때까지 입구를 노려보며 시간을 보냈다. 샌더스 약종상으로 가서 회복약을 가져올 때도 놓치지 않고 따라다녔다.

분신을 응용한 수련 방식은 매우 흥미로웠지만, 딱 거기까지였다. 가진 힘을 분리하는 것, 하수를 상대할 때는 꽤 효과적일 수도 있지만 자신보다 강한 존재 앞에서는 무용지물이다. 오히려 본체로 상대하는 것만 못하다.

멀리선 본 노바디 일행.

노바디는 환하게 빛나고 있었다. 노바디 옆에서 걷는 드워프 역시 반짝였지만 노바디에 비해 손색이 있었다. 저 드워프 역시 깨달은 자라는 사실에 놀랐지만 타크란은 노바디에게 집중했다.

타크란은 일부러 스치듯 지나가면서 노바디를 정면에서 살폈다. 그 멍청하고 커다란 얼굴을 보고 속으로 비웃었지만 녀석의 몸에서 여동생 칼리페의 기운이 흐릿하게 느껴진 순간 하마터면 참지 못하고 공격할 뻔했다. 그랬다면 녀석을 죽였겠지만, 이방인 특유의 능력을 발휘하여 금세 부활했을 터였다.

노바디는 칼리페의 생명력까지 모조리 흡수했다. 단순히 흡수한 게 아니라 소화하여 자신의 힘으로 바꾸었다. 그러지 않았다면 뱀파이어의 차가운 기운이 녀석의 심장을 얼어붙게 만들었을 것이다.

힐끔 쳐다봤지만 노바디의 손가락에서 지배의 반지 도미니움을 찾지는 못했다. 칼리페는 두 개의 도미니움을 지니고 있었다. 칼리페를 죽인 노바디가 도미니움을 소유하고 있으리라 생각했던 타크란은 잠시 당황했다.

답은 가까운 곳에 있었다. 냄새 나는 드워프 옆을 지나가는데, 타크란의 새끼손가락에 끼고 있던 도미니움이 진동한 것이다. 타크란은 바마퉁이라는 이름의 드워프가 지배의 반지 하나를 지니고 있음을 알아차렸다.

'나머지 하나는 어디 있지? 그리고 왜 노바디가 아니라 저 드워프가 반지를 가지고 있는 거지? 설마 동료라서 줘 버린 건가? 가보로 전해질 만큼 귀한 반지를? 도미니움의 가치도 알아보지 못할 정도로 머저리 같은 놈일까?'

분노로 마음이 소용돌이처럼 휘돌았다. 여동생을 죽인 자를 향한 복수심과는 또 다른 감정이었다. 자격 없는 자가 보물을 가졌다는 사실 자체를 참을 수가 없었다.

들끓는 감정을 겨우 억누른 타크란은 숙소로 돌아왔다. 일가족이 자살한 이후, 들어와서 사는 사람마다 악몽과 기이한 현상으로 고생하는 바람에 텅 빈 폐가였다.

타크란은 기둥과 벽, 천장 곳곳에 매달린 채 뱀파이어를 호기심 어린 눈으로 바라보는 망량의 존재를 볼 수 있었지만, 전혀 무섭지 않았다. 오히려 평범한 인간은 보지도, 감지하지도 못하는 망량이 뿜어내는 서늘한 기운 덕분에 쾌적한 느낌을 받았다.

'허기가 지면 간식으로 흡수할 수도 있지.'

인간 중에는 저 망량을 끌어당겨 자신의 힘으로 사용하는 자들이 있다. 바로 현자들이다. 인간이란 족속은 참으로 다양한 면을 지니고 있었다.

벽에 달린 깨진 쇠 등을 아래로 당기자 숨겨진 문이 나타났다. 아래로 이어진 계단은 어둠에 잠겨 있지만 타크란은 뱀파이어 특유의 시력으로 희미한 윤곽도 선명하게 볼 수 있었다.

지하실로 내려간 그는 바닥에 설치된 소환진을 바라보았다. 절반쯤 설치된 저 소환진이 완성된다면 피의 제물을 바쳐서 발동시킬 수 있을 것이다. 흥분으로 목덜미 털이 쭈뼛섰다.

소환진의 중심부에 지배의 반지 도미니움을 놓고 발동시키면 차원을 초월하는 힘이 또 다른 도미니움을 지닌 자들을 이곳으로 끌어당길 것이다.

타크란의 목적은 드워프 바마퉁이었다. 정확히 말하면 바마퉁의 본체, 차원 너머의 세계에 있는 존재를 노렸다.

일단 그 존재를 확보하면 노바디를 유인할 수 있을 것이다. 물론 죽어도 되살아나는 노바디가 아니라, 노바디의 본체가 목적이었다.

"허술하군."

바로 옆에서 들린 목소리.

타크란은 앞으로 몸을 날리며 갑자기 나타난 그 존재를 향해 죽음의 안개 테네파르 인스푸모를 뿜었다.

도깨비 가면 '귀면'을 쓴 사내는 몰려드는 검은 안개를 보고도 그저 손을 들어 올렸을 뿐이다.

놀라운 일이 벌어졌다. 닿기만 해도 살이 문드러지고 뼈가 녹는 죽음의 안개가 그 손바닥 중심으로 소용돌이치며 빨려든 것이다. 곧 테네파르 인스푸모는 흔적도 없이 사라졌다.

싱크

"다, 당신은?"

"벌써 내 목소리를 잊었다니, 실망인걸."

장난기가 느껴지는 목소리.

"당신이 날 찾아올 거라고는 상상도 못 했습니다. 오랫동안 당신을 만나기 위해 룬트란 왕국은 물론 중명 제국과 레나르카 왕국, 심지어 라모넬린 공국까지 뒤졌는데도 흔적조차 찾지 못했으니까요."

"헛수고를 했군. 내가 말하지 않았나, 누구도 날 찾을 수 없다고?"

귀면 사내는 뒷짐을 지고 소환진 둘레를 천천히 걸었다.

아이가 땅바닥에 끄적거린 낙서를 내려다보는 어른 같다고 타크란은 생각했다. 저 남자가 보기에 이 소환진은 말 그대로 허술하고 엉성할 터였다.

아직 저 남자가 누군지, 이름이 무엇인지 전혀 알지 못한다. 그러나 저 남자로 인해 뱀파이어 일족 내에서 몰락한 가문의 명예를 다시 끌어올릴 수 있는 기회를 얻었다.

저 남자가 찾아와 진실을 알려 주고 그 진실을 기억할 수 있는 혈두를 주지 않았다면 무수한 멍청이들 중 하나가 되고 말았을 것이다. 아직은 혈두로 겨우 힘과 능력, 기억까지 유지하고 있지만 오래지 않아 '깨달은 자'가 될 수 있으리라는 희망도 저 남자 덕분에 가능해졌다.

타크란은 뒤늦게 한 가지 사실을 깨달았다. 귀면 사내의 몸에서 빛이 흘러나오고 있었다. 그 빛은…… 어두웠다. 검은 태양이 귀면 사내의 뒤에서 암흑의 빛을 뿌리는 것 같았다.

'저 남자도…… 이방인이었어!'

얼굴근육에 힘을 주고 표정을 관리했다. 키오의 눈으로 알아낸 사실을 저 남자에게 들키는 순간, 자신 역시 죽는다는 직감 때문이었다.

"여동생 때문인가?"

귀면 사내가 물었다.

"……복수는 제게 의무니까요."

타크란은 겨우 대답했다. 다행히 흥분은 가라앉았다. 대신 왜 이방인이 자신을 돕는지 그 이유가 궁금해졌다.

"저런 소환진으로 복수가 가능할지 모르겠군."

귀면 사내의 말투는 가벼웠지만 그 내용은 타크란을 비웃는 게 아니라 소환진에 대한 객관적인 평가였다. 타크란 역시 그 점을 알기에 화가 나기보다는 허를 찔린 기분이었다.

"도와주십시오."

"실은 자네에게 부탁이 있어서 왔는데, 잘됐군. 자넨 복수를 하면서 내 부탁을 들어줄 수 있을 테니 말이야."

그 말에 타크란의 눈이 휘둥그레졌다. 자신이 세상에 나온 이후 본 어떤 존재보다 강한 저 귀면 사내가 부탁을 하기 위해서 찾아왔다? 귀로 듣고도 믿지 않았다.

"일이 잘 풀리면 더 이상 혈두를 먹지 않아도 될 걸세."

"그, 그렇다면?"

"맞네. 깨달은 자가 될 수 있다는 말일세."

"감사합니다!"

"인사는 이번 일을 끝낸 뒤에 받기로 하지."

귀면 사내의 표정은 전혀 변하지 않았지만, 타크란은 그가 활짝 웃고 있다고 확신했다. 이 기회, 절대 놓칠 수 없다. 놓쳐서는 안 된다!

여동생을 위해서.

가문을 위해서.

귀면 사내가 이방인이라는 사실은 더 이상 중요하지 않았다. 깨달은 자가 될 수만 있다면!

닥터 프로메테우스

"안진후!"

배혜진은 소리치며 잠에서 깼다.

새하얀 커튼이 바람에 흔들렸고, 창문 밖에서는 새들이 재잘거리고 있었다. 새벽이 물러가고 아침이 다가온 시점 특유의 상쾌함이 느껴졌다. 두어 시간만 지나면 여름 더위가 몰아치겠지만 지금은 봄이나 가을이라고 착각할 만큼 날씨가 좋았다.

왜 갑자기 꿈에 진후가 나왔을까? 해맑게 웃던 안진후는 갑자기 정색을 하며 멀어졌다. 아무리 달려가도, 아무리 손을 뻗어도 그와의 거리는 점점 더 멀어지기만 했다.

어릴 때는 무척이나 친했었다. 배혜진은 언제부터인가 누군가와 결혼을 한다면 상대는 안진후여야 한다고 자연스럽게 생각했다. 지금은 관계가 좋지 않지만 언젠가 다시 예전처럼 가까워지리라 그녀는 확신했다.

'대한민국에서 진후와 어울리는 여자는 나뿐이니까.'

푹신한 침대에서 빠져나온 배혜진은 창문을 활짝 열고 베란다로 나갔다.

숲으로 이어진 넓은 정원이 눈에 들어왔다. 숲 옆에는 커다란 연못이 있고, 거기에는 하얀 오리들이 떠다니는 중이었다.

평화로운 광경.

배혜진은 방에 놓인 냉장고 앞으로 가서 비밀번호를 누르고 엄지를 올렸다. 비밀번호와 지문이 일치해야만 냉장고는 열린다.

냉장고에서 유리병을 꺼낸 그녀는 빨간색 콩처럼 생긴 알약 하나를 손가락으로 집었다.

"오늘도 부탁해."

물도 없이 적두를 삼킨 배혜진은 샤워를 하고 할머니가 좋아하는 숙녀 의상으로 옷을 입었다. 거울 앞에 서서 복장을 살핀 후, 할머니가 계신 곳으로 향했다.

문을 열고 나오는 주치의 황 박사.

"오늘은 어떠세요?"

"악화되지는 않았습니다, 아가씨."

"다행이네요."

할머니 방으로 들어가기 전, 배혜진은 멀어지는 황 박사의 등을 노려보았다. 악화되지 않았다? 어제보다 나아졌다고 말하면 혀가 부어오를까? 저 의사는 매사에 부정적이어서 마음에 들지 않았다.

시선을 느낀 황 박사가 고개를 돌리자, 배혜진은 귀염성 있는 미소를 보여 주었다. 그래도 국내 최고 의사 중 하나다. 할머니의 상태는 저 남자에게 달렸다.

'할머니에게 문제가 생기면 당신의 삶에도 문제가 생길 거야. 내가 아주아주 곤란한 문제를 만들 테니까.'

배혜진은 방으로 들어섰다.

보통 사람은 이 방의 특별함을 알 수 없다. 그들에게 이 방은 사채의 여왕이라 불리는 늙은 여자의 화려한 병실일 뿐이다.

배혜진은 한 줄기 햇살이 내리비치는 숲 중앙에 놓인 침대를 보고는 빙긋 웃었다.

"할머니, 오늘은 아주 기분이 좋은가 봐."

배혜진은 그 침대 옆으로 다가갔다.

발을 스치는 웃자란 풀잎은 이슬을 머금고 있어서, 입고 있던 치마 아래쪽이 순식간에 젖었다. 환각에 불과하다는 사실을 알면서도 이토록 오감으로 확실히 느껴지는 경험은 압도적으로 사실적이었다.

침대에는 주름진 할머니가 잠자는 숲 속의 공주처럼 누워 있었다.

"혜진이가 왔어, 할머니."

배혜진은 할머니의 손을 잡았다. 거친 피부가 느껴지자 눈물이 왈칵 쏟아질 것 같았다.

배혜진의 손이 할머니의 뺨에 닿았다. 손가락 끝이 떨렸다. 할머니가 당장이라도 눈을 뜨고 '우리 혜진이가 왔어?'라고 말할 것만 같았다.

할머니의 머리에는 헬멧이 씌워져 있었다. 복잡하진 않지만 최첨단 과학기술이 망라된 그 헬멧을 통해 할머니는 페플 세계와 연결되어 있었다.

할머니가 어디에 있는지는 전혀 알 수가 없었다. 페플 그룹에서 온 전문가들이 보름이나 정밀하게 조사를 했는데도 마찬가지였다. 페플 그룹 내부의 서버 기록을 뒤져도 할머니의 흔적은 발견할 수 없었다.

배혜진이 보기에 주먹구구식의 조사 끝에 그들이 내린 결론은 멍청한 선언이었다. 그들은 할머니가 페플에 접속한 게 아니라고 단언했지만, 왜 헬멧을 벗기면 할머니의 상태가 극도로 나빠지는지 설명하지 못했다.

그 어떤 생명 유지 장비로도 도울 수 없었던 할머니를 지금까지 살아 있게 만든 기계는 바로 페플 커넥터였다.

배혜진의 눈물이 할머니의 손등에 떨어진 순간, 침대가 놓인 장소가 바뀌었다.

신생아를 유리창 너머로 볼 수 있는 병원 복도였다. 배혜진은 이제 막 태어난 자신을 볼 수 있었다.

눈물이 차올랐다.

할머니는…… 살아 계실 뿐 아니라 이렇게 말이 필요 없는 대화를 나눌 수 있을 만큼 건강했다. 특정한 공간을 다른 세계로 바꾸는 할머니만의 능력이 그 증거였다.

"고마워, 할머니."

"또 온 거냐?"

걸걸한 목소리를 듣는 순간, 생명의 신비로 가득한 병원 복도는 사라졌다. 정갈하면서도 화려하지만 그만큼 건조하고 차가운 병실이 나타났다.

배혜진은 천천히 고개를 돌려 중년에서 노년으로 넘어가는 남자를 바라보았다.

"왜 온 거야?"

"왜 오다니? 너만 할머니를 아낀다고 생각하는 거냐?"

"아빤 할머니 유언장에만 관심이 있잖아."

"말도 안 되는 소리."

아버지의 얼굴이 살짝 일그러졌지만 이내 원래대로, 거짓으로 꾸민 미소가 입가에 걸렸다.

"할머니는 살아 계셔. 그리고 곧 깨어나실 거야."

"혜진아."

"왜?"

"황 박사는 뇌사가 진행 중이라고 판단하고 있어. 말로 표현할 수 없지만 환자를 위해서라도 결단을 내려야 하는 시점이라는 뜻이야. 마음이 무척 아프겠지만……."

"나가 줘."

"네가 그렇게 하면 할머니 마음이 더 아프……."

"나가!"

배혜진이 눈물을 흘리며 소리쳤다.

아버지는 한숨을 내쉬며 병실 밖으로 나갔다.

할머니의 손을 부여잡은 배혜진은 눈물, 콧물을 흘리며 울었다.

"할머니, 어서 깨어나! 할머니, 어서 일어나야 돼! 사람들이 할머니를 죽이려 해! 할머니! 할머니!"

넓은 병실에 그 처절한 목소리만 울려 퍼지며 메아리를 만들어 낼 뿐이었다.

잠시 엘루마로 몰려들었던 먹구름은 물러가고, 하늘은 화창했다. 지나치게 햇살이 강해서 문제였지만 멀리까지 선명하게 보여 도시 전체가 아름답게 빛나는 느낌이었다.

샤일록은 세븐 타워 꼭대기에서 빛의 도시 엘루마를 내려다보다가 고개를 돌려 불쑥 물었다.

"30억에 그 검을 샀다면서? 그 새끼, 완전 로또 당첨된 거네. 누군지는 알아냈어?"

"노바디."

"음, 어디서 들어 본 이름인데. 아, 혹시 라마간에서 NPC와 친해져서 아이템 차지한 그 게이머야?"

안 그래도 할머니 걱정에 마음이 안 좋은 아레스는 샤일록이 비아냥거리는 말투로 그 새끼를 언급하자 눈빛이 극도로 차가워졌다.

"셀레스카르, 알지?"

"유명한 하이엘프잖아. 몇 번이나 만나려고 수소문했는데, 아직 어디 있는지도 알아낼 수 없었어."

"노바디는 셀레스카르의 제자야."

"설마."

"게다가 왕세자 론투엘의 사형이고."

"……."

샤일록의 얼굴에서 장난기가 사라졌다. 노바디라는 게이머가 보통이 아님을 직감한 것이다. 셀레스카르의 명성만 등에 업어도 뭘 하든 성공할 수 있는데, 룬트란 왕국의 왕세자와 그런 친분이라니.

"더 웃긴 건, 노바디가 진후 친구라는 사실이야."

아레스는 공명이 이메일로 보낸 조사 보고서를 통해 그 사실을 알고 한참이나 웃었다. 어이가 없어서 꿈일지도 모른다는 생각도 했다.

"진후? 안진후? 페플 그룹 회장 아들?"

"응."

"말도 안 돼."

"진후가 셀레스카르의 둘째 제자야. 노바디가 수제자고. 셋째는 왕세자 론투엘, 막내는 녹색날개 엘프 일족의 후계자인 아로간타르라는 엘프야."

"우와."

샤일록은 감탄하며 속으로는 굉장히 부러워했다. 어떻게 했기에 그런 인맥을 쌓았을까?

많은 사람들이 그저 검을 휘두르며 사냥해서 레벨을 올리고 기가 막힌 아이템을 착용하면 페플에서 최고가 될 수 있다고 생각하지만, 샤일록의 관점은 달랐다.

뼛속 깊이 상인으로서, 인맥이야말로 최고의 무기라는 게 그의 신념이었다. 같이 있기 힘들 만큼 뾰족하고 제멋대로인 아레스와 이렇게 시간을 보내는 이유 또한 그 인맥 때문이었다.

'진후를 한번 만나야겠는걸. 그 비결을 알아내려면 말이야. 그런데 노바디라는 녀석은 대체 뭐지? 자존심 센 진후는

누구 밑에 있을 놈이 아닌데. 음, 어쩌면 노바디라는 녀석이
야말로 진짜 경계해야 할 대상일지도 모르겠다.'

샤일록의 눈이 반짝거렸다.

그때, 멀린이 세븐 타워 꼭대기 옥상으로 올라왔다. 허연
수염을 가슴 언저리까지 늘어뜨린 멀린은 배배 꼬인 지팡이
를 짚고 다가왔다.

"늙은이 행세가 그렇게 좋아?"

"뚱보 행세보단 나아."

두 사람은 서로를 보며 씨익 웃었다.

멀린은 아레스 쪽으로 다가갔다.

"여기까지 급히 오느라 포털을 사용했어."

멀린은 중명 제국에 있다가 길드 마스터 아레스의 귀환 명
령을 받고 엘루마에 도착했던 것이다.

"영수증 제출하면 길드에서 지원할 거야."

"무슨 일이야? 중명 제국에 있는데도 검을 빼앗겼다가 다
시 가져오는 데 30억을 썼다는 이야기가 들리더라."

"던전 관리권, 담판을 지어야겠어."

"어떻게?"

멀린은 옥상 난간에 걸터앉았다. 거친 바람에 뒤로 넘어갈
뻔했지만 별로 놀란 얼굴은 아니었다.

"세상을 움직이는 힘은 딱 세 가지야."

"뭔데?"

멀린의 눈이 가늘어졌다. 보통 사람과 달리 그는 호기심이 생기면 자신도 모르게 눈을 가늘게 떴다.

샤일록도 다가왔다. 아레스는 대한민국 지하경제의 90%를 차지하고 좌지우지하는 사채 여왕의 손녀이자, 재벌 CRS 가문의 일원이었다. 저 여자의 사고방식을 조금이라도 알아 둔다면 앞으로 엄청난 도움이 될 터였다.

"돈, 권력 그리고 섹스."

아레스의 말에 입을 쩍 벌린 멀린은 엘루마에서 세 번째로 높은 세븐 타워에서 추락할 뻔했다. 샤일록이 손을 내밀어 지팡이를 잡아 주지 않았다면 죽어서 귀한 아이템이나 스킬을 잃을 뻔했다.

"죽는 줄 알았어. 고맙다."

"말로만?"

"갚을게."

멀린은 고개를 돌려 아레스를 쳐다봤다. 10대 후반 여자아이의 입에서 나올 만한 내용은 아니다.

'어느새 어른이 다 됐구나. 우린 너무 일찍 다 어른이 된 것 같아서 아쉽다.'

"세븐 길드의 캉트 던전 관리권 인수를 반대하는 사람들 목록은 이미 확보했어. 설득할 수 있으면 얼마의 돈이 들어도 좋아. 필요하면 페플 최고의 미녀들을 데려와서 안겨 줘. 그것도 안 되면……."

"죽인다?"

뒤에서 들린 목소리.

새까만 갑옷을 착용한 사내가 다가오자 여름 햇살마저도 차가워지는 느낌이었다. 얼굴까지 갑주로 덮여 있고, 파란색의 두 눈만 드러나 있었다.

브레크 용병대를 이끄는 프로스였다.

"잘 아시네요. 해 주실 거죠?"

"길드 마스터의 요청이라면."

"맞아요. 요청이에요. 노골적인 암살은 안 돼요. 자연스러운 죽음이어야 해요. 한꺼번에 죽여서도 안 돼요. 시간 차를 둬야 누구도 의심하지 않을 테니까요."

"명단은?"

"여기 있어요."

아레스는 서류 몇 장을 프로스에게 건넸다.

명단을 확인한 프로스는 그 자리에서 서류를 없앴다. 두 손 사이로 들어간 종이는 그냥 사라졌다. 찢는 것도 아니었다. 아레스는 프로스의 특별한 스킬임을 깨달았다.

"브레크 용병대의 주력은 내일 새벽부터 북쪽으로 올라갈 것이오."

"알겠어요."

아레스는 프로스로부터 시선을 뗄 수 없었다.

다른 사람들과 달리, 프로스의 이름조차 몰랐다. 그저 그가 지닌 강함이 필요해서 이용할 뿐이었다. 프로스 역시 세 븐 길드가 가진 재력, 권력을 이용했다.

프로스는 몸을 돌려 저벅저벅 발소리를 남기며 타워를 내려갔다.

"저 새끼는 정말 폼을 잡을 줄 알아. 저러니까 여자들에게 인기가 많지. 한데, 어떤 여자도 받아들이지 않나 봐. 혹시 게이인가?"

멀린이었다.

아레스가 멀린을 노려보았다.

멀린이 뭐라고 변명을 하려는데, 새하얀 갑옷을 입고 발랄한 얼굴로 엘리자베스가 올라왔다.

아레스는 말없이 앞으로 다가가며 검 퀘르를 뽑았다. 퀘르가 엘리자베스의 목을 자르기 직전, 두 손을 아레스를 향해 뻗은 샤일록의 정지 능력과 어느새 지팡이를 들고 위로 날아오른 멀린의 방어 마법이 살인을 막았다.

"……뭐야?"

화들짝 놀란 엘리자베스는 손으로 목을 만지며 아레스를 노려보았다.

"한 번만 더 까불어 봐. 매장시켜 버릴 테니까."

"매, 매장? 아빠한테 다 말해 버……."

"그렇게 해. 당장 달려가서 말해. 그러면 너는 물론 네 아버지도 지옥을 보게 될 거야."

"······."

엘리자베스는 아무 말도 못 했다. 도움을 청하는 눈으로 샤일록, 멀린을 쳐다봤지만 누구도 그녀를 보지 않았다. 평소엔 친해도 이런 순간 등을 돌리는 게 현실임을 엘리자베스는 처절하게 깨달았다.

무릎을 꿇은 엘리자베스.

"잘못했어. 난······ 또 다른 검이 경매장에 올라온 줄 알았어. 네가 잃어버렸을 거라고는 상상도 못 했어."

"정말 잘못했다고 생각해?"

평소와 달리 아레스가 빙긋 웃으며 물었다.

"다 내 잘못이야. 그러니까 용서해 줘."

"날 위해서 한 가지 일만 처리해 주면."

"응, 뭐든지 말해."

엘리자베스는 몸을 일으켰지만, 속마음은 달랐다.

'아레스 저년이 이렇게 쉽게 용서해 줄 리가 없는데. 대체 뭘 시키려는 거지?'

아레스를 잘 아는 샤일록과 멀린은 서로를 쳐다보며 한숨을 내쉬었다. 둘 다 엘리자베스가 이번 실수로 호되게 당하리라 확신했던 것이다.

"간단한 일이야. 엘루마 시장 알지? 국왕이 임명한 시장은 캉트 던전 관리권에 대해 태도를 분명히 정하지 않았어. 찬성하는 것도 아니고, 그렇다고 노골적으로 반대하는 것도

아니야. 난 너라면 그 변태 시장의 마음을 얻을 수 있다고
확신해."

"어떻게?"

"그 시장은 여자를 아주 좋아해. 가는 곳마다 미녀라 소문
이 난 여자들은 다 건드려. 언젠가 호되게 당하겠지만 말이
야. 아무튼, 시장은 아직 한 번도 이방인 여자를 품은 적이
없대. 그걸 무척 아쉬워하더라고."

"……서, 설마?"

"아주 간단한 거잖아. 여긴 가상 세계고, 이 몸은 진짜 몸
이 아니잖아? 그렇지?"

아레스의 손이 새하얀 성기사의 갑옷 사이로 파고들어 엘
리자베스의 가슴을 움켜쥐었다. 엘리자베스는 몸을 움츠렸
지만 감히 그 손을 뿌리칠 수는 없었다.

"그리고 넌 이미 여기 남자들과 잔 적도 있잖아. 하긴, 현
실에서는 볼 수 없는 미남들이 여긴 진짜 많으니까. 특히 엘
프는, 나도 최고라고 생각해. 그렇다고 천박하게 가짜에게
몸을 주고 싶은 생각은 없지만."

"나, 나는……."

"결정은 네 몫이야. 난 강요 안 해."

아레스는 손짓으로 샤일록, 멀린을 움직였다.

그들이 사라지자, 엘리자베스 혼자 남았다. 몸을 떨며 눈
물을 흘리던 엘리자베스는 울음을 그친 후 침을 탁 뱉었다.

"정말 악독한 년이야. 이런 식으로 날 길들이겠다? 뭐, 나쁜 방법은 아니야. 나도 좀 배워야겠어. 음, 누가 좋을까? 어떤 년을 보내야 그 변태 시장이 만족할까? 음, 순백의 신관복을 입히면 더 효과가 좋겠다."

엘리자베스는 자신을 따르는 여자들, 특히 모델처럼 잘빠진 여자들의 얼굴을 떠올리며 세븐 타워 옥상 난간으로 걸어갔다.

도시가 한눈에 들어왔다.

가슴이 부풀어 오르는 느낌.

세상의 꼭대기에 올라선 기분.

엘리자베스는 활짝 웃었다.

안진후는 빨간색 알약을 들어 올렸다. 성분 분석 결과는 놀랍고도 재미있었다. 검사 결과 알려진 성분은 그 어느 것도 검출되지 않았다. 이 알약은 이제까지 존재하지 않았던 물질의 조합이었다.

생각해 보면 딱 한 가지 논리적인 추론이 가능했다.

"페플 아이템이라는 거지, 이 알약은."

김현이 황철호라는 사람에게서 받아 낸 알약을 복용한 날부터 그 허기는 씻은 듯 사라졌다.

적두라 불리는 이 알약의 존재는 많은 것을 시사했다. 각성자들 중 일부, 어쩌면 다수가 안진후처럼 갈증과 허기에 시달리고 있을 것이다. 통장 잔고를 무시하고 카드를 긁으면 언젠가는 신용 불량자가 되는 것처럼, 체내의 힘을 무시하고 능력을 사용하면 갈증으로 고통을 받을 수밖에 없는 것이다.

안진후는 적두를 입에 넣었다. 혀에 닿는 알약에서 열기가 느껴진다. 머릿속에서 속삭이는 듯한 목소리가 들렸다.

─화정이 그 알약에 섞여 있어요, 오빠.

불의 정령 슈뢰딩거였다.

"다른 건?"

─어둠의 기운도 일부 느껴져요. 암혼석과 사혈석, 염화석 그리고 재생석도 소량 들어가 있어요.

암혼석, 사혈석 등은 모두 성질석으로, 페플에서 얻을 수 있는 아이템이었다. 안진후는 페플에 있어야 할 물건이 이곳 현실로 나와 있다는 사실에 격렬한 흥분과 깊은 공포를 동시에 느꼈다.

김현 같은 각성자가 어디엔가 또 있다는 뜻일까? 아니면 페플에서 이곳 현실로 아이템을 옮길 수 있는 수단이 있을까? 안진후는 거실 중앙에 자리를 잡고 있는 고스트 커넥터를 노려보았다.

'저기에 답이 있을 텐데.'

고스트 커넥터에서 쓸 만한 정보를 추출하는 데 성공했지만, 그 덕분에 윤태희가 어디 있는지 알아냈지만, 아직은 빙산의 일각이었다. 안진후는 겉만 핥고 있음을 확신하고 있었다. 내부 깊숙한 지점으로 파고들어야 하는데 그 방법을 알수가 없어서 답답했다.

김현은 의지가 되는 친구지만 이런 종류의 문제에서는 도움을 바랄 수 없다. 몇 마디 전문 지식을 내뱉는 순간 김현은 박용준처럼 순진하고 어수룩한 10대가 되어 버린다.

쥐구멍으로 들어간 안진후는 그동안의 연구 과정에서 찾아낸 정보를 바탕으로 세운 가설 몇 가지를 와이드월에 띄웠다. 벽을 가득 채운 디스플레이에 고스트 커넥터의 구조도와 정보를 추출해 낸 지점, 확인된 정보로 만든 실험 계획이 빼곡히 나타났다.

팔짱을 낀 안진후는 허점을 기대하며 화면을 훑었다. 명백한 오류는 이런 상황에서 반가운 손님이다. 오류를 발견하면 간단한 수정 작업으로 돌파구를 만들어 낼 수 있을지도 모른다.

"휴우."

한숨이 절로 흘러나왔다.

안진후는 슈뢰딩거를 소환했다. 틈이 날 때마다 불러내야 슈뢰딩거도 덜 답답할 것이다.

얼마 전에 박용준에게서 가스레인지 켜는 법을 배운 슈뢰딩거는 파란 불꽃 위에 앉아 몸을 '지지는 것'을 무척 좋아했다. 슬금슬금 거실로 나가는 걸 보니 오늘도 가스레인지 불꽃 위에서 시간을 보낼 모양이었다.

그때, 와이드월 오른쪽 위에 창이 하나 생겼다. 안진후가 사용하는 일곱 개의 계정 중 하나로 옛 친구가 이메일을 보낸 것이다. 제스처로 그 이메일을 연 안진후는 피식 웃었다.

> 한국에 들어왔다면서?
> 오랜만이다. 나 석훈이야, 문석훈. 난 녀 미국에 있는 줄 알았어. 넌 워낙 똑똑해서 박사 학위 서너 개 정도는 딴 후에 들어올 줄 알았거든. 잘 지내지? 한번 보자. 그래도 우린 꽤 친했잖아. 연락 기다릴게.

안진후는 왜 갑자기 문석훈이 연락했는지 알아내기 위해 간단한 프로그램 몇 개를 띄웠다.

그 프로그램들이 문석훈이 인터넷이라는 바다에 남긴 흔적을 찾기 위해 스스로를 복제하며 빠르게 실행되는 동안, 안진후는 팔짱을 낀 채 디스플레이 가득 채워진 정보와 가설을 확인하고 또 확인했다.

다시 한 번 한숨이 터져 나올 무렵, 안진후는 프로그램의 1차 결과를 볼 수 있었다.

"샤일록이라…… 딱 어울리는 이름이야."

안진후는 빙긋 웃었다.

그가 기억하기로 문석훈은 욕심이 많았다. 보통 아이들처럼 별 계산 없이 이기적인 게 아니라, 무언가 소유하고 싶은 것을 향해 달리면서도 치밀하게 계산적이었다.

2차 결과에는 이미 알고 있던 이름이 포함되어 있었다. 노바디에게 30억이나 되는 거금을 지불하고 검 쿼르를 되찾은 아레스가 문석훈과 관련이 있었다. 문석훈은 아레스 배혜진이 이끄는 세븐 길드의 일원이었다.

놀랍게도 큰형 안형준도 세븐 길드의 멤버였다. 안진후는 짜증과 고통을 차례차례 느꼈다. 큰형은 페플 그룹의 후계자로서 인맥과 실리적 이익을 위해 자신보다 거의 열 살 어린 아레스가 길드 마스터로 있는 세븐 길드의 일원이 되었던 것이다.

그때, 핸드폰 벨 소리가 들렸다.

안진후는 거실로 나갔다. 핸드폰은 소파 팔걸이 위에 놓여 있었다.

눈살을 찌푸린 안진후. 웬만해서는 목소리조차 듣고 싶지 않은 사람이었다. 하지만 받지 않으면 더 귀찮은 일이 생긴다. 큰형이라면 화가 나서 당장 여기로 쳐들어올지도 모른다.

고스트 커넥터로 눈길을 준 안진후는 통화 버튼을 눌렀다. 핸드폰을 들기 싫어 스피커폰 버튼도 눌렀다.

"무슨 일이야, 전화를 다 하고?"

─아주 잘했어.

"뭘?"

– 노바디.

안진후는 가만히 있었다. 큰형이 무엇을 알고 있는지 궁금했던 것이다. 예상대로 안형준은 기분이 좋은지 흥분된 말투로 떠들기 시작했다. 술을 마셨는지, 발음이 약간 꼬이는 느낌을 받았다.

– 안 그래도 아레스 건방진 년을 손봐 주려고 했는데, 어떻게 내 마음을 알고 제대로 한 방 먹여 준 거냐? 뭐, 우연의 일치겠지만 그래도 이 형은 기쁘다. 어떻게 노바디를 이용해서 아레스의 콧대를 꺾어 버렸는지 궁금하다. 언제 한번 보자. 그리고 노바디에겐 미안하다고 전해라. 아무리 지겹게 비가 따라오면서 퍼붓는다고 해도 캐릭터를 삭제할 줄은 상상도 못 했다.

"알았어."

안진후는 '비 이야기'에 깜짝 놀랐지만 내색하지 않고 답했다.

– 택현이 그 녀석에게선 아무런 연락도 없지?

"전혀."

– 또 보자.

전화는 끊겼다.

안진후는 급히 창을 하나 띄워 페플 시스템에 접속했다. 아버지가 허락한 프리벨리지 제로의 권한으로 큰형의 계정에 접근했다. 검제 남궁현도 외에 몇 개의 캐릭터가 있었는

싱크

데, 숨겨진 캐릭터가 둘이나 더 있었다.

"……신선이잖아."

안진후는 입을 쩍 벌렸다.

'하늘 도시' 천도와 관련된 전설은 곳곳에서 그 흔적을 찾을 수 있다. 또한 천도와 관련된 퀘스트의 수는 셀 수도 없이 많다. 어떤 유저는 천도를 들여다볼 수 있는 샘물 관련 퀘스트를 받았고, 또 다른 유저는 천도의 유물을 찾는 퀘스트를 수행하여 레어 아이템을 얻기도 했다.

그럼에도 누구도 천도를 직접 본 적은 없다. 심지어 천도에 산다는 신선의 존재도 아직은 베일에 가려져 있었다. 드래곤과 맞닥뜨려 그 압도적인 힘에 죽은 유저는 있을지언정, 신선을 만난 게이머는 찾기 어려웠다.

이런 상황에서 신선 캐릭터를 가지고 있다니.

게다가 또 다른 캐릭터는…… 악마였다.

"해킹한 건가? 누군가 큰형을 돕고 있을까? 혼자서는 불가능할 텐데."

호기심이 동한 안진후는 좀 더 깊이 파고들었다. 들킬 위험이 그만큼 늘어났지만 그냥 지나칠 수는 없었다.

꼼꼼한 작은형과는 달리 대범하나 허술한 큰형의 계정을 쉽게 탈취한 안진후는 곧 진실을 찾아냈다.

"베타테스터 당시의 계정을 삭제하지 않았구나!"

큰형은 어릴 때부터 아버지를 따라 회사에 놀러 갔고, 당시 개발 중이던 페플 베타테스트 과정에 참여했다. 모든 경우를 다 고려하고 확인해야 하는 베타테스트 과정 중에, 큰형은 안종화의 아들이라는 특권을 이용하여 신선과 악마라는 캐릭터를 만들었고 지금까지 몰래 유지해 온 것이다.

그냥 유지해 온 게 아니었다. 필요할 경우, 신선과 악마의 능력을 적극 활용했다. 그중 하나가 노바디를 따라다니며 비를 내리게 했던 선녀에게 부여한 명령이었다.

"이걸 아버지가 알면 참 재미있겠다."

안진후는 계정 정보를 몽땅 복사한 후 자기가 침입한 흔적을 깔끔하게 지웠다.

가슴이 뿌듯해졌다. 제멋대로에 폭력적인 큰형의 입에 물릴 재갈을 드디어 찾아낸 것이다.

페플 그룹 회장의 아들이 사적인 이익을 위해, 혹은 복수를 위해 아직 공개되지 않은 신선, 악마 캐릭터를 이용했다는 사실이 알려지면, 아버지는 절대 그런 아들을 용서하지 않을 터였다.

프리벨리지 제로의 권한이라면 신선, 악마, 심지어 드래곤을 종족으로 하는 캐릭터도 생성할 수 있다. 잠시 유혹에 빠졌지만 안진후는 고개를 흔들며 이겨 냈다.

단순히 들킬 위험 때문에 포기한 것은 아니었다.

순간순간, 하루하루 쉬지 않고 노력함으로써 실력을 쌓아 올려 모두가 놀랄 만한 경지에 이른 노바디 때문이었다. 편안한 지름길을 택한다면 노바디 앞에서 당당하게 웃지 못할 것 같았다.

"김현을 만나지 말았어야 했어. 앞으로 무지무지 힘들게 살 거 같아. 음, 지금이라도 늦지 않았을까?"

그렇게 말하면서도 안진후는 프리벨리지 계정에서 로그아웃했다.

와이드월을 가득 채운 정보를 노려본 안진후는 새로운 아이디어를 찾아냈다. 힘이 샘물처럼 솟아났다.

길을 찾아낼 때까지 계속 도전할 것이다. 분명히 길은 저기 어딘가에 있으니까.

"난 분신이 그렇게 막 마음대로 움직일 줄은 상상도 못 했어. 그림자처럼 똑같이 행동하는 거라고 생각했거든. 역시 김현은 달라. 뭘 해도 달라. 너도 직접 봐야 해. 분신마다 다른 무공을 익힌다니까."

박용준은 빨간 낙지볶음을 밥에 올린 후 쓱싹쓱싹 비비며 말했다. 고추장 양념이 제대로 밴 새하얀 밥알을 숟가락으로 퍼서 입안 가득 넣고 오물거리면서도 말을 멈추지 않았다.

젓가락으로 오동통한 낙지 다리를 들어 올려 빨판을 살피던 안진후는 짜증이 났다. 박용준은 시간이 흐를수록 '김현

팬'을 뛰어넘어 '김현 빠'가 되어 가는 중이었다.

'왜 빠가 까를 만드는지 알 것 같다.'

"침 튄다."

안진후는 속내를 숨기려 했지만 무뚝뚝한 말투를 완전히 없애진 못했다. 박용준이 이런 면에 둔하다는 사실이 오늘따라 반가웠다.

"아, 미안. 나도 김현처럼 분신술을 펼칠 수 있으면 좋겠어. 붕대술을 익히면서 사토르의 장갑 컨트롤도 연습할 수 있으니까. 음, 생각해 보니까 김현은 나보다 몇 배나 수련량이 많아. 나보다 훨씬 강한데도 훨씬 더 노력을 많이 하니까, 난 죽었다 깨어나도 따라잡지 못할 거야. 분명히 그럴 거야. 너도 그렇게 생각하지?"

안진후는 박용준을 빤히 쳐다봤다. 처음 봤을 때는 사내답지 않게 수줍은 미소를 지으며 말수가 적어서 마음에 들었는데, 점점 말이 많아지고 있었다.

'호텔로 보내 버려?'

입에서는 다른 말이 나왔다.

"안 늦었어?"

"아, 맞다!"

박용준은 남은 덮밥을 세 번의 숟가락질로 입에 퍼 넣고 우물거리면서 식탁을 치우기 시작했다. 그러다가 젓가락을 들고 있는 안진후를 발견했다.

싱크

"미안, 아직 다 안 먹었지?"

"……다 먹었어. 얼른 들어가. 설거지는 내가 할게."

"부탁해."

박용준은 방으로 가 버렸다.

혼자 남은 안진후는 거실에 놓여 있는 고스트 커넥터를 바라보았다. 반쯤 조립된 저 기계를 작동시키기 위해 갖은 애를 다 썼지만, 막다른 골목길에 다다른 느낌이었다.

갑자기 짜증이 치밀어 오르자, 젓가락을 기계를 향해 던졌다. 젓가락 중 하나가 커넥터의 틈에 꽂혔지만 분이 풀리지 않아 먹다 남은 덮밥도 들어서 힘껏 던졌다.

퍽.

위태롭게 균형을 취했던 고스트 커넥터는 충격을 이기지 못해 붕괴했고, 밥알과 낚지볶음 양념이 그 사이로 흘러내렸다. 안진후는 고개를 흔들며 식탁에 있는 그릇 따위를 싱크대로 옮기고 설거지를 시작했다.

박용준이 했던 말이 머릿속에서 맴돌았다. 흐르는 물로 그릇을 깨끗이 씻는 일에 집중하면 줄어들지만 곧 커지는 목소리.

한동안 페플에 접속하는 대신 고스트 커넥터에 집중했었다. 거기에 답이, 길이 있으리라 판단한 것이다.

"……내 판단이 틀렸는지도 모르지. 그 대가로 저 멀리 앞서가는 노바디의 꽁무니나 쫓아다니게 된 셈이야."

당장이라도 저 쓸모없는 기계를 쥐구멍 안쪽에 처박고 페플로 접속하면 된다.

그게 아니면, 이곳 현실에서 골동품 가게를 돌아다니면서 붉은 보석 '화정'을 찾아내어 슈뢰딩거를 레벨업시켜도 된다. 현재 스라소니 크기의 정령 슈뢰딩거가 사자처럼 커진다면 던전에 내려가서도 그리 꿀리지 않을 것이다.

특히 아로간타르 그 건방진 엘프에게 무시를 당한다면, 접시 물에 코를 박고 죽고 싶을 터였다.

"쪽팔리니까, 화정부터 찾아보자."

안진후가 외출 준비를 하려고 옷 방으로 들어선 순간, 집 곳곳에서 날카로운 사이렌 소리가 울렸다. 입체음향을 즐기기 위해 벽 여기저기 설치한 스피커에서 나온 소리는 요란했다.

"뭐야?"

짜증을 터트리며 쥐구멍으로 간 안진후는 벽에 달린 거대한 디스플레이 와이드월을 가득 채운 경고 메시지를 볼 수 있었다.

위험 경고-레벨 3

비정상적 존재를 감지했습니다. 즉시 네트워크를 폐쇄시키고, 내부 시스템을 정해진 절차대로 검사합니다. 외부 감시 프로토콜을 잠시 중단합니다. 자동화 설정이 변경됩니다. 시스템 각 단계의 보안 절차가 강화

됩니다. 권한 검사가 엄격해지고, 프로그램 실행에 제한이 가해집니다.

안진후의 눈이 커졌다.

위험 경고 레벨 3는 아직 내부 문제라는 뜻이다. 레벨 4 이상은 외부에서의 침입을 다룬다.

"음, 대응 스타일이 꽤 세련됐는데. 내가 이런 것도 만들었나?"

안진후는 가상 키보드를 불러내 시스템을 차근차근 살폈다. 그동안 수백 개의 프로세스가 저마다 목적을 이루기 위해 보이지 않는 곳에서 실행되고 있었는데, 위험 경고로 인해 대부분 중단된 상태였다.

하나씩 확인하는 과정에서 안진후는 자신의 능력에 놀랐고, 그만큼 뿌듯했다. 이 정도로 강력한 보안 시스템은 세계에 몇 개 없을 것이다. 비록 소규모지만 설계 자체는 매우 탄탄해서 웬만한 해킹으로는 흠집도 내기 힘든 수준이었다.

"우와, 이걸 내가 만들었어? 대체 언제 이런 걸 만든 거지? 기억도 안 나네."

보안 관련 시스템의 버전을 확인한 안진후는 깜짝 놀랐다. 열두 살 때 이토록 완벽한 보안 소프트웨어를 만들었다니! 더 놀라운 건, 그런 일을 까맣게 잊어버렸다니!

김현을 칭찬하느라 침을 튀기던 박용준 때문에 불편했던 기분은 완전히 사라졌다. 지금 당장 팔아도 될 만큼 완성도 높은 컴퓨터 시스템을 열두 살에 만든 '진정한 천재'가 대체 누구를 부러워한단 말인가.

시스템 설계도를 불러내어 하나씩 검토하고 확인하던 안진후는 깜짝 놀라 눈을 비볐다.

문제가 생긴 구역은…… 최근에 추가한 '고스트 커넥터' 파트였다. 거기서 비정상적인 프로그램 실행과 침투 시도가 감지된 것이다.

거실로 나간 안진후는 고스트 커넥터를 살폈다. 전원이 연결되지 않은, 파워가 공급되지 않는 상태였다.

"어떻게 된 거지?"

안진후는 고스트 커넥터에 연결해 놓은 노트북 중 하나를 켰다. 커넥터의 상태를 살피려는데, 화면이 새까맣게 변하더니 제멋대로 글이 적혔다.

-여기는 어디지?

그냥 노트북 화면만 바라보는 안진후.

-너는 누구지?

다시 화면에 나타난 질문.
침을 삼킨 안진후는 손을 키보드 위에 올리고 조심스럽게 입력했다.

　　ㅡ내 이름은 안진후. 당신은 누구지?
　　ㅡ안진후? 안종화의 셋째 아들인가?

　안진후는 다른 노트북으로 네트워크 상태를 확인했다.
　집에서 외부로의 연결은 완전히, 물리적으로 차단되어 있
었다. 무선으로도 연결이 불가능한 상태였다. 누군가 외부에
서 장난치는 게 아니었다.

　　ㅡ맞다. 당신은 누군가?

　안진후는 말라 버린 입술을 침으로 축였다.

　　ㅡ나는, 나는…….

　노트북 화면에 여러 가지 장면이 빠르게 지나갔다. 로봇도
나왔고, 멀쩡해 보이는 고스트 커넥터도 순간적으로 보였다.
그러나 워낙 단편적이라서 그 의미를 알기는 어려웠다.
　'혼란스러워하는 거야. 자기가 누군지 모르는 건가?'
　안진후는 잠자코 지켜보았다.
　곧 화면은 새까맣게 변했고, 문장이 나타났다.

―나는 프로페서 프랑켄슈타인이다.

'프랑켄슈타인? 어디에선가 들었는데. 맞아, 김현이 황철
호 사형에게서 들은 이야기에 저 이름이 있었어. 로고스 길
드 소속이었어.'
안진후는 흥분으로 얕고 빠르게 숨을 내쉬었다.

―로고스 길드의 프랑켄슈타인입니까?
―나를 아는군. 안종화의 아들답다. 그보다, 여기는 어디지? 왜 이렇
게 어둡지? 왜 나는 아무것도 볼 수가 없지? 불을 켜.
―잠깐만 기다리세요.

안진후는 노트북 모니터에 달린 카메라를 고스트 커넥터
와 연결했다.

―아, 보이는군. 확실히 안종화를 닮았어. 똑똑한 머리까지 말이야.

노트북 화면에는 카메라를 통해 보이는 안진후가 떴다.
안진후는 볼록렌즈로 찍은 듯한 그 얼굴이 별로 마음에 들
지 않았다. 아버지를 닮았다는 말에 하마터면 노트북을 닫아
버려 이 중요한 기회를 날릴 뻔했다.

-난 널 볼 수 있는데, 왜 나 자신은 보지 못하지? 나는 어디 있지?

-교수님은 <u>고스트 커넥터</u> 안에 있습니다.

-아, 그렇군.

길어지는 침묵.

안진후는 스스로 프랑켄슈타인이라고 이름을 밝힌 저 존재의 혼란을 느낄 수 있었다. 아직은 무슨 일이 벌어지는지 확신할 수 없다. 그저 인공지능을 뛰어넘는 지성적 존재가 저 고스트 커넥터 안에 갇혀 있다고만 추측할 뿐이다.

-어떻게 나를 깨웠나? 자네 실력을 의심하는 건 아니지만, 테크놀로지만으로는 불가능한 일이라서 말이야.

-실은……

안진후는 그동안 어떤 시도를 했는지, 어떤 방법을 사용했는지 설명한 다음, 화가 나서 먹던 음식을 던졌다고 이야기를 마무리했다.

-푸하하하하하하하! 프랑켄슈타인 그 녀석이 이런 경우는 전혀 예상 못 한 거야. 대체 누가 기계에다 음식을 던질 거라고 생각할 수 있을까? 껄껄, 그 덕분에 난 이렇게 되살아날 수 있게 됐지만. 이렇게 말하니 자네가 헷갈리겠어. 난 도플갱어야. 프랑켄슈타인이라는 각성자가 날 만들

어 낸 거지. 자신과 똑같은 존재를 만들어 낸 이유는 바로 고스트 커넥
터 때문이야. 완벽한 커넥터를 만들기 위해 날…… 사용한 거라네. 그 녀
석은 이런 식으로 내가 부활할 거라고는 상상도 못 할 거야.

안진후는 침을 꿀꺽 삼켰다.

도플갱어가 무엇인지는 안다. 〈파우스트〉를 쓴 독일의 대
문호 괴테도 젊은 시절 자신과 똑같이 생긴 도플갱어를 만났
다고 하는데, 보통은 비참하게 끝난다. 영화로도 잘 알려진
도플갱어가 실존한다니 놀라웠다.

　-부탁 하나 해도 되겠나?
　-제가 할 수 있는 일이라면요.
　-충분히 가능한 일일세. 남은 음식이 있다면 끼얹어 주지 않겠나? 꽤
오랫동안 굶어서 말이야.
　-알겠습니다.

안진후는 음식을 할 줄 몰랐다. 기껏해야 라면인데, 굶은
사람에게 그런 음식을 줄 수는 없다. 그래서 급히 중국집에
연락했다. 아침이라서 안 된다는 말에 음식값으로 다섯 배를
주겠다고 했다.

음식이 도착할 때까지, 안진후는 채팅을 통해 프랑켄슈타
인이 고스트 커넥터 중 정확히 어디에 있는지, 어떻게 음식

을 공급해야 하는지 따위를 확인했다.

초인종이 울렸다.

탕수육, 짜장면, 짬뽕 등 웬만한 중국 음식은 다 시켰다. 고스트 커넥터 주위에 음식을 깔아 놓은 안진후는 먼저 짜장면을 잘 섞어서 식힌 다음, 커넥터 중앙 부분에 천천히 부었다. 스스로 생각해도 웃긴 상황이지만, 최선을 다했다.

―음. 짜장면이군. 얼마 만에 맛보는지 모르겠어. 음. 좋아. 아주 맛이 좋아. 면발도 부탁하네.

안진후는 면발까지 쏟으면서도 프랑켄슈타인이 맛을 느끼는 방식을 이해할 수 없었다.

다음은 짬뽕이었다. 거실 바닥이 엉망이 되겠지만, 그건 나중 일이었다. 어마어마하게 성실한 박용준이 보면 깨끗하게 치울 테니 별로 걱정할 필요는 없었다.

중국 음식을 골고루 맛본 프랑켄슈타인은 대단히 만족한 듯 보였다.

―자네는 내 은인이야. 자네 덕분에 살아났으니. 자네는 나를 통해 진실이 무엇인지 알고 싶은 게지?

―그렇습니다.

―몇 가지 물건이 필요하네. 자네의 목적을 이루기 위해서는.

-무엇입니까, 그게?

　-재생석과 풍음석.

　-페플 아이템 말입니까?

　-성질석에 대해서 전혀 모르는군. 내가 알려 주지. 재생석, 풍음석 같은 성질석은 자네 말처럼 페플이라는 가상현실에서 특정한 경우에 얻을 수 있는 아이템이네. 또한 이곳 현실에 존재하는 던전 내에서도 확보할 수 있지. 유니온은 그 던전에서 가져온 성질석으로 어마어마한 부와 권력을 획득했다네.

　-던전이 여기, 그러니까 현실에도 있다는 말입니까?

　-광화문 지하에도 던전이 있네. 한번 들어가 본 적이 있는데, 아주 섬뜩한 경험이었지.

　-광화문 지하…….

안진후는 환상과 현실이 뒤섞이는 몽롱한 기분을 느꼈다.

페플을 즐기는 사람 중에 던전을 모르는 사람은 거의 없다. 그만큼 누구나 쉽게 내려가서 몬스터를 사냥하며 아이템도 얻고 레벨도 올리는 장소인데, 이곳 현실에도…… 심지어 광화문 지하에도 그런 던전이 있다니.

　-자넨 아카데미를 거치지 않았군. 대체 어떻게 각성을 한 거지? 혹시 근처에 '시더'가 있는 겐가? 아주 위험한 상태인데.

　-잠깐만요. 일단 재생석과 풍음석을 가져오겠습니다.

싱크

─설마 혼자서 던전에 들어가려는 겐가? 그러지 말게. 자네 혼자 가면 죽어. 던전은 유니온이 자랑하는 타격대도 숱하게 다칠 만큼 위험한 장소라네. 광화문 던전의 경우는 더 그래. 등급도 높고, 가끔은 등급이 제멋대로 조정되거든.

안진후는 머릿속이 복잡했다. 이해할 수 없는 내용이 한꺼번에 쏟아졌던 것이다.

'일단은 재생석과 풍음석부터 구해야겠어.'

프랑켄슈타인에게 기다리라고 알린 뒤, 안진후는 김현에게 연락했다.

─자네는 누군가?

노트북 모니터에 나타난 질문.

음식으로 뒤덮여 당장 버려도 시원찮을 더러운 기계를 힐끔 보던 김현은 안진후에게로 시선을 옮겼다.

"……난 잘 모르겠다."

"다시 설명할게. 잘 들어."

안진후는 노트북 화면을 통해 대화하는 존재에 대해서 이미 두 번이나 알렸지만, 끈기를 가지고 세 번째 설명을 시작했다. 김현이 멍청하다고 생각하진 않았다. '진정한 천재'인 자신조차도 이해하기 힘든 상황이니, '평범한 사람'인 김현이 이해 못하는 건 자연스러운 일이다.

세 번째 설명을 듣고도 김현의 표정에서는 당혹과 의문이 사라지지 않았다. 그러나 김현은 안진후가 왜 자신을 불렀는지 그 이유는 알아차렸다.

"재생석과 풍음석이 필요하다는 거지?"

"응."

"가져올게. 기다려."

김현이 현섬으로 사라지자, 프랑켄슈타인이 뜨겁게 반응했다.

―저건 현섬이 아닌가? 분명히 현섬이야!

―현섬, 맞습니다.

―놀랍군. 아카데미 근처로도 가지 않았는데 벌써 현섬을 익혀서 자유자재로 사용하다니. 대단한 재능이야. 어쩌면 저 친구가 시더일지도 모르겠군.

―시더가 무엇입니까?

안진후는 아까도 들었던 부분이라 좀 더 자세히 알고 싶었다. 김현이 돌아올 때까지는 여유가 있었다.

싱크

―시더seeder는 씨 뿌리는 사람이라네. 스스로 각성했을 뿐 아니라 주위 사람들을 각성시키는 사람을 우리는 시더라고 부른다네.

―그렇다면 김현이 시더가 맞을 겁니다. 제가 알기로 누구의 도움도 없이 각성했으니까요.

―현재 살아 있는 시더는 여섯 명이네. 그중 다섯은 유니온을 구성하는 다섯 길드를 이끄는 길드 마스터이고, 한 명은 유니온 소속이지.

그 말에 안진후는 적잖이 놀랐다. 그리고 조금은 속이 쓰렸다. 자기가 시더였다면 얼마나 좋을까? 그러면 섬바디라는 길드를 이끄는 데 전혀 문제가 없을 텐데.

곧 김현이 나타났다. 양손에 하나씩 재생석과 풍음석을 들고 있었다. 재생석은 흰색에 가까웠고, 풍음석은 가을 하늘을 닮은 돌이었다.

"이거 엄청나게 비싸. 개당 30만 골드나 줬어."

"땡큐."

김현에게서 성질석을 받은 안진후는 노트북 앞으로 가서 앉았다.

―이제 어떻게 하면 됩니까?

―내가 보여 주는 곳에 두 개의 성질석을 놓게.

화면에 재생석과 풍음석을 놓을 곳이 떠올랐다. 안진후는 조심스럽게 재생석과 풍음석을 금속 홈에 내려놓고 뒤로 물러섰다.

재생석은 수은처럼 녹아내려 기계 내부로 스며들었고, 풍음석은 조그만 소용돌이로 변하며 기계를 외부에서 에워쌌다.

기계에 묻어 있던 면발, 국물 따위가 돌풍에 휘말렸다. 바닥에 떨어진 음식 찌꺼기도 마찬가지였다. 그 강력한 바람은 점점 줄어들더니 커넥터 내부로 빨려 들어갔다.

그때, 고스트 커넥터가 허공으로 떠올랐다. 그리고 부서진 부분이 저절로 결합되어 원래의 형태로 돌아갔다. 불과 3분 만에 조립이 끝나 버렸다.

"외부로의 연결을 막아 놓았군. 아주 잘했네. 폐쇄하지 않았다면 커넥터에 깔린 프로그램이 나도 모르게 여기 위치를 그 녀석에게 알렸을 거야. 이젠 괜찮네. 내가 완벽하게 통제력을 회복했으니까."

묵직하면서도 약간 거친 음색이 특징인 목소리가 고스트 커넥터에서 흘러나왔다.

"프로페서 프랑켄슈타인?"

"더 이상 프랑켄슈타인이라고 부르지 말게. 사실, 프랑켄슈타인은 괴물을 만든 박사의 이름이니까. 음, 뭐가 좋을까? 프로메테우스. 그게 좋겠어. 닥터 프로메테우스라고 부르게. 좀 길어도 말이야. 너무 길면 닥터 프로라고 불러도 좋고."

"알겠습니다."

"자네 두 사람에게 보여 주고 싶은 게 있네. 커넥터를 이용해 내게로 접속하게."

"당신에게로 말입니까?"

"페플 커넥터를 내게 연결하면 쉽게 가능해진다네."

안진후는 즉시 김현과 함께 박용준이 들어가 있는 커넥터를 제외한 두 개의 커넥터를 거실로 옮겼다.

"……믿어도 될까?"

김현이 속삭였다.

"응."

"정말?"

"닥터 프로메테우스는 내가 한 질문에 하나도 빼놓지 않고 답을 했어. 그럴 때마다 왠지 모르게 좋아한다는 게 느껴졌어. 누구든 자기가 아는 지식을 아무런 대가 없이 다른 사람에게 전달할 때 순수하게 기뻐한다면, 난 그를 나 자신보다 더 믿을 수 있어. 그건 정말이지 굉장한 선행이거든. 지혜로운 사람일수록 자신의 지혜를 쉽게 남에게 주지 않아. 게다가 프로메테우스라는 이름을 택했잖아. 신화에서 프로메테우스는 인간에게 불을 갖다 준 존재야. 믿어도 돼."

안진후는 곧 연결 작업을 마쳤다.

"자네는 날 신뢰하는군."

고스트 커넥터에서 목소리가 흘러나왔다.

"제 판단을 신뢰합니다."

"들어오게."

안진후와 김현은 시선을 교환한 다음, 현관 쪽 거실을 가득 채운 두 대의 커넥터에 올라탔다. 곧 섬광이 터지며 접속이 이루어졌다.

안진후는 입을 다물 수 없었다.

거대한 섬이 하늘에 둥실 떠 있었다. 섬 가장자리로 흐른 강은 웅장한 폭포가 되어 아래로 떨어졌는데, 햇살을 받아 은빛의 소나기처럼 보였다. 섬 안쪽에는 울창한 숲이 펼쳐져 있고, 그 너머에 우뚝 솟은 탑이 하늘을 찌를 듯 서 있었다.

안진후와 김현은 높은 하늘에 뜬 채로 섬과 그 아래로 펼쳐진 대륙을 내려다보고 있었다.

메시지 창이 나타났다.

닥터 프로메테우스 : 탑으로 오게나.

생각만으로도 몸이 움직였다. 두 사람은 섬으로 날아갔다. 탑이 점점 가까워지자 그 규모에 압도되었다. 세계에서 가장 높은 건물도 이 탑 앞에서는 동네 빌라처럼 보일 것 같았다.

안진후는 흥분으로 숨을 쉬기 어려웠다. 페플에서의 성장

싱크

과 즐거움을 포기하고 고스트 커넥터에 집중하기로 결정한 판단이 옳았던 것이다. 닥터 프로메테우스를 통해 보다 많은, 정확한 정보를 얻을 수 있을 것이다.

안진후는 김현을 힐끔 쳐다봤다. 김현은 상기된 얼굴로 탑을 바라보고 있었다. 하나에 집중하면 저런 얼굴이 되는 김현을 잘 알기에 안진후는 더없이 기뻤다.

탑은 푸르스름한 수정과 다이아몬드로 만들어진 정교한 건축물이었다. 천장이 높은 통로를 지나자 대성당 같은 공간이 나타났다. 거기 닥터 프로메테우스가 왕좌 같은 의자에 앉아 있었다.

그를 본 안진후는 깜짝 놀랐다. 의자에서 튀어나온 유리관 수십 개가 닥터 프로메테우스의 몸 곳곳에 연결되어 있었던 것이다.

"보다시피 난 죽어 가고 있네. 재생석의 효과로도 날 오래 살려 놓지는 못할 걸세. 그렇지 않다면 프랑켄슈타인이 날 버리지 않았겠지."

"방법, 없습니까?"

김현이 물었다.

닥터 프로메테우스는 흥미로운 눈빛으로 진지한 김현을 바라보았다.

"자넨 날 잘 알지도 못하고 여전히 의심을 하면서도, 날 살리려는 의지를 갖고 있군. 이유를 물어봐도 될까?"

"그래야 하니까요."

김현은 확고했다.

"음, 우문에 현답이구먼. 아무튼 잘 왔네. 이곳은 나만의 세계라네. 내가 곧 주인인 곳이지. 그래 봐야 언젠가 나의 죽음과 함께 붕괴되겠지만 말이야."

"고스트 커넥터마다 이런 공간이 있는 건가요?"

안진후가 물었다.

"숨겨져 있지. 나 같은 도플갱어가 자네 같은 사람으로 인해 부활해야 이렇게 드러날 수 있지. 보통은 여러 가지 마법진과 기계장치로 막아 놓기 때문에 고스트 커넥터를 이용하는 사람도 모른다네. 첨단 전투기를 가져와서 바퀴만 사용하고 있는 격이지."

"고스트 커넥터, 얼마나 있습니까?"

"음, 내가 알기로는 열일곱 대가 있네. 난 공식적으로 존재하지 않으니 열여섯 대가 있겠지. 어쩌면 프랑켄슈타인이 더 만들어 냈을지도 몰라. 허나, 고스트 커넥터는 기본적으로 로고스 길드가 유니온과 다른 길드를 위해서, 특히 교육을 담당한 아카데미를 위해서 제작한 설비라네. 각 길드에도 유사한 장비가 있네. 그게 무엇인지는 나도 모르지만."

"유니온이 무엇입니까?"

안진후의 질문에 닥터 프로메테우스는 빙긋 웃었다.

"핵심을 찔렀군. 자넨 역시 똑똑해."

싱크

그때, 빛나는 벽과 바닥도, 수정과 다이아몬드로 이루어진 천장도 사라졌다. 닥터 프로메테우스는 여전히 유리관 달린 의자에 앉아 있었지만, 안진후와 김현은 끝이 보이지 않는 백색의 공간에 서 있었다.

홀로그램이 나타났다. 유니온의 조직도였다. 프리벨리지, 로고스, 모네타, 블랙 그리고 현문 길드가 모여서 만들어진 조직이 바로 유니온이었다. 제일 위에는 5인회가 존재했다.

"길드 마스터 다섯 명이 곧 5인회라네. 최고 결정권을 가진 사람들이야. 그 아래로 15인회가 있지. 그들은 각 길드를 실질적으로 운영하는 사람들인데, 사실상 크고 작은 결정은 거기서 내려진다네."

안진후와 김현은 거대한 조직도에서 5인회와 15인회의 위치를 볼 수 있을 뿐 아니라, 거기 속한 사람들의 사진, 이름 등 기본적인 정보도 확인할 수 있었다.

"프리벨리지 길드의 길드 마스터는…… 공석인가요?"

안진후가 조직도 중 일부를 가리켰다.

"아닐세. 누군지 알려져 있지 않아서 사진도, 이름도 없을 뿐이야. 보통은 5인회에도 참석을 하지 않아서 네 명이 회의를 할 때 많다네."

모네타 길드의 조직도 아래쪽에 공지우가 있었다. 김현은 유니온 아래쪽 아카데미에서 백정현을 발견했다. 거기에는 윤태희의 이름도 있었다.

다섯 길드 소속 각성자는 합쳐서 이백 명에 육박했다. 외국에 나가 있는 사람들까지 다 합치면 오백 명은 될 것 같았다. 놀랍게도 전 세계에 길드의 지역 사무소가 세워져 있었다. 베이징, 도쿄 등 아시아는 물론 런던, 파리 그리고 뉴욕에까지 각성자들이 자리를 잡고 있었다.

안진후는 기가 질렸다. 각성자 길드의 규모가 이토록 클 줄은 상상도 못 했다. 그러나 바로 그 때문에 오히려 가슴 안쪽이 뜨겁게 타올랐다.

'이 정도는 돼야 해볼 만하지.'

혹시나 하는 마음으로 살짝 고개를 튼 안진후는 김현을 살폈다. 김현은 아카데미 교육생 명단을 노려보고 있었다. 김현의 관심은 온통 백정현에게 쏠려 있었다. 목표를 향한 집중! 김현다운 행동이었다.

"이 사람이 지금 어디 있는지 알 수 있습니까?"

김현은 백정현을 가리켰다.

"내가 버려진 후 시간이 흘렀기 때문에 구체적인 장소는 알 수 없다네."

"교육생이니 교육받는 장소는 있지 않습니까?"

"각 길드의 길드 하우스나 커리큘럼에 따른 실습 장소가 있지만, 보통은 유니온 본부에 자주 모인다네. 설마 유니온 본부로 갈 생각은 아니지?"

김현은 아무 말도 하지 않았다.

"자살행위라네. 자네 같은 자각자는 잡히면 온갖 고문을 당한 후에 죽게 될 걸세."

"자각자라니요?"

안진후가 끼어들었다.

"도움을 받지 않고 스스로 각성한 사람을 유니온은 자각자라 부른다네. 자각자는 대개 시더지만 말이야."

그때, 조직도가 사라지고 유니온의 강령과 내부 규율이 시야를 가득 채웠다. 그중 하나가 확대되었다.

제42조 4

유니온은 감시위원회를 둔다.

감시위원회는 15인위원회와 여덟 명의 팀장으로 구성되며, 유니온 구성원의 일탈, 범죄를 미리 알아내기 위해 일정 기간 활동하는 감시 팀을 조직할 수 있다. 이 팀의 목적은 자각자 적발, 배신행위 근절, 비리 적발 등이다. 특히 자각자를 발견했을 경우, 감시 팀의 인원을 세 배로 늘릴 수 있다.

"자각자를 위험하다고 생각하는 건가요?"

안진후가 물었다.

"유니온은 자각자를 혈문이 보낸 첩자라고 생각한다네."

"혈문? 처음 듣습니다만."

안진후는 김현을 쳐다봤다. 김현 역시 모르겠다는 듯 고개를 저었다.

곧 내부 규율이 사라지고, 아이맥스 영화관보다 더 커다란 홀로그램 화면에서 전투 장면이 흘러나왔다. 김현이 몸을 움찔거렸다. 건물 사이로 콤포 막스가 걸어 다녔고, 야생 와이번이 떼를 지어 날아다니다가 아래로 내려와 자동차의 지붕을 발톱으로 움켜쥐고 하늘로 올라갔던 것이다.

"저기는 서울이야."

신음을 흘리는 김현.

안진후는 천천히 고개를 끄덕였다. 지나치게 생생한, 현실적인 장면이었다. 편집 없이 이어지는 영상은…… 영화일 수가 없었다.

그때, 아는 얼굴이 공중으로 뛰어올라 와이번 위에 올라탔다.

"……사형이야."

김현은 입을 벌린 채 화면을 바라보았다.

주먹으로 단번에 와이번의 목뼈를 부러뜨린 황철호는 와이번의 옆구리를 타고 자동차가 있는 발 쪽으로 내려갔다. 운전석에 앉아 있던 남자가 황철호를 보고 고함을 질렀다. 그 사람도, 조수석의 여자도 제정신이 아니었다.

"곧 괜찮아질 겁니다."

그렇게 말한 황철호는 자동차를 동료가 있는 쪽으로 던졌다. 거품을 물며 기절하는 사람들.

아래에 있던 금발 사내가 떨어진 자동차를 두 팔로 받아 냈다. 그 때문에 두 발은 아스팔트를 부수고 아래에 박혔다.

자동차에서 내린 두 사람은 구역질을 했지만 곧 몸을 일으 켜 뒤도 돌아보지 않고 달아났다.

"한국은 동방예의지국이잖아. 구해 줬는데 고맙단 말도 하지 않다니."

금발 사내가 이제 막 착지한 황철호를 향해 이죽거렸다.

"라이언, 지금은 예의를 차릴 상황이 아……니잖아."

황철호는 돌진하는 콤포 막스의 가슴께로 뛰어올라 주먹 한 방에 머리를 터트렸다.

그때, 황철호와 라이언 사이로 한 남자가 나타났다. 새까 만 머리카락이 허리까지 내려오는 그 사람은 창백한 피부의 미남이었다.

"음, 생각보다 강하네요. 이 세계에도 제법 능력을 갖춘 사람들이 있었군요."

"뱀파이어?"

라이언이 눈살을 찌푸렸다.

"혈문의 게리크라고 합니다. 이렇게 만나서 반갑습니다."

그렇게 말한 뱀파이어는 어느새 뽑은 검을 휘둘렀다. 어찌 나 빠르고 정확한지 라이언은 손이 잘렸는데도 뒤늦게야 고 통을 느꼈다.

라이언을 죽이려고 달려든 게리크의 등으로 권풍이 날아

들었다. 게리크는 몸을 돌리면서 발길질로 권풍을 막아 냈지만 밀려서 멈춘 자동차에 처박혔다.

"여긴 내게 맡겨."

"……알았다."

라이언은 피를 뿜으며 바닥에 떨어진 손을 집어 들고 그곳을 벗어났다.

자동차를 박살 내며 걸어 나오는 게리크가 황철호를 노려보며 활짝 웃었다.

그 순간, 화면은 끝났다.

"여기에 유니온이 있다면, 페플에는 혈문이 존재하네. 혈문의 기습에 유니온은 꽤 큰 피해를 입었지. 겨우 그 공격을 막아 낸 후, 유니온은 대체 어떻게 그런 기습이 가능했는지 조사를 했다네. 그 결론이 바로 자각자였네. 자각자가 혈문의 첩자로 활동하여 유니온의 허약한 지점을 알려 줬다는 것이지만, 문제는 증거가 없다는 점이었네. 그렇다고 해도 워낙 많은 사람들이 죽었기 때문에 유니온은 당시의 자각자를 감시위원회에 넘겼고, 감시위원회는 팀을 조직하여 자각자에게 고문을 가했지. 고문을 거듭해도 자백은 나오지 않았지만, 기습을 눈으로 보았던 각성자들의 머릿속엔 자각자가 곧 혈문의 첩자라는 인식이 깊이 박혔다네."

침묵이 흘렀다.

안진후는 김현을 살폈다. 무뚝뚝해 보이는 얼굴로는 어떤 생각을 하고 있는지 알 수가 없다. 위험을 느끼고 움츠러들기 직전일까? 아니면 유니온이 증거도 없이 고문했다는 사실에 분노하게 될까?

김현이 안진후를 쳐다봤다.

"네 판단이 옳았어. 우리 존재를 알리지 않은 거 말이야. 하마터면 큰일 날 뻔했어."

"어, 그래."

얼떨떨한 안진후.

"아무래도 백정현은 페플에서, 페플 방식으로 응징해야겠어. 백정현이 유니온의 아카데미 소속이니…… 여기서는 할 수 없어. 해서는 안 돼. 우리 자신을 숨기기 위해서라도."

"지혜롭군, 자네는."

닥터 프로메테우스가 활짝 웃었다.

어설프게 미소 지은 김현은 안진후 쪽으로 한 걸음 다가서서 속삭였다.

"여기는 너한테 맡길게. 솔직히 난 아직도 뭐가 뭔지 잘 모르겠어. 난 확실히 페플에 있을 때가 더 편해. 나 먼저 나간다."

"응."

안진후는 김현이 접속을 끊고 사라지는 모습을 지켜보았다. 왠지 모르게 기분이 좋았다.

곧 그 이유를 깨달은 안진후는 얼굴을 붉혔다. 이곳에서는 자신이 김현보다 앞선다는 생각이 바로 그 이유였던 것이다.

"자네 같은 인재를 만나게 되어 아주 기쁘군. 본격적으로 시작하겠네."

닥터 프로메테우스의 몸에서 선이 뻗어 나와 안진후의 몸에 박혔다. 반짝이는 빛이 선을 통해 안진후에게로 이동했다. 빛이 몸 내부로 들어오는 순간, 안진후는 닥터 프로메테우스가 무엇을 하는지 깨달았다.

닥터 프로메테우스는 숨겨진 공간, 그가 지닌 지식의 세계를 모조리 안진후에게 주입하고 있었다. 안진후는 가슴에서 느껴지는 압박 때문에 입을 벌릴 수 없었다.

여섯 번째 길드

노우석은 밤 8시 30분에야 나타났다. 이쑤시개를 물고 온 그의 몸에서 고기 냄새가 흘러나왔다.

"여어, 일찍 모였네."

교육생들의 눈빛이 흔들렸지만 누구도 '당신이 늦었어.'라고 말하진 않았다.

"가자."

노우석은 계단 아래로 내려갔다.

교육생들이 뒤따랐다. 윤태희는 평소처럼 뒤로 처졌다.

퇴근한 남자들이 지하철을 타기 위해 계단을 터벅터벅 딛고 내려가는 중이었다. 축 늘어진 어깨, 지쳐서 맥이 빠진 얼굴의 남자들.

윤태희는 갑작스러운 충동에 깜짝 놀랐다. 저 사람들 앞으로 가서 지금 어떤 일이 벌어지는지 큰 소리로 설명해 주고 싶은 마음은 스스로 통제하기 어려울 만큼 크고 강렬했다.

페플은 단순한 가상현실이 아니다!

싱크 현상으로 영화에나 나올 법한 초능력이 현실이 되었다!

당신들은 진실을 전혀 모르고 있다!

저 많은 사람들이 진실을 모를 뿐 아니라 알 가능성조차 없다는 사실 자체가 윤태희는 싫었다. 왜 알려야 하는지도 모르면서 무작정 소리치고 싶은 이 감정을 어떻게 이해해야 할지 스스로도 몰랐다.

"거기, 너."

노우석이 윤태희를 보고 있었다.

교육생들은 보이지 않았다. 윤태희는 그 정체불명의 욕망을 슬며시 억누르며 걸음을 빨리했다.

"이쪽이야."

노우석은 벽을 가리켰다.

망설이던 윤태희는 손을 뻗었다. 벽은 정교한 홀로그램 같아서 손이 쑥 들어가 버렸다.

화들짝 놀란 윤태희.

"따라와."

노우석은 지나가는 사람들을 무시한 채 벽 너머로 사라졌

싱크

다. 윤태희도 그 뒤를 따랐다.

몇 명이 그 장면을 목격하고 멈춰 섰다. 그러나 곧 고개를 갸웃거리며 움직이기 시작했다.

벽에 걸쳐 있는 전깃줄에는 알전구들이 매달린 채 빛을 뿌리며 저 아래쪽까지 이어져 있었고, 나선형처럼 거대한 구멍을 둘러싸면서 내려가는 계단의 바닥은…… 보이지 않을 만큼 짙은 어둠이 아래에 깔려 있었다.

"출발."

노우석이 앞장섰다.

한 시간 가까이 내려온 후에야 심연의 바닥에 이르렀다.

공기 중에는 묘한 냄새가 섞여 있었다.

선로가 놓이기 전의 지하철 통로 같은 공간이 나타났다. 벽에는 여전히 알전구가 탄광의 갱도처럼 어둠을 밝히고 있었다. 눈치를 보며 기회를 살피던 백정현이 윤태희 옆으로 다가왔다.

"던전으로 가는 겁니다."

"던전?"

윤태희의 눈이 살짝 커졌다.

"역시 모르셨네요. 지금 우리는 던전으로 가는 겁니다. 아마도 광화문 던전일 거예요."

"……여기도 던전이 있어?"

"싱크 현상으로 생긴 던전이 몇 군데 있는 모양이에요. 저도 처음 들었을 때는 말도 안 된다고 생각했는데, 뭐 우리의 존재 자체가 말이 안 되잖아요."

백정현은 일부러 밝게 웃었다. 실수라도 한다면 지난번 호프에서처럼 아무도 없는 허허벌판에 갇힐지도 모른다.

"다른 사람들은 그걸 알고?"

"아마도요."

백정현은 속으로 공지우를 욕했다. 공지우처럼 아무런 정보도 알려 주지 않고 아카데미로 보낸 길드 책임자는 없었다.

"왜 그 사실을 내게 알려 주는 거지?"

"……우린 한 팀이잖아요. 저도 일단은 모네타 길드를 통해서 아카데미에 왔으니까요."

"힘을 합치자?"

윤태희의 입가에 미소가 어렸다. 너 같은 놈의 힘 따위는 필요 없다는 의미였다.

자존심을 꺾은 백정현은 비굴한 표정으로 되물었다.

"없는 것보다는 낫지 않을까요?"

"하긴."

윤태희가 고개를 끄덕이자 백정현은 언젠가 이 수모를 갚아 주리라 다짐하면서도 속없는 사람처럼 활짝 웃었다.

"던전에 들어갔다가 죽은 각성자들이 꽤 많은 모양이에요."

"거기도 몬스터가 나온다는 뜻인가?"

"그런 것 같아요."

"어떤 몬스터인지는 알고?"

"자세히는 몰라요. 그저 공룡이 출몰한다는 이야기만 언뜻 들었을 뿐이에요."

"공룡? 풋!"

윤태희는 웃음을 터트렸다. 멸종된 지 수천만 년이 지난 최강의 생명체가 던전에서 되살아나다니.

"뭐가 그리 재미있지?"

노우석이었다.

"아무것도 아닙니다."

백정현이 말했다.

잠시 후, 그들은 목적지에 도착했다. 바로 광화문 던전의 입구였다.

거기에는 던전 돌입을 위해 준비 중인 사람들이 있었다. 그들은 각종 도검과 갑옷, 방패 따위를 살피고 있었다.

"뭐야?"

묵직한 목소리.

노우석이 앞으로 나섰다.

"당주님, 접니다."

"무슨 일로 여기엘 다 왔을까? 바람둥이 노우석이 말이야."

"당주님!"

얼굴이 벌겋게 달아오른 노우석이 손가락으로 뒤쪽에 서 있는 사람들을 가리켰다.

"아, 교육생들인가?"

"그렇습니다."

"저 녀석들을 왜 데리고 왔지?"

"당주님! 제가 몇 번을 말씀드렸습니까? 오늘 던전 실습이 있다고요."

"뭐? 그런 이야기를 했어? 난 못 들었는데."

"휴우, 분명히 말씀드렸습니다."

"잊은 모양이지. 아무튼, 안 돼. 던전은 위험해. 저놈들이 들어가면 아무도 나오지 못할걸."

"유니온의 결정입니다."

"그래도 안 돼."

철혈당주이자 천무관 계승자의 둘째 제자인 황철호는 고개를 저었다.

"다들 인사드려. 이분이 바로 그 유명한 통곡의 벽이시니까."

노우석은 교육생들을 이용하기로 마음먹었다.

교육생들이 고개를 숙이며 인사를 하자, 황철호는 못마땅한지 헛기침을 했다.

"던전에 꼭 들어가고 싶습니다. 부탁드립니다."

프리벨리지 길드 출신 엄명욱이 앞으로 나와 황철호에게 말했다.

황철호가 뻗은 주먹은 느렸다. 교육생들은 고개를 갸웃거렸지만, 엄명욱은 밀려오는 압력을 버티기 위해 안간힘을 다하다가 이기지 못해 그 자리에 주저앉았다.

"그 정도 실력으론 어림도 없다."

황철호가 코웃음을 쳤다.

나머지 교육생들은 엄명욱이 얼마나 강한지 알기 때문에 아무 말도 못 했다.

"자격만 갖추면 된다는 뜻인가요?"

윤태희였다.

"물론……."

황철호는 깜짝 놀랐다.

밤을 배경으로 서 있는 광화문이 보였다. 그 앞을 오가는 사람들도. 자동차들은 경적을 울리며 달리고 있었다.

황철호는 주위를 살피며 숨을 들이마셨다. 초여름 특유의 향기가 공기에 담겨 있었다.

"환각력이군."

"어떤가요?"

"재미있어."

그렇게 말한 황철호가 발을 한번 구르자 '텅' 소리가 났고, 그 순간 환각은 사라졌다.

윤태희는 가슴에 손을 올리며 뒤로 물러섰다.

저 단순해 보이는 발 구르기에 깃든 힘은 어마어마했다. 마치 몸속의 피가 끓어오르는 것 같았다.

"죽어도 상관없다면 넌 따라와도 된다. 쓸모가 있겠어."

돌아선 황철호는 철혈당 사람들에게로 가 버렸다.

"가 봐. 이런 기회, 흔치 않아."

노우석이 윤태희를 떠밀었다.

"저도 참가하고 싶습니다."

백정현이었다.

"너도 알지? 니 성적 말이야. 젖 좀 더 먹고 와라."

노우석이 비웃자 백정현은 아무 말도 못 하고 뒤로 물러섰다. 그를 쳐다보는 노우석의 눈에는 경멸이 가득 차 있었다.

가슴에는 어마어마한 분노가 쌓여 있지만 터트릴 수는 없었다. 자칫 잘못하면 학교에서 쫓겨나듯 아카데미에서 퇴출될 수도 있다.

철혈당이 있는 곳으로 간 윤태희 곁으로 은색의 머리카락을 허리까지 늘어뜨린 여자가 다가왔다.

"은근 글래머네."

"네?"

"맞는 갑옷이 있을지 몰라."

그 여자는 한쪽에 쌓여 있는 갑옷 더미에서 적당한 것을 골라서 가져왔다.

"입어."

"저는 필요 없……."

"죽기 싫으면 입어."

그 서늘한 목소리에 윤태희는 억지로 갑옷을 착용했다. 어려운 점은 은발 여자가 도와주었다.

허리에는 묵직한 가죽띠를 매고, 거기에 단검까지 찼다. 방패를 들라고 하지 않아서 다행이었다.

철혈당은 일곱 명이었다.

윤태희까지 포함된 여덟 명은 거대한 문 앞으로 걸어갔다. 문 좌우에는 광개토대왕비처럼 생긴 비석이 서 있었다.

"철혈!"

황철호가 외쳤다.

그러자 그를 따르는 사람들이 소리쳤다.

"철혈!"

윤태희는 그 순간 가슴 밑바닥에서 용암처럼 뜨거운 기운이 솟아나는 것을 느꼈다.

"돌입."

황철호가 말하자, 비석에서 빛이 흘러나왔다.

윤태희는 그제야 비석 옆의 잿빛 로브를 입은 사람들을 볼 수 있었다. 가상현실 페플에서 주로 마법사들이 입던 옷이었다.

쿵.

문이 저절로 열렸다.

그 너머는 어둠이었다.

덩치 큰 새빨간 고양이가 파란 불꽃 위에 앉아 가르랑거렸다.

식탁 옆 의자에 앉아서 불의 정령 슈뢰딩거를 바라보는 박용준의 눈에는 즐거움과 조용한 기쁨이 듬뿍 담겨 있었다. 저 보드라운 털을 만져 보고 싶지만 그랬다가는 손에 화상을 입어 진물이 나고 말 터였다.

"귀엽지?"

박용준이 속삭이자, 그의 옆에 있던 추영은 수백 마리의 나비로 변해 슈뢰딩거 주위를 날아다녔다. 날개의 색과 무늬가 다른 나비들이었다.

슈뢰딩거가 고개를 들어 박용준을 쳐다보았다. 그 몽롱하면서도 왠지 모르게 깊고 맑은 눈빛을 들여다본 박용준은 활짝 웃으며 몇 가지 장비를 베란다로 옮겼다.

햇살 비치는 베란다는 따뜻했다.

스타터라 불리는 금속 용기에 조그만 숯 소탄을 정성스럽게 쌓아 올린 박용준은 토치로 중앙 부분을 가열했다. 곧 새까만 숯 표면에 빨간색이 나타났고, 빠르게 번졌다. 인터넷 검색으로 배운 대로 토치 불을 끄고, 부채질을 시작했다. 까만 숯이 붉게 타오르는 모습이 너무나 신기했다.

어느새 옆으로 다가와 있는 슈뢰딩거. 안진후 외에는 누구에게도 가까이 가지 않던 녀석이었다. 심지어 김현조차 슈뢰딩거의 목덜미를 여유롭게 만질 수 없었다.

박용준이 옆으로 비키자 슈뢰딩거는 맛있는 간식을 앞에 둔 아이처럼 눈을 반짝이며 타오르는 숯으로 다가갔다. 분홍색 젤리 같은 발바닥이 얼핏 드러났다.

녀석은 평범한 고양이가 캔에 든 참치 따위를 먹듯, 기분 좋게 숯불을 먹기 시작했다. 빨갛게 달아오른 숯일수록 녀석에겐 맛있는 모양이었다.

옆에 쭈그리고 앉아 숯을 먹어 치우는 불의 정령 슈뢰딩거를 보고 있으니 이곳이 어딘지 헷갈렸다. 현실일까, 아니면 페플일까?

마음의 의문을 알아차렸는지 추영은 둘로 나뉘어 박용준과 바마퉁으로 변했다가 천천히 하나로 합쳐졌다. 마치 현실이 곧 페플이라고 말하는 듯했다.

안진후의 재촉에 시달리다가 바로 어젯밤 늦게 닥터 프로메테우스를 만났다. 고스트 커넥터 안에 있는 존재라는데, 박용준은 도저히 이해할 수 없었다. 그저 흥분한 안진후의 설명에 고개만 끄덕였을 뿐이다.

유니온에 대한 이야기도 들었지만, 왠지 다른 세상 일 같아서 실감이 나지 않았다. 한편으로는 각성자가 저렇게 많으니 다행이라는 생각도 들었다.

안진후는 닥터 프로메테우스에게, 그 수수께끼 같은 존재가 보여 주고 들려주는 지식에 푹 빠져 있었다. 그 신바람을 동감할 수는 없지만 박용준은 한동안 스트레스를 받아서 우울한 느낌마저 자아내던 친구의 긍정적인 변화가 반가웠다.

여전히 던전 플레이 때 실수를 할까 두렵고 떨렸지만, 서서히 익숙해지고 있다는 점도 좋았다. 물론 좀 더 효과적으로, 빨리 파티원들을 돕고 싶다는 마음이 점점 더 커져, 자신의 능력에 대한 답답함도 깊어지고 있었다.

그때, 털 뭉치 같은 것이 베란다로 떨어졌다. 날개가 꺾인 올빼미였다. 어떻게든 다시 날아오르고 싶은지 날개를 퍼덕거렸지만 제자리에서 빙글빙글 돌 뿐이었다.

숯을 맛있게 먹어 치운 슈뢰딩거는 바쁜 주인에게로 가 버리고 없었다.

박용준은 조심스럽게 손을 내밀었다. 동물 병원이라도 데려갈 생각이었다.

손이 보드라운 깃털에 닿는 순간, 말로 표현할 수 없는 감정이 솟아났다.

'아파하고 있어!'

올빼미의 고통이 고스란히 느껴져, 박용준은 자신도 모르게 눈물을 흘렸다. 고쳐 주고 싶다는 생각이 마음을 가득 채웠다. 던전에서 죽어 가는 동료를 봤을 때와는 비교도 할 수 없이 강렬한 감정이었다.

손끝에서 새하얀 빛이 흘러나와 올빼미를 감쌌다. 박용준은 깜짝 놀라 손을 살폈다. 항상 곁에 있던 추영이 팔을 에워싸면서 올빼미를 향해 안개처럼 이동했고, 곧 추영으로 인해 올빼미에게서 은은한 빛이 흘러나왔다.

꺾인 날개에서 우둑 소리가 났다.

올빼미는 동그란 눈으로 박용준을 쳐다보았다. 갑자기 고통이 사라져 놀란 듯했다.

날아올랐다가 박용준의 팔에 내려앉은 올빼미는 가볍게 귀를 물었다. 장난이라서 전혀 아프지 않았다. 오히려 올빼미가 회복되었다는 사실에 뛸 듯이 기뻤다.

어깨와 머리 위로 뛰어오른 올빼미는 곧 날개를 퍼덕이며 날아올랐다.

시야에서 올빼미가 사라졌는데도 박용준은 한동안 파란 하늘을 올려다보았다.

꿈을 꾼 느낌.

베란다 바닥에 깃털 하나가 남겨져 있지 않았다면 정말 꿈이라고 생각했을지도 모른다.

박용준은 자신의 손을 내려다보았다. 그리고 고개를 돌려 옆에 있는 추영을 바라보았다. 만약 이 능력을 페플에서도 사용할 수 있다면 파티에 큰 도움이 될 것이다.

'꼭 알아내야겠어.'

김현은 이순신 동상을 올려다보았다.

광화문을 배경으로, 그 어떤 상황에서도 당황하지 않고 적을 격퇴시킬 듯한 기세가 동상에서 느껴졌다. 그 동상 앞에서 포즈를 취한 채 사진을 찍는 사람들이 있었다.

김현은 쑥스러웠지만 핸드폰을 꺼내어 셀카를 찍었다. 세 번 만에 마음에 드는 사진을 찍을 수 있었다.

김현은 천천히 걸었다. 광장 양쪽으로 자동차들이 달렸는데, 그 사이로 이토록 여유 있게 걸을 수 있어서 무척 기분이 좋았다.

세종대왕 동상이 눈에 들어왔다. 우뚝 서서 적을 바라보는 듯한 이순신 동상과 달리, 조선의 성군이라 불리는 세종대왕은 앉아서 백성을 내려다보는 것 같았다.

근거 없는 불안이 가슴을 옥죄었다. 서둘러 집으로, 그 방으로 돌아가야 이 조마조마한 기분이 가라앉을 것 같았다. 숨고 싶었다. 탁 트인 곳에 혼자 서 있다는 사실이 주는 압박감은 의외로 컸다.

"휴우."

심호흡으로 마음을 다스렸다. 이 모습을 보면 안진후는 깔깔 웃을 것이다.

불안은 과거의 흔적이었다. 사람들 앞에 나설 수 없을 만큼 마음이 쪼그라들었던 4년 가까운 시간이 그런 식으로 불쑥불쑥 튀어나온 것이다.

김현은 일부러 미소 지었다. 여유를 가져서인지 이곳 광화문 광장이 왠지 모르게 빛의 도시 엘루마의 테페오 광장과 비슷하다는 생각이 들었다. 원형인 테페오 광장에 비해 광화문 앞 광장은 긴 형태였지만, 느낌에 객관적 근거는 그리 필요하지 않다.

"저, 사진 좀 찍어 주실래요?"

눈이 커질 만큼 예쁜 여자가 다가와 카메라를 내밀었다.

DSLR 카메라를 받은 김현은 어떻게 작동시키는지 몰라 난감했지만, 솔직하게 알렸다. 그 여자는 피식 웃더니 어떤 버튼을 누르면 되는지 알려 주었다.

세 번 만에 사진을 제대로 찍었다. 카메라를 돌려준 김현은 파란 하늘 아래 우뚝 선 빌딩을 둘러보았다. 이곳에 온 이유가 떠올랐다.

김현은 광장 바닥을 내려다보았다. 닥터 프로메테우스의 말이 옳다면 이 아래 어딘가에 던전 입구가 있을 것이다. 어쩌면 경복궁 지하에 던전이 있을지도 모른다.

탁, 탁.

그냥 발을 굴러 보았다. 마치 텅 빈 공간에서의 텅텅 하는 울림이 들리기라도 할 것처럼. 당연히 평범한 땅 같은 투박한 소리만 들렸다.

김현은 주변을 돌아보았다. 사람들은 각자의 이유로 바빴다. 자동차는 앞차가 약간만 반응이 늦어도 빵빵 경적을 울려 댔다. 저 높은 빌딩에서는 맡은 일에 최선을 다하는 직장인들이 열심히 업무를 처리하고 있을 것이다.

이 세계는 그 자체로 완벽했다.

또 다른 세계는 필요하지 않을 만큼.

김현은 충동적으로 페플로 이동했다. 순식간에 시야에서 광화문 광장이 사라지고 테페오 광장이 나타났다. 마치 처음부터 테페오 광장 중앙 분수대 앞에 서 있었던 것처럼.

눈앞의 세계 역시 겉모습은 완벽했다. 판석이 깔린 광장은 시청과 마탑 같은 건축물로 둘러싸여 있었다. 다만, 이방인과 현지인이 독특한 방식으로 어울려 산다는 점이 달랐다.

"두 개의 세계."

김현의 입에서 흘러나온 목소리는 미약했다.

다시 광화문 광장으로 이동한 김현.

김현을 보지 못하고 걷다가 부딪힌 할아버지가 젊은것이 앞을 보지 않는다고 욕을 하며 지나갔다. 김현은 개의치 않고 광장이 주는 공간감을 몸으로 느끼는 데 집중했다. 페플에서 느끼는 자유를 이곳에서도 느끼고 싶었다.

그 순간, 김현은 눈살을 찌푸렸다.

"아, 왜 그 생각을 못 했지?"

아이들이 던진 돌멩이가 늙은 고양이의 이마, 코 그리고 어깨를 때렸다. 몇 년 전이었다면 민첩하게 피했겠지만 나이 들어 노쇠한 고양이는 울음을 터트리며 버틸 뿐이었다.

"저리 가!"

　바마퉁이 소리치자 아이들은 난쟁이, 난쟁이 소리치며 달아났다.

　주저앉은 고양이에게로 다가간 바마퉁은 마음이 아팠다.

　돌팔매질에 고양이는 피를 흘리고 있었다. 손을 내밀자 몸을 부르르 떠는 고양이. 바마퉁은 천천히 접근했다. 혹시라도 고양이가 놀랄까 염려한 것이다.

　꽤 오랫동안 먹지 못했는지 몸이 홀쭉한 상태였다. 인벤토리에서 회복약을 꺼내어 핥게 했지만 고양이는 이내 고개를 푹 숙이고 더 이상 먹지 않았다.

　바마퉁은 고양이의 머리에 손을 올렸다. 올빼미를 낫게 했던 그 기이한 힘을 기대했지만 손바닥은 빛나지 않았다.

"도와줘."

　추영을 보며 속삭이는 바마퉁.

　추영은 바마퉁의 두툼한 손을 감쌌지만 그 빛은 흘러나오지 않았다.

　결국 고양이는 힘겨운 삶을 마쳤다.

그 동그란 눈에서 생명이 빠져나가는 순간, 바마퉁은 울음을 터트렸다. 이곳이 가상현실이라는 사실, 이곳 사람들이 NPC이며 여기 있는 동물도 모조리 프로그램에 불과하다는 사실은 이 순간 아무런 위로가 되지 않았다.

주인의 허락을 받은 바마퉁은 여관 뒤뜰에 고양이를 묻었다. 베란다로 추락한 올빼미를 회복시킨 그 힘은 왜 저 고양이에겐 발휘되지 않았을까? 아무리 생각해도 그 답을 찾을 수가 없었다.

여기가 페플이라서?

현실이 아니라서?

한숨이 터져 나왔다. 그때, 바마퉁은 반투명 메시지 창을 볼 수 있었다.

노바디 : 바쁘지 않으면 나올래?

바마퉁 : 무슨 일인데?

바마퉁은 약간 긴장했다.

노바디 : 집에만 있으면 답답하잖아. 잠깐 밖에 나갈 건데, 같이 가면 좋을 것 같아서.

깜짝 놀란 바마퉁은 즉시 답을 보냈다.

싱크

바마퉁 : 갈게.

바마퉁은 즉시 접속을 끊었다.

근정전은 웅장했다.

박용준은 파란 하늘을 한 움큼 베어 낸 듯한 근정전의 지붕이 무척 마음에 들었다. 자연스러운 아름다움이 건축물 자체에서 배어 나오는 느낌이었다. 근정전 앞쪽에 가지런히 서 있는 품계석을 보니 정신병원에서 자주 시청했던 사극 드라마 속으로 들어와 있는 느낌도 들었다.

"고마워."

"혼자 오기 좀 그래서 부른 것뿐이야."

"그래도."

박용준은 자신도 모르게 주위를 살폈다. 혹시라도 아버지가 보낸 경호원들이 자신을 발견하고 달려오지 않을까 염려한 것이다. 단숨에 먼 곳으로 이동할 수 있는 김현이 옆에 없다면, 박용준은 이토록 마음 편히 경복궁을 즐기지 못했을 터였다.

"여긴 안전해. 수틀리면 뽕 달아나면 되고."

김현이 말했다. 그 조용하면서도 묘하게 마음을 가라앉히는 목소리에 박용준은 절로 미소를 지었다.

둘은 사람들 사이에서 자유롭게 경복궁 내부를 돌아다녔다. 카메라를 손에 쥔 사람들은 삼삼오오 몰려다니며 사진을 찍었다. 박용준은 두 번이나 부탁을 받아 사진을 찍어 주기도 했다. 박용준 역시 김현처럼 처음엔 실수 연발이었다.

경회루를 본 박용준은 잠시 입을 벌리고 넋을 잃었다. 유독 경회루가 마음에 드는 모양이었다.

둘은 나무 그늘에 앉았다. 말이 없어도 편안했다. 김현은 이 평화로운 풍경과 어울리지 않는 던전 관련 생각을 머리에서 내쫓는 중이었고, 박용준은 경회루를 보면서 죽어 가던 고양이를 떠올리고 있었다.

"저 사람들은 아무것도 모르겠지?"

박용준이 입을 열었다.

"아마도."

질문의 의미를 파악한 김현.

"알게 되면 깜짝 놀랄 거야. 어떻게 그럴 수 있는지 모두 궁금해할 거야. 그렇지?"

"사실, 난 싱크 현상이 뭔지 알고 싶어."

"나도."

또 침묵이 흘렀다. 이번엔 무언가 이야기를 하기 위해 머릿속 생각을 정리하기 위한 기다림이었다. 입을 연 사람은 박용준이었다.

"할 말이 있어."

"말해 봐."

박용준은 안진후의 집 베란다에서 벌어진 일을 설명했다. 이야기를 듣던 김현의 눈이 커졌지만 그는 끼어들지 않고 끝까지 귀를 기울였다. 박용준은 여기 경복궁으로 오기 전에 페플에 있을 때 벌어진 일도 자세히 말했다.

"올빼미는 회복되었는데 그 고양이는…… 왜 그렇게 됐을까?"

"글쎄."

박용준에게 그런 능력을 함부로 사용하면 몸에 이상이 생길지도 모른다는 충고를 하려다 겨우 참아 낸 김현은 올빼미와 고양이를 떠올리며 얼버무렸다. 조언은 나중에 해도 된다.

"사실, 난 그 답을 알고 있어."

"그래?"

김현은 박용준을 바라보았다. 바람에 머리카락이 흔들리고 있었다.

"진짜가 아니라고 생각했던 거야, 나는. 그 고양이는 죽어도 어디에선가 다시 생겨날 거라고 생각했던 거지. 우리가 거기서 되살아나는 것처럼."

"무슨 말인지 알 것 같다."

"병원에 갇혀 있던 내게 페플은 전부였어. 페플에 들어갈 수 없었다면 난 거기 있던 사람들처럼 미쳐 버렸을지도 몰

라. 그런데 정신병원에서 빠져나와 그래도 지금처럼 자유롭게 되자 내겐 더 이상 페플이 전부가 아니게 된 거지. 어쩌면 병원에서 나온 순간 페플 대신 여기가 내게 있어서 진짜 세계가 되어 버렸는지도 몰라."

박용준은 담담하게 말하면서도 그런 자신에게 적잖이 놀랐다. 평소 이런저런 고민을 하지만, 이토록 명확하게 생각하는 바를 표현할 수 있을 줄은 몰랐다.

놀랍게도 생각을 내뱉은 순간, 박용준은 그게 바로 진실임을 알아차렸다. 추영이 위력을 발휘하지 못하는 이유는 전적으로 자신에게 있었다.

"우린 비슷해."

김현의 목소리에서 시원한 바람 느낌이 묻어났다.

"우리?"

"너와 나 그리고 진후까지."

"뭐가 비슷해?"

가슴이 두근거렸다. 박용준은 저 멀리 앞서 나가는 김현과 인진후 뒤를 자신이 겨우 따라가고 있다고 생각해 왔다.

"우리 셋 다 어떻게 보면 여기서는 루저야. 난 적응 못하고 방에 4년 가까이 처박혔고, 넌 나보다 더 오랫동안 병원에 갇혀 있었잖아. 자세한 이야기는 나도 잘 모르지만, 진후도 힘든 시간을 보냈어."

"……정말?"

박용준의 눈이 반짝거렸다. 김현 이야기는 알고 있지만 안진후도 그렇다니. 호기심으로 침까지 삼켰다.

"진후가 들으면 코웃음을 칠지도 모르지만 난 왜 우리가 각성자가 되었을까 질문을 던질 때마다 루저라서, 여기서 실패했기 때문이라는 생각을 하곤 해. 메이플라워호를 타고 신대륙으로 떠난 사람들은 유럽에서 더 이상 버티고 살 수 없었던 사람들이었어. 비교가 좀 우습지만 우린 현실에서 살아갈 수 없었기에 페플에 의지했고, 어쩌면 그로 인해 특별한 능력을 가지게 된 건지도 몰라."

"와아."

박용준은 감탄하면서 메이플라워호가 무엇인지 집에 가면 찾아봐야겠다고 생각했다. 왠지 지금 묻기엔 자존심이 허락하지 않았다.

"진후에겐 아무 말도 하지 마. 그 녀석은 몇 마디 말로 내 생각을 무너뜨릴 테니까. 처음 만날 때부터 똑똑하다고 생각했지만, 내 생각보다 훨씬 더 똑똑해. 재수 없다고 느껴질 만큼."

"나도 그렇게 생각해. 지나치게 똑똑해."

둘은 서로를 보며 깔깔 웃었다.

바람에 떨어진 나뭇잎 하나가 날아다니다가 물 위로 내려앉았다. 자연스럽게 풍경에 젖어 들던 두 사람. 침묵을 깨뜨린 건 이번에도 박용준이었다.

"난 조금 혼란스러워. 내가 각성자라는 것도 가끔은 받아들이기 힘들어. 너와 진후는 그럴 만하지만, 난 아니잖아."

"풋."

"……왜 웃어?"

"푼둠형에서 우리를 구해 낸 건 너야."

"그, 그건 그렇지만."

불꽃망치 드워프 일족의 도시 투월령에서 재판을 받았고, 그 결과 푼둠형이라는 벌을 받았다. 끝도 없이 하늘에서 떨어져 죽어야 하는 푼둠형의 진정한 목적은 캐릭터 삭제였는데, 추영의 극적인 변화로 그 형벌에서 겨우 벗어날 수 있었다.

박용준은 스카이다이빙을 배웠던 그 시간을 기억해 냈다. 절로 미소가 입가에 걸렸다.

불가능을 이뤄 낸 시간이었다. 아치, 배럴 롤, 백 루프 등 다양한 자세와 동작을 연습했고, 몸에 익힐 수 있었다.

"그땐 참 재밌었어."

과거를 회상하는 듯한 말투.

"지금은?"

김현이 씩 웃으며 물었다.

"지, 지금도 좋아."

"그때만큼 재밌지는 않다는 거지? 아로간타르, 체리 때문에 뒤떨어지는 기분이 느껴져?"

"어떻게 알았어?"

눈을 동그랗게 뜬 박용준. 다른 사람들도 이 사실을 알고 있을까 무서웠다.

"난 운이 좋았어."

"무슨 말이야, 그게?"

"만약 페플에 처음 들어왔을 때 겔란드 대사형을 만나지 못하고 보통 유저처럼 사냥하고 퀘스트를 맡았다면 나 역시 너처럼 나보다 월등히 강한 사람들을 보며 기가 죽었을 거야. 안 그래도 방에 처박혀 있었기 때문에 나만 뒤처진 기분이었으니, 더 그랬을 거야."

"그 마음, 나도 이해해."

고개를 끄덕이는 박용준.

"당시에 내가 왜 그랬는지는 모르겠어. 아마도 겁이 나서 그랬을 거야. 다른 사람들이 날 알아보면 어쩌나, 내가 겁쟁이라는 사실을 알아차리면 어떻게 말할까, 그런 마음으로 우스꽝스러운 인형 탈을 얼굴로 선택했고, 같은 마음으로 기존의 방식 대신 나만의 길을 걸었던 것 같아. 난 경쟁이 싫었어. 질 게 뻔하니까. 경쟁하지 않는 길을 걷다가 겔란드 대사형을 만난 건지도 몰라. 강해지고 싶었던 난 대사형을 찾아갔어. 대사형은 날 라마간 도시 근처에 있던 철림으로 데려갔고, 난 거기서 아주 오랫동안 도끼로 철목과 싸웠어."

"사부님께 그 이야기를 들었어. 불가능한 일을 해낸 거라고 하셨어."

박용준의 목소리에는 부러움이 묻어났다.

"콜마 육사형은 항상 날 좋게 생각해. 단점보다는 장점을 보는 분이니까. 하지만 만약 당시에 내 옆에 누군가 있어서 철목을 누가 빨리 쓰러뜨리는지 경쟁이 붙었다면 난 기겁하며 도망쳤을 거야. 지금도 경쟁은 싫어. 레벨업에 목숨을 걸지 않는 이유도 그 때문일 거야. 레벨을 깊이 생각하면 500대 초고렙 게이머들이 생각나. 그러면 내가 아무리 노력해도 그들을 따라잡을 수는 없기 때문에 아무것도 하기 싫어져."

"정말? 너도 하기 싫을 때가 있어?"

"어이, 난 기계가 아니야."

"그래? 전혀 몰랐어."

"뭐?"

김현은 어이가 없었지만 곧 웃고 말았다. 박용준의 마음을 잘 알았던 것이다.

왠지 모르게 위로를 받은 느낌이라서 가슴 안쪽이 따뜻해진 것 같았다. 박용준은 김현 역시 자신과 비슷한 사람임을 오늘 경회루를 보면서 처음 깨달았다. 동요와 고민은 마음속 깊숙이 숨겨져 있어 드러나지 않았을 뿐이다.

"내가 매일 쉬지 않고 수련하는 이유를 알려 줄까?"

"응, 궁금해."

"무서워서야."

"……말도 안 돼."

"난 사람들로부터 잊힐까 봐 무서워. 그리고 사람들에게 잊히기 위해 나 자신을 또 방에다 가둘까 봐 무서워."

담담하게 들리는 김현의 목소리.

박용준은 눈물을 흘릴 뻔했다. 김현이 투월령으로 내려온 이유를 잘 알았기 때문이다.

캐릭터 삭제로 인해 겔란드를 비롯한 사형들 모두가 노바디에 대한 기억을 잃었다. 수천 번 죽어도 전생 퀘스트를 포기할 수 없었던 이유는 그들로부터 잊히기 싫어서였다.

김현은 자신을 방에 4년이나 가두었다. 박용준은 그 이유도 알 것 같았다.

처음 정신병원에 갇혔을 때는 난동을 부릴 만큼 거칠게 저항했다. 그러나 정신병원에서 지내는 시간이 길어질수록 거기에 적응해 버렸다. 무엇보다 자신을 정신병원에 처넣은 아버지와 방관한 엄마에게서 잊히기 위해, 정신병원에서 나갈 생각 자체를 버렸다.

"넌 아는구나?"

김현은 놀란 얼굴로 물었다.

"우린 닮았잖아."

"맞아."

"근데 왜 난 이럴까? 난 너처럼 할 자신이 없어. 몇 번 시도해 봤지만 답답해져서 금세 포기하고 말았어."

"두려움을 이용해."

"어떻게?"

"가쿨라 사사형에게 들은 이야기야. 두려움은 그 자체로 아주 강력한 힘이라서 잘만 사용하면 엄청난 이득을 볼 수 있대. 만약 아버지가 보낸 사람들에게 잡혀서 정신병원으로 끌려간다면, 울릉도에 있다는 그 별장으로 옮겨져 두 번 다시 페플에 접속할 수 없다면, 그리고 나와 진후도 앞으로 영영 만나지 못한다고 상상해 봐."

"……."

주먹에 힘이 들어간 순간, 추영이 빛나는 날개로 변하며 실체가 되었다.

지나가던 사람들이 우뚝 멈추며 박용준을 바라보았다. 손가락으로 가리키며 저게 뭐냐고 수군거리던 그들은 이내 기억을 잊고 평소처럼 재잘거렸다.

손을 뻗어 추익을 만진 박용준은 할 말을 잃었다. 추영이 현실에서 실체가 되다니!

"넌 잠재력이 어마어마해."

"……내가 아니라 추영이 그럴 거야."

"아니, 추영이 아니라 너야."

단호한 김현.

"난 잘 모르겠어."

"사람들 앞에서 능력을 드러내는 거, 별로 내키지 않지만 오늘은 그럴 가치가 있을 것 같아."

싱크

김현은 씩 웃더니 박용준의 팔을 잡고 경회루 앞 연못으로
던져 버렸다. 공중으로 3미터나 올라간 박용준은 허우적거
리며 아래의 물을 볼 수 있었다. 눈을 질끈 감았지만 차가운
물의 감촉은 느껴지지 않았다.

　겨우 눈을 뜬 박용준은 허공 높이 10미터나 올라온 자신
을 발견했다. 새하얀 날개가 일으키는 바람은 무척이나 상
쾌했다.

　저 아래에 있던 김현이 사라졌다. 공간 이동술 현섬을 펼
친 것이다.

　박용준 바로 아래쪽에 나타난 김현이 덥석 발목을 잡았다.

　"거기로 가자."

　"거기?"

　휘청거렸다가 균형을 잡은 박용준이 물었다.

　"널 가뒀던 곳."

　"……정말?"

　두려움으로 목소리가 떨렸다.

　"날아오를 수 있는 널 두 번 다시는 가둘 수 없는 곳이잖
아."

　"그, 그래."

　"가자."

　"어느 쪽인지 몰라."

　"핸드폰."

"아, 그렇지."

박용준은 핸드폰으로 정신병원 위치를 알아냈다. 경복궁에서 그 정신병원으로 가는 길도 안내를 받을 수 있었는데, 도보와 자동차 그리고 대중교통 중에서 선택할 수 있었다. 웃음이 터졌다.

김현의 시선이 느껴졌다.

"그게, 날아가는 경우엔 내비게이션 기능을 사용할 수 없대."

김현도 웃었다.

방향을 알아낸 박용준은 좀 더 고도를 높여 날기 시작했다. 경복궁을 벗어나자 높은 빌딩이 나타났다. 박용준은 창가에 서서 커피를 마시다가 날개를 펼친 채 날아가는 모습에 놀라서 주저앉는 직장인들을 볼 수 있었다.

그 평범한 사람들을 놀라게 하고 싶지 않아서 좀 더 높이 올라갔다. 서울 시내가 한눈에 들어왔다. 뱀처럼 휘어져 서울을 관통하는 한강이 보였고, 우뚝 솟은 63빌딩도 시야 안에 들어왔다.

왜 그동안 답답하게 안진후의 집에 갇혀 있었을까? 김현이 오늘 밖으로 데리고 나오지 않았다면, 솔직한 이야기를 들려주지 않았다면 앞으로도 아주 오랫동안 자신을 탓하며 살았을지도 모른다.

저 앞에서 헬리콥터가 다가왔다.

"피하자."

김현이 말했다.

"응."

조종사가 날개를 펴고 날아가는 자신을 보면 잠시 정신을 잃을 테고, 그러면 헬리콥터가 추락할 수도 있다. 박용준도 좀 더 높은 곳으로 올라갔다.

그 순간 어디까지 올라갈 수 있을지 궁금해졌다. 손바닥처럼 작아지는 서울 대신 무한히 펼쳐진 하늘을 올려다보며 날개를 힘차게 퍼덕였다.

매 한 마리가 호기심을 가지고 주위를 맴돌다가 사라졌다. 곧 온도가 빠르게 떨어졌다.

"대기권 밖으로 나가려고?"

"그건 아니야."

웃음이 또 터졌다. 추익으로 대기권을 돌파한다면 얼마나 멋질지 생각했지만 언젠가 본 영화에서 우주는 호락호락한 공간이 아니었다.

다시 고도를 낮추던 박용준은 서울이 저토록 작다는 사실에 깜짝 놀랐다. 자기가 갇혔던 정신병원은 아예 보이지도 않았다. 마음 깊이 박혀 있던 예리한 쐐기가 뽑혀 사라지는 느낌이었다.

빌딩 옥상 근처까지 내려와 다시 핸드폰으로 정신병원 위치를 확인했다. 오래지 않아 도착한 정신병원은 예상보다 훨

썬 작고 낡아서 박용준을 놀라게 했다. 저런 곳에 그토록 오랫동안 갇혀 있었다는 게 거짓말처럼 느껴졌다.

잠시 후, 김현이 말했다.

"엄마 만나고 싶지 않아?"

"……엄마를 만나면 아버지가 알게 될 거야."

"멀리서라도 보면 되잖아. 어디 계신지는 알고 있지?"

"응."

"가 보자."

"다음에. 다음에 갈래. 아직은 준비가 안 됐어. 그래도 되지?"

"물론."

김현의 대답을 들은 박용준은 다시 위로 날아올랐다. 집으로 돌아가기 위해서였다.

"난 갈 데가 있어."

그렇게 말한 김현은 손을 놓고 아래로 떨어졌다.

박용준은 추락하던 김현이 사라지는 광경을 확인한 후에야 안도의 한숨을 내쉬었다. 혼자라서 불안이 몰려왔지만 고개를 흔들어 떨쳐 낸 박용준은 속도를 높였다.

김현은 현대백화점 정문 앞을 지나 코엑스 쪽으로 천천히 걸었다. 닥터 프로메테우스의 말에 따르면 코엑스몰 지하 깊은 곳에 던전이 있으며, 그 던전을 맡은 길드는 모네타였다. 광화문 던전은 현문 길드가 맡고 있었다.

이곳에 온다고 해서 각성자를 만날 거라고 기대하진 않았다. 직접 와 봐야 각성자들로 구성된 길드가 실제로 존재한다는 사실을 머릿속 깊이 각인시킬 수 있을 것 같았다.

도로는 자동차들로 가득 차 있었다. 코엑스 쪽 인도 역시 사람들로 붐볐다. 행사를 하는 모양이었다.

김현은 그 블록을 한 바퀴 돌았다. 날이 어두워지자 사람들이 더 몰려드는 것 같았다. 올려다본 하늘엔 구름이 짙어지고 있었다.

현재 서울에는 다섯 개의 던전이 있으며, 다섯 개의 각성자 길드가 하나씩 맡아서 관리하고 있다. 남산 던전은 로고스 길드, 한강 던전은 블랙 길드, 북악산 던전은 프리벨리지 길드에 맡겨져 있었다.

각 던전으로 탐사 팀이 들어가는데, 목적은 성질석 획득이었다. 다양한 종류의 성질석을 가공하면 어마어마하게 비싼 값으로 팔 수 있는데, 그 돈은 길드와 유니온의 운영 자금으로 사용되었다.

배에서 꼬르륵 소리가 났다. 김현은 가까운 음식점으로 들어갔다. 돈가스와 우동을 주문하고 기다리는데 핸드폰 벨이 울렸다. 안진후였다.

김현은 전화를 받았다.

- 거기서 뭐 하는 거냐?

"거기?"

- 너 지금 코엑스몰 근처잖아.

"어떻게 그걸 알아?"

- 서울 소재 던전들 주변 지역을 감시하고 있으니까 당연히 알지. 그 지역 CCTV 화면을 받아다가 인식 프로그램을 돌리고 있어. 벌써 각성자 몇 명을 찾아냈거든. 인식 프로그램이 너도 찾아낸 거고. 대체 왜 거기 있는 거야? 설마, 너…… 강남 던전 때문에 거기 간 거야?

"빙고."

김현은 속으로 깜짝 놀랐다. 안진후가 가만히 있을 리 없다고 생각했지만 벌써 감시를 시작했으리라곤 생각도 못 했다.

- 들키면 어쩌려고?

"누가 날 알아보겠어?"

김현은 점원이 돈가스와 우동을 가져오자 가볍게 고개를 끄덕여 보였다. 젊은 여자 직원은 김현을 보고 활짝 웃으며 말했다.

"맛있게 드세요."

- 뭐 먹고 있는 거야?

"돈가스와 우동."

- 혼자서?

"응."

－거기 사람들 많잖아.

"그러네."

김현은 어느새 빈자리가 없이 손님들로 들어찬 음식점 내부를 둘러보았다.

－혼자 먹기는 좀 그렇잖아.

"올래?"

－너 요즘 완전 차별이다.

"용준이에게 들었구나."

－그래, 그 녀석 완전히 신이 났어. 이번에도 푼둠형 때처럼 네가 도와줬지?

"용준이가 한 거야. 올래?"

－차 끌고 가면 한 시간은 걸릴걸.

"알았어."

김현은 화장실로 갔다. 아무도 없는 것을 확인한 그는 현섬을 펼쳤다. 한 번에 닿을 수 없는 거리라서 공간 이동술을 두 번 펼친 후에야 거실에 도착한 김현은 이제 막 옷을 입고 나오는 안진후를 보고 웃음을 터트렸다.

"그렇게 좋아?"

"나도 고스트 커넥터 붙잡고 있느라 답답했다고."

"아, 그랬구나."

"준비 끝."

"간다."

김현은 안진후의 손을 잡고 현섬을 펼쳤다.

두 번의 현섬이 남긴 후유증 때문에 변기를 붙잡고 한참을 게워 낸 안진후는 김현이 있는 곳으로 향했다. 과연 혼자 들어와 음식을 먹는 사람은 김현뿐이었다. 그래도 저 녀석이라면 별 어려움 없이 혼자 잘도 먹었을 것이다.

안진후는 족히 세 명이 먹을 만큼 다양한 음식을 주문했다. 해물볶음우동, 히레가스 그리고 치킨가스까지. 점원이 놀랐지만 안진후의 미소에 고개를 끄덕이며 돌아가서 주방에 내용을 전했다.

"정말 오랜만에 왔다, 여기."

"이 가게 온 적 있어?"

"근처에. 몇 년 전에."

안진후의 얼굴로 어두운 그림자가 스쳐 지나갔다. 별로 좋은 기억은 아닌 듯했다.

음식이 나왔다. 둘은 침묵 속에서 먹기 시작했다. 잠시 후, 안진후가 말했다.

"여기는 내게 맡겨."

"그럴 생각이야."

"정말?"

눈이 동그랗게 커진 안진후.

"나는 페플에 있으면 여기 현실을 잊어버려. 마치 거기가

싱크

전부인 것처럼 말이야. 그래서 한번 와 본 거야. 어쩌면 비현실적인 무언가를 기대하고 왔는지도 모르지만."

"그런 거, 봤어?"

"전혀. 닥터 프로메테우스의 말이 사실인지 의심스러울 만큼 평온해."

"겉으로는."

"그래, 겉으로는."

침묵이 흘렀다. 안진후가 콜라를 주문했다. 시원한 콜라를 마셨지만 여전히 입은 굳게 닫혀 있었다.

옆 테이블의 대화가 들렸다. 페플 이야기였다. 룬트란 왕국 북동쪽 도시 람코에서 받은 퀘스트 때문에 불평을 쏟아내고 있었다.

페플은 많은 사람들의 대화 소재였다. 페플을 모르면 아예 이야기에 끼기 힘들 때도 많다. 학생들 사이에서는 자연스럽게 따돌림을 당한다.

"앞으로 어떻게 할 거야?"

김현이 물었다.

"음, 아직 불확실하긴 한데 목표는 있어."

"뭔데?"

"여섯 번째 길드. 섬바디가 여섯 번째 길드가 되는 거지. 유니온의 일원으로서."

"우리가 낄 수 있을까?"

"지금은 그럴 수 없지. 하지만 너와 내가 있잖아. 충분히 해낼 수 있는 일이야."

김현은 당당한 안진후를 바라보았다.

저 자신감은 어디서 흘러나올까? 페플 그룹 회장의 아들이라서? 아니면 마음만 먹으면 무슨 일이든 해낼 수 있는 저 똑똑한 머리 때문에?

자신감의 근원이 무엇이든, 김현은 안진후가 아니라면 누구도 그런 목표를 이루지 못할 거라고 생각했다.

"내가 할 일은?"

"페플을 맡아."

"페플?"

"닥터 프로메테우스가 잔뜩 수집한 기록을 살펴봤는데, 현실과 페플은 싱크 현상으로 얽혀 있어. 페플에서 레벨이 높아지거나 뛰어난 스킬을 익히면 현실에서도 강해진다는 기록이 꽤 많아. 모두가 그런 건 아니라서 로고스 길드가 그 부분을 집중적으로 연구 중인데, 아직 결과가 나오진 않았나 봐. 아무튼, 각성자 길드는 현실뿐 아니라 페플에도 신경을 쓰고 있어. 너한테 30억을 안기고 검을 되찾은 그 아레스가 이끄는 세븐 길드는 모네타 길드와 관련이 깊어. 세븐 길드가 페플에서 입수한 아이템이나 마법서, 무공서 등은 모네타 길드 소속 각성자의 능력에 큰 영향을 끼치기 때문에 사실 한 몸이라고 해도 과언이 아니야. 그런 이유로, 넌 섬바디 인 페플을 이끄는 거야. 난 섬바디 인 어스를 책임지는 거고."

김현은 아무 말도 할 수 없었다.

안진후의 이야기를 들으면 시야가 확장되는 느낌을 받는다. 이곳과 페플이 하나의 세계로 묶이는 것 같다. 안진후는 어떤 세계를 보고 있을까? 어마어마하게 넓은 세계를 한눈에 내려다보고 있을까?

"어때?"

조심스럽게 묻는 안진후.

"콜."

김현은 밝게 웃었다.

이방인의 노예

메시지 창이 떴다.

벨란데르 : 경매가 낙찰됐어. 쌍단검은 3,700만 원에 팔렸어. 한 턱 제대로 쏴라.

노바디 : 치킨 쏠게. 나중에 보자.

거실에서 고스트 커넥터와 씨름 중인 안진후에게 답장을 보낸 노바디는 배시시 웃었다.

"조, 좋은 일이 있는가 봅니다, 대, 대사형."

여관 뒤뜰 나무 그늘 아래에서 마보 자세를 취한 채 무극 심법 제1문 축현을 수련 중인 아로간타르가 땀을 뻘뻘 흘리며 말했다. 새 몇 마리가 머리 위 나뭇가지에 앉아 듣기 좋은 노래를 부르고 있었다.

그때, 여관 2층 복도로 걸어가는 드라쿤이 보였다. 노바디가 손을 흔들었다.

"복수전, 안 하나요?"

노바디를 본 드라쿤의 얼굴이 와락 구겨졌다. 그처럼 비싼 아이템을 잃었으니 속이 상할 만도 했다.

"……지금은 바빠서요."

"그럼, 시간 될 때 언제든지 찾아오십시오."

"그러죠."

드라쿤은 딱딱해진 얼굴로 사라졌다.

풋, 노바디가 더 이상 참지 못하고 웃음을 터트렸다.

그 틈을 노린 아로간타르가 살짝 허리를 폈다. 허리가 끊어질 것처럼 아팠던 것이다.

"쉬고 싶으면 방으로 올라가서 쉬어."

"아닙니다!"

다시 자세를 잡은 아로간타르는 대사형은 뒤통수에도 눈이 달렸다고 생각했다.

흥분을 가라앉힌 노바디는 아로간타르를 정면으로 바라볼 수 있는 나무 그늘로 향했다. 시원한 바람이 부는 그늘에 서니, 드라쿤 덕분에 얻은 거금에 대한 생각이 희미해졌다.

노바디는 무극심법 제3문 파워를 펼쳤다. 흐릿한 윤곽이 또렷해졌고, 입고 있는 옷의 주름까지 완벽한 또 하나의 노바디가 바로 앞에 나타났다.

그 너머로 아로간타르가 분신을 보고는 깜짝 놀라 다리가 풀리며 넘어졌다가 다시 자세를 잡았다.

'한두 번 보는 것도 아닌데 계속 놀라, 저 녀석은.'

노바디는 분신을 셋으로 늘렸다. 자신은 광현칠검보를 수련하고 나머지 세 명에게 수라부월공과 무극심법, 천무삼권을 맡겼다. 네 사람의 노바디가 정사각형을 이루며 저마다 다른 무공을 수련하자 아로간타르는 할 말을 잃었다.

목검을 들고 광현칠검보의 제2초 기취이퇴를 수련하던 노바디는 고개를 돌려 여관 쪽을 바라보았다. 거기 육사형 콜마가 선 채 노바디를 응시하고 있었다.

노바디는 콜마 앞으로 달려갔다.

"시간 좀 내줄 수 있겠느냐?"

"얼마든지요."

"자리를 옮기자꾸나."

콜마가 먼저 여관을 가로질러 정문 쪽으로 걸어가자, 노바디는 분신을 풀어 버린 후 그 뒤를 따랐다.

콜마가 따가운 햇살을 피해 들어간 곳은 전통 찻집이었다.

기둥을 타고 올라간 등나무가 찻집의 지붕이었고, 주로 곰방대를 든 노인들이 손님으로 앉아 있는 의자는 모두 회백색 화강암 의자였다. 짙은 그늘 아래로 등나무 꽃 특유의 향기가 밴 바람이 천천히 불고 있었다.

자주 왔던 곳인지 콜마는 구석진 탁자로 가서 앉았다.

노바디는 맞은편에 앉았는데, 돌에서 올라오는 차가운 기운에 더위가 가시는 느낌이었다.

차가 나올 때까지 콜마는 팔짱을 낀 채 입을 꾹 다물고 있었다. 노바디는 육사형을 잘 알기 때문에 말을 할 때까지 기다렸다.

금이 간 찻잔에 황록색의 뜨거운 액체가 담겨 있었다. 마셔 보니 몸으로 따뜻한 기운이 퍼질 때의 느낌이 아주 좋았다. 돌로 된 의자가 뿜는 한기 때문인지도 모른다.

노바디는 조금씩 마음이 급해졌다. 그 차분하고 지혜로운 육사형이 이토록 긴장한 채로 고민을 하다니. 대체 무슨 이야기를 하려는 것일까?

찻잔을 다 비울 즈음, 콜마가 입을 열었다.

"노바디."

"네, 육사형."

"내게 10만 골드를 빌려줄 수 있겠느냐? 언젠가는 갚겠지만, 시기를 약속할 수는 없다."

그 말을 이해한 순간, 노바디는 안도했다. 돈 문제라면 거

싱크

리낄 게 없다.

"빌려 드리겠습니다."

"뭐?"

이토록 쉽고 간단하게 대답을 들을 수 있으리라곤 기대하지 않았던 터라, 콜마는 좀 당황했다. 노바디를 설득하기 위해 몇 가지 근거를 준비했건만.

"필요하다면 100만 골드라도 빌려 드릴 수 있습니다. 아니, 그냥 드리겠습니다."

"너, 100만 골드가 얼마나 큰 돈인지 알고 말하는 거냐?"

"전 육사형을 믿으니까요."

"이것 참."

콜마는 괜히 아까운 시간을 낭비하며 고민했다고 속으로 생각했다. 아로간타르와 체리 사이의 대화를 우연히 듣고서 노바디 수중에 엄청난 돈이 있음을 알게 된 콜마는 이 문제로 며칠이나 마음고생을 했었다.

"육사형 계좌로 넣어 드리는 게 편하시겠죠?"

"부탁한다."

"오늘 내로 처리하겠습니다."

"왜 그 돈이 필요한지는 궁금하지 않으냐?"

"아마도 겔란드 대사형과 관련이 있을 것 같습니다."

"눈치가 빠르구나."

콜마는 피식 웃었다.

"요즘 대사형 얼굴이 홀쭉해졌잖아요. 밤에 잠도 못 주무시는 것 같습니다."

"맞다. 넌 대사형이 왜 영웅회에 참가하려는지 그 이유를 알고 있느냐?"

"대사형의 사부님께서 실종되셨다는 이야기를 뮬란도르의 숲에서 얼핏 들었습니다."

"여기저기 수소문한 결과, 그분뿐 아니라 적지 않은 사람들이 사라진 것 같다. 대사형은 그 비싼 마법사 길드를 이용해 멀리 있는 지인들에게 대체 왜 사람들이 사라지고 있는지 물어보느라 가지고 온 돈을 다 써 버렸다."

"그래서 돈이 필요하신 거군요."

노바디는 고개를 끄덕였다. 합당한 이유여서 충분히 이해할 만했다.

"대사형께는 아무 말 하지 마라. 네게서 빌렸다는 말을 하면 받지 않을 테니까. 내가 그동안 모은 돈이라고 하면 못 이기는 척 쓰겠지만."

"알겠습니다."

노바디는 대사형의 염려를 알고 조용히 행동하는 육사형의 배려에 감탄했다. 서로를 위하되 상대의 자존심을 세워 주는 태도는 진정 닮고 싶은 부분이었다.

노바디의 진지한 눈빛을 확인한 콜마는 현재 상황을 간략하게 설명했다.

영웅회의 개최를 간절히 원하는 겔란드의 바람과 달리, 엘루마의 실세 바젠 후작가는 이방인 길드 세븐과 결탁하여 영웅회를 막기 위해 사방팔방으로 손을 쓰고 있었다.

"왜 영웅회를 막는 건가요?"

노바디가 물었다.

"영웅회는 단순한 모임이 아니기 때문이야. 예로부터 영웅회는 모두가 힘을 하나로 모으기 위한 자리였다. 몬스터대전 당시에는 마법사, 용병, 무인, 상인 등 무수한 사람들이 모여서 이전의 경쟁과 대립, 충돌을 잊고 단 하나의 목적, 즉 몬스터를 물리치기 위해 협력하기로 마음을 모았다. 내가 알기로 처음 영웅회에 사람들을 불러 모은 이 중 하나가 바로 셀레스카르 님이시다."

"아!"

노바디는 두 번의 몬스터대전이 여기 사람들에게 큰 의미라는 사실을 깨달았다.

"지금은 이방인의 도래로 몬스터로 인한 고통은 거의 사라졌다. 변방이나 지하 깊은 곳으로 가야 몬스터의 위협을 느낄 수 있으니까. 그런데 왜 영웅회가 다시 열릴까?"

콜마는 똑똑한 막내를 물끄러미 쳐다보았다.

"이방인 때문이군요."

노바디는 마음이 착잡했다.

"정답이다. 이번 영웅회는 대현자 파르소겐의 요청으로

시작되었다. 시간이 흐를수록 룬트란 왕국이 이방인 길드에 잠식당하는 현실을 개탄한 대현자는 현자 집단 호지센의 실질적인 손해를 감수하고 결단을 내린 거지. 영웅회가 열리면 자연스럽게 그동안 쌓였던 감정이 터져 나올 테고, 안하무인으로 행동하는 이방인을 내버려 둘 수는 없다는 의견이 나오겠지. 운이 좋다면 마법사, 용병, 무인, 상인 그리고 현자가 포함된 거대 조직이 탄생할지도 모른다. 내가 볼 때 그 조직의 수장은 대현자 파르소겐이 맡게 될 것 같구나."

그 말에 노바디는 늙은 개로 변신한 채로 도시 어딘가에 있을 대현자를 떠올렸다.

"이방인 길드는 그걸 알고 영웅회를 반대하고 있는 거군요."

"그런 셈이다."

"바젠 후작가는 왜 영웅회를 막으려 할까요? 바젠 후작가 역시 여기 사람, 그러니까 룬트란 왕국의 귀족이잖습니까?"

"현재 이방인은 이 세계에서 부의 원천이다. 이방인 덕분에 몬스터에게 빼앗겼던 어마어마한 양의 마법 물품이 되돌아왔으니 말이다. 이방인이 몬스터를 사냥하지 않는다면 얻을 수 없는 성질석으로 인해 룬트란 왕국의 재정은 이전과는 비교할 수 없을 만큼 튼튼해졌단다. 사실 마탑과 용병대, 무문 그리고 상단과 호지센까지 모두 이방인 없이는 운영이 불가능해. 불사의 능력을 지닌 이방인이 한꺼번에 사라지기라도 한다면…… 이 세계는 꽤 오랫동안 재기 불능 상태에 놓일 게다."

"이익 때문이군요."

"때로는 먹고사는 문제이기도 하지."

콜마는 씁쓸하게 웃었다.

한번 고기 맛을 보면 풀뿌리에 만족하던 삶으로 돌아갈 수 없다. 작은 집에서 큰 집으로의 적응은 쉽지만 반대는 불가능하다.

"영웅회를 진정으로 원하는 사람은 소수에 불과할 것 같습니다."

"그래서 대사형이 답답해하고 있다. 시청은 나서지 않으려 하고, 바젠 후작가는 노골적으로 영웅회 개최를 반대하고 있으며, 뮤카멘 백작가는 은밀히 영웅회를 지원하고 있지만 용갑을 구매하는 이방인 길드의 눈치를 봐야 하는 상황이라 공개적으로 나설 수는 없으니까. 테페오 광장을 둘러싼 마탑들도, 동북쪽과 서남쪽에 주둔지가 있는 용병대도, 어마어마한 부를 소유한 상단도 이 문제에 적극적으로 나서지 않는 분위기야."

"왜 대사형의 얼굴이 말라 가는지 이제야 이해할 수 있을 것 같습니다. 제가 도울 방법이 없을까요? 사부님과 셋째 사제로 인해 얻은 제 명성을 조금 이용한다면 변화를 만들어 낼 수도 있을 것 같은데요."

그 말에 콜마는 따뜻한 미소를 지은 채 한참 노바디를 바라보았다.

"육사형?"

혹시 말실수를 한 게 아닌가 생각한 노바디가 조심스럽게 불렀다.

"난 네가 이방인이라는 걸 가끔 잊는다. 아무래도 그건 내 문제가 아닌 것 같구나."

콜마는 부드러운 목소리로 말했다.

"제가 좀 독특한 것 같습니다. 그래도 이 땅의 주인은 이 땅에서 태어난 사람들이라는 사실은 변할 수 없다고 생각합니다. 이방인은 그저 여행자에 불과하니까요."

"그 여행자들 중 일부는 아예 여기에 정착할 뿐 아니라, 좀 더 적극적으로 지배하고 정복하기 위해 조직적으로 움직이고 있단다."

"길드 말씀이군요."

노바디는 허를 찔린 느낌이었다. 그 자신도 '섬바디 인 페플'의 길드 마스터였기 때문이다.

"엘루마 시내에 있는 건물 중 2할이 이방인 소유라더구나. 나도 며칠 전에 그 이야기를 듣고 깜짝 놀랐다."

"……정말입니까?"

"시청 담당 관료의 말이니 믿을 수밖에."

"……."

싱크

노바디는 할 말이 없었다. 부동산에 대한 욕망을 현실에서 페플로 가져오다니.

　"세븐 길드는 던전 관리권을 요구하고 있다는데, 아무래도 바젠 후작가의 끈질긴 지원 덕에 허가가 날 것 같다는 이야기도 들었다."

　"던전 관리권은 무엇입니까?"

　"던전과 관련된 권한을 말한다. 현재 시청은 각 던전을 관리하는 대가로 던전 내부로 들어가는 이방인에게 일정한 액수의 돈을 받고 있다. 투르카 던전만 무료로 개방될 뿐이지. 만약 던전 관리권이 세븐 길드로 넘어가게 되면, 자연스럽게 던전 입장료가 높아질 게다. 물론 던전 내부의 시설도 이전보다는 훨씬 좋아지겠지만."

　"그러면 좋은 일 아닌가요?"

　노바디는 조심스럽게 의견을 말했다.

　"우리가 던전 내부로 들어갈 기회가 원천 봉쇄된다는 사실만 제외하면 좋은 일이라고 볼 수도 있지. 이방인이 이 세계로 오지 않았을 때, 우리는 목숨을 걸고 몬스터와 싸웠고 그 결과 큰 희생에도 불구하고 가족과 삶의 터전을 지켜 냈단다. 1차, 2차 몬스터대전을 통해 살아남은 자들은 엄청나게 강해졌어. 그 결과가 바로 현재의 마탑, 무문, 용병대야. 문제는 불사의 능력을 가진 이방인이 던전이나 산맥, 변방 등 위험한 곳을 차지해 버렸기 때문에 우리와 우리 자손에겐 힘을 키울 환경 자체가 사라져 버렸다는 사실이야. 이대로 시간이 흐르면…… 우리는 이방인의 노예가 될 수밖에 없겠지."

숨은 고통이 느껴지는 목소리.

노바디는 아무 말도 못 하고 콜마를 바라볼 뿐이었다. 이방인으로 인해 이곳 사람들이 이런 생각을 하고 있으리라곤 상상도 못 했다.

"그렇다고 무조건 이방인을 탓하는 건 아니야. 위험한 모험 대신 안전한 이익을 택한 건 우리니까."

씁쓸해하는 콜마의 목소리.

"제가 뭘 해야 할까요?"

노바디는 진지했다.

"일단은 그 마음만 받으마. 아직은 대사형에게 이 일을 맡겨 두는 게 좋을 것 같구나."

"언제든 제 힘이 필요하시면 말씀하십시오."

"알았다. 그리고 요즘 대사형이 힘들어 보이니까, 다 같이 모여서 식사라도 했으면 좋겠는데."

"좋은 생각이에요."

"그럼, 내가 자리를 마련하마."

콜마는 부드럽게 웃었다.

여관 주인 도라는 휘파람을 불며 화로 위 돌 냄비 속 스튜를 숟가락으로 휘휘 저었다. 요즘처럼 행복한 적은 없었다. 이젠 웃으며 하늘을 올려다볼 수 있을 것 같다.

남편을 전쟁터에서 잃은 후 자식들 셋을 혼자 키우면서, 하루하루가 투쟁의 연속이었다. 전사 위로금과 남편과 함께 싸웠던 전우들의 도움 덕분에 차리게 된 여관 운영은 생각처럼 쉽지 않았다.

세 번이나 사기를 당했다. 시청과 경비대를 찾아가 하소연을 해도 소용이 없었다. 사기꾼은 이미 엘루마를 떠나 버렸던 것이다.

어려울 때마다 남편의 전우들이 발을 벗고 나서서 도와주었다. 그들이 외면했다면 여관 운영은커녕 자식 셋을 지금까지 키우지도 못했을 것이다.

그 전우들 중 한 명이 바로 여관에 투숙 중인 전직 용병 겔란드였다.

겔란드는 자기가 한 일을 입으로 드러내길 꺼리는, 진짜 사내였다. 처음 겔란드가 이방인들과 함께 여관을 찾아왔을 때는 속상하고 조금은 오해했었다. 남편을 죽인 사람이 바로 이방인이었기 때문이다.

오해는 곧 풀렸다. 노바디는 물론 바마퉁과 벨란데르까지,

보통 이방인과는 어딘지 모르게 달랐다. 특히 노바디는 그 커다란 얼굴만 제외한다면 이곳에서 태어나서 자란 사람이라고 해도 믿을 만큼 자연스러웠다.

노바디가 하이엘프 셀레스카르의 대제자라는 사실이 널리 알려진 지금, 도라는 달라진 주위 사람들의 시선을 느낄 수 있었다. 코딱지만 한 여관이라고 무시하던 사람들이 먼저 다가와 이런저런 이야기를 하며 잘 보이려 애를 썼다. 그들이 원하는 건 노바디에 대한 정보였지만, 도라는 냉정하게 모른다고 대답했다.

스튜 맛을 본 도라는 고개를 갸웃거렸다.

"좀 싱겁네. 양념을 더 넣어야겠어."

고기에서 우러나온 국물과 양념이 감자 깊이 스며들자, 도라는 콧노래를 흥얼거리며 그릇을 준비했다.

그때, 짙은 암적색 구름이 도라를 감쌌다. 구름이 도라의 코와 입 속으로 빨려 들어간 순간, 그녀의 눈이 붉게 빛났다.

-대상이 착란상태에 빠졌습니다.

뒤에 서 있던 드라쿤은 반투명 창을 볼 수 있었다. A카드로 3천만 원이나 주고 구입한 아이템이 꽤 쓸모가 있었다. 만족스러웠다.

"이걸 스튜에 넣어."

드라쿤이 유리병을 내밀자, 도라가 받았다. 유리병 안에는 검은 액체가 담겨 있었다.

싱크

도라는 화로 앞에 섰다. 유리병의 뚜껑을 연 그녀는 한 치의 망설임도 없이 돌 냄비에 검은 액체를 붓고 숟가락으로 저었다.

"이제 그 음식을 떠서 갖다 줘."

도라는 스튜를 그릇에 담았다.

복도 쪽 그늘진 곳 벽으로 물러나 등을 기대고 서 있던 드라쿤은 검붉은 보석이 박힌 반지를 손가락으로 어루만지며 빙긋 웃었다.

'자, 네가 그토록 아끼는 NPC들이 죽어 나자빠지면 어떤 표정을 지을지 기대가 된다. 노바디, 이 개새끼. 감히 내 아이템을 경매장에서 팔아 치워? 절대 용서 못 해.'

뚱뚱한 여관 주인이 쟁반을 들고 계단을 통해 올라가는 모습까지 확인한 드라쿤은 식당 구석 자리로 가서 앉았다. 위에서 들려올 비명과 혼란의 소리를 즐겁게 감상하기 위해서였다.

⁕

평소와 달리 음식에 대한 설명 한마디 없이 여관 주인 도라가 쟁반만 내려놓고 복도로 나가자, 겔란드는 이상하게 생각하면서도 배가 고팠기 때문에 푹 익어 야들야들한 고기 한 점을 포크로 푹 찍어서 들어 올렸다.

"대사형."

콜마의 나직한 목소리.

겔란드는 양념이 듬뿍 밴 고기를 물기 직전이었다.

"왜?"

"정말이지 대사형의 머리는 어떤 구조로 되어 있는지 궁금합니다. 이 냄새, 기억 안 나요?"

"스튜 냄새가 다 거기서 거기지."

"흑금독."

"……."

겔란드의 눈이 커졌다.

그 이름을 어떻게 잊을 수 있을까?

흑금독이 든 음식을 먹었지만 콜마 덕분에 해독제를 즉시 복용했다. 그럼에도 흑금독의 위력에 무려 석 달이나 설사를 했다. 그 고통은 몸에…… 특히 헐어 버린 엉덩이에 새겨져 있었다.

손을 들어 음식을 먹지 못하도록 막은 콜마의 행동에 잠자코 있던 노바디의 눈도 휘둥그레졌다. 음식에 독이 있다니. 그렇다면 여관 주인이 독을 넣었다는 뜻일까?

바마퉁과 아로간타르, 체리는 아무 말도 못 했다. 그저 어떤 일이 벌어지는지 지켜보고 있을 뿐이었다.

"제수씨가 그럴 리 없다."

겔란드가 말했다.

"제가 볼 때는 착란상태 같습니다. 아까 눈빛이 이상했거든요."

콜마가 조심스럽게 의견을 냈다.

"착란? 그렇다면 누군가 제수씨의 마음에 장난을 쳤다는 뜻이군."

벌떡 일어선 겔란드는 구석에 둔 양날도끼 중거추를 집었다. 방 입구로 달려간 후에야 고개를 돌려 육사제 콜마를 바라보았다.

"누구 짓이냐?"

성질 급한 겔란드다운 행동이었다.

"그걸 알아내기 위해 함정을 파야겠습니다. 도라 씨의 정신이 회복되어도 누구 짓인지는 알려 주지 못할 테니까요."

콜마의 눈이 빛났다.

"대사형!"

그 새끼의 목소리가 여관을 들썩거리게 할 만큼 크게 울려 퍼졌다.

드라쿤은 웃지 않으려 애를 썼지만, 입술을 비집고 미소가 흘러나왔다. 운이 좋아서 한 번 데스 매치에서 이겨 놓고 한마디 상의도 없이 아이템 경매장에 쌍단검 라파와 젤루를 팔아 치운 개새끼의 고통은 곧 그의 즐거움이었다.

아직 암살 명령이 내려오지 않았다는 점이 마음에 걸렸지만, 겔란드를 포함하여 노바디 주위에 있는 NPC를 모조리 다 죽여 버리면 별문제는 없을 것이다.

흑금독은 굉장히 희귀해서 어마어마하게 비쌌다. 당연히 흑금독을 해독할 수 있는 약재도 흑금독만큼이나 고가에 팔렸다.

여관 앞으로 사람들이 몰려들었다. 대부분 무슨 일이 벌어졌는지 궁금해하는 구경꾼이었다. 물론 거기에는 귀족가에서 명령을 받고 노바디를 살피기 위해 온 정탐꾼들도 여럿 섞여 있었다.

어느새 착란상태에서 벗어난 여주인이 호들갑을 떨며 위로 올라갔다.

'착란상태라서 다행인 줄 알아, 이 뚱돼지 년아. 네가 독을 넣었다는 걸 알게 되면 도저히 제정신으로 살 수 없을 테니까. 자, 나도 움직여 볼까?'

금세 여주인을 따라잡은 드라쿤은 겔란드 일행이 식사를 하는 방으로 들어섰다.

"무슨 일입니까?"

바닥에 쓰러져서 죽었거나 경련으로 손과 발이 떨려야 할 겔란드는 멀쩡하게 의자에 앉아 있었다. 노바디는 창가 쪽에 앉아서 큼직한 고깃덩이를 입에 넣고 오물거리고 있었다.

사람이 들어왔는데도 신경 쓰지 않는 그 태도에 드라쿤은 더 화가 났다.

"게, 겔란드 님······."

여주인이었다.

"아, 미안합니다. 대사형이 혼자 스튜 속 고기를 다 건져 먹으려는 바람에 제가 언성을 높였거든요."

노바디는 뒤통수를 긁었다.

"제수씨, 맛이 기가 막힙니다."

콜마가 엄지를 올렸다.

체리와 아로간타르도 한마디씩 칭찬을 하자, 도라는 안도의 한숨을 내쉬며 아까 빠뜨렸던 음식 설명을 시작했다. 요리에 들어간 재료가 어디에 좋은지, 어떤 사람이 먹어야 하는지 꽤 장황한 설명이었다.

드라쿤은 엉거주춤 서 있을 수밖에 없었다.

"식사했나?"

겔란드가 물었다.

"······아직입니다."

"앉게. 음식은 충분하니까."

"대사형만 덜 먹으면 충분하죠."

노바디가 한마디 했다.

"알았다, 알았어. 덜 먹으면 될 거 아니야? 고기 좀 좋아한다고 이렇게 구박을 하네. 내가 사람을 잘못 봤어. 이렇게 야

박한 줄 알았다면. 에이."

아이처럼 티를 내자 콜마와 체리가 동시에 웃었고, 곧 아로간타르와 바마퉁이 쿡쿡 웃음을 터트렸다. 노바디도 참지 못하고 그 분위기에 가세했다.

드라쿤은 어색하게 서 있을 수 없다는 생각에 앉았지만 막상 스튜가 담긴 접시가 앞에 놓이자 당황하고 말았다. 흑금독을 듬뿍 넣었건만, 왜 저 새끼들은 멀쩡할까? 혹시 함정이 아닐까? 이 접시에만 흑금독이 들어 있는 것 아닐까?

"드세요."

체리였다.

"아, 네."

여기서 거절할 수는 없다. 드라쿤은 억지로 숟가락을 들어 스튜를 떠먹었다. 맛이 좋았다. 흑금독 특유의 찌르는 듯한 고통은 없었다.

'내가 사기를 당했구나. 가짜 흑금독을 팔다니. 그 새끼를 잡으면 사지를 찢어 죽여야겠어.'

흑금독이 가짜라고 확신한 드라쿤은 그를 눈여겨보는 콜마의 예리한 시선을 놓치고 말았다.

"전 깜짝 놀랐습니다."

노바디였다.

"왜요?"

"그때 주신 쌍단검, 그렇게 비싼 아이템인 줄 몰랐습니다.

미리 알았다면 그런 식으로 팔지 않았을 겁니다."

노바디는 드라쿤의 아픈 부분을 바늘로 꾹꾹 찌르듯 느릿느릿 말했다.

"……전리품이니 노바디 님 소유가 맞지요."

"남자답게 한 번 더 하죠."

"네?"

"데스 매치, 어때요?"

"좋습니다."

그 분위기에서 드라쿤은 상대의 도전을 거절할 수 없었다. 오히려 이번에야말로 실력을 제대로 발휘하여 저렙 유저를 자근자근 밟아 버릴 생각이었다.

실수가 있어서는 곤란하다. 수단과 방법을 가리지 않고 저 건방진 새끼를 죽여야 한다.

공간 이동술 현섬으로 안진후의 집 거실에 나타난 김현은 숨을 길게 내쉬었다. 현섬은 매우 유용한 스킬이지만 가끔 정신이 아찔할 만큼 어지럽고 두통이 찾아온다.

거실에는 아무도 없었다. 주방도, 반쯤 문이 열려 있는 화장실도 비어 있었다.

"안진후?"

"여기야."

쥐구멍 쪽에서 들려온 목소리.

문을 열고 안으로 들어선 김현은 동그란 원기둥 형태를 앞에 두고 열심히 조립 중인 안진후를 발견했다. 안진후 옆에는 선형 모터, 합금 패널, 길고 짧은 전선, 3D 프린터로 뽑은 다양한 종류의 금속 조각 등이 널려 있었다.

오른쪽 벽에 달린 디스플레이 와이드월에는 용병 드라쿤과 관련된 정보가 가득 채워져 있는데, 매 순간 조금씩 바뀌고 있었다.

"뭐 하는 거야?"

"잠깐만 기다려."

안진후는 하는 일에 열중했다.

어깨를 으쓱 올린 김현은 와이드월 앞으로 걸어갔다. 흑금독이라는 매우 치명적인 독을 음식에 집어넣어 사람들을 독살하려 했던 드라쿤의 배후에 누가 있는지 알아내려면 앞으로 조금 더 시간이 필요한 듯했다.

"치킨과 보쌈, 족발 시켰어."

뒤도 돌아보지 않고 말하는 안진후.

"잘했어."

김현은 거실로 나갔다. 집 어디에도 박용준은 없었다. 아마도 자유를 만끽하려고 하늘을 날고 있는 모양이었다. 요즘 박용준은 밤마다 서울 상공을 날아다녔다.

싱크

서울 야경은 비현실적일 만큼 아름다웠다. 박용준은 거기에 마음이 빼앗겼을 것이다.

"성공!"

안진후가 소리쳤다.

몸을 돌린 김현은 공중에 둥실 뜬 채 다가오는 로봇을 볼 수 있었다. 스타워즈에 등장하는 유명한 로봇 R2-D2와 닮은 로봇이었다.

"이제 좀 낫군."

로봇에서 흘러나온 금속성 목소리는 어딘지 귀에 익었다.

"닥터 프로메테우스?"

"맞네. 진후 군이 내게 멋진 몸을 선물로 줬다네. 덕분에 혼자서도 이동할 수 있게 됐지. 그나저나 치킨은 아직인가? 예상보다 늦는군. 조바심이 나는걸."

닥터 프로메테우스는 현관 쪽으로 둥둥 떠서 날아갔다.

안진후가 김현 앞으로 다가왔다.

"고스트 커넥터의 형태만 살짝 변형했을 뿐이야. 초소형 분사 장치를 몇 개 덧붙인 것 외에는 내가 바꾼 건 거의 없어."

아무것도 안 했다는 안진후의 목소리에서 자부심이 묻어났다.

그때, 초인종이 울렸다. 닥터 프로메테우스가 빠르게 날아왔다.

"드디어 왔어! 어서 나가 보게."

김현은 얼마 전에 안진후에게서 받은 신용카드를 가지고 현관으로 나가 문을 열었다. 보쌈을 든 남자가 서 있었다. 김현은 안쪽을 힐끔 들여다보는 그 사람에게 신용카드를 건넸다.

사내는 세 번이나 결제에 실패했다. 보다 못한 김현이 단말기로 결제를 대신 해 줬다.

"오늘이 처음이라서. 고마워, 학생."

그 남자는 한 번 더 거실을 살핀 후에 엘리베이터가 있는 방향으로 걸어갔다.

김현은 거실로 가서 치킨을 내려놓았다. 세팅을 직접 할 필요는 없었다. 마음이 바쁜 닥터 프로메테우스가 로봇 팔을 빠르고 정교하게 움직여 비닐봉지에서 치킨 박스를 꺼냈을 뿐 아니라, 무가 든 플라스틱 용기를 주방으로 가져가 국물을 능숙하게 빼냈다.

"자, 다들 앉게."

준비를 마친 닥터 프로메테우스가 말했다. 그의 금속 팔 끝에 붙은 조악한 손에는 어느새 닭 다리가 하나 들려 있었다.

"왠지 꿈꾸는 것 같다."

김현이 안진후를 보며 속삭였다.

"뭐, 슈뢰딩거도 있는데. 솔직히 순간 이동보다는 현실적이라고 생각해, 나는."

안진후는 불의 정령을 소환하며 닥터 프로메테우스 맞은

편에 앉았다. 슈뢰딩거는 안진후가 던진 닭 날개를 날름 받아먹었다.

고개를 흔들던 김현은 한숨을 내쉬며 창가를 등지고 앉았다. 닥터 프로메테우스가 닭 다리를 입이라 여겨지는 금속 틈 사이로 밀어 넣자, 우두둑 뼈 부러지는 소리가 들렸다. 저 로봇은 뼈까지 먹어 치우고 있었다.

김현이 한 조각 먹으려고 손을 뻗는 순간, 초인종 소리가 들렸다.

닥터 프로메테우스가 김현을 바라보았다. 아무 말도 하지 않았지만 그 눈빛에 담긴 뜻은 명확했다.

몸을 일으킨 김현은 현관으로 가서 보쌈과 족발을 받았다. 이상하게도 배달 온 사람이 이번에도 단말기를 제대로 다루지 못했다.

거실로 돌아가자 닥터 프로메테우스가 금속 재질의 손을 부딪쳐 박수를 쳤고, 슈뢰딩거는 불을 뿜어내어 기쁜 마음을 표현했다. 김현은 말도 안 되는 상황이라 생각하면서도 닥터 프로메테우스에게 보쌈과 족발을 넘겼다.

그때, 창가 너머로 하얀 날개가 나타났다. 베란다로 착지하려던 박용준은 다리가 난간에 걸려 아래로 추락했다. 김현이 몸을 일으키자 안진후가 말했다.

"괜찮아. 안 가도 돼."

잠시 후, 박용준이 베란다로 내려섰다. 이번에도 위태로웠지만 균형을 유지하는 데 성공했다. 날개는 흐릿해지다가 사라졌다.

거실로 들어온 박용준의 눈이 커졌다.

"앉아서 먹어. 서두르지 않으면 하나도 못 먹을 거야."

김현은 닥터 프로메테우스와 슈뢰딩거를 힐끔 쳐다보며 말했지만, 로봇과 정령은 김현을 본 척도 하지 않았다.

세 명의 인간과 로봇 하나, 불의 정령 하나가 둘러앉아 치킨과 보쌈, 족발을 맛있게 먹었다. 상상이 이루어지는 영화에서도 등장하지 않을 만한 장면이지만, 김현은 이게 현실임을 인정하지 않을 수 없었다.

고정관념은 이미 무너졌다. 공간 이동술을 펼치는 자신이 저 로봇 형태의 존재를 부정할 수는 없다. 자기 자신을 인정하려면 눈앞의 모든 것을 받아들여야 한다. 김현은 터져 나오려는 웃음을 꾹 참았다.

뒤처리는 깔끔했다.

닭 뼈도, 돼지 뼈도 남지 않았다. 오히려 닥터 프로메테우스와 슈뢰딩거가 서로 하나라도 더 먹기 위해 치열하게 기싸움을 벌였다. 로고스 길드 소속인 프랑켄슈타인이 창조한 도플갱어인 닥터 프로메테우스는 뼈를 차지하기 위해 불의 정령 슈뢰딩거와 눈싸움을 하고 있었다.

그때, 음악 소리가 흘러나왔다. 바이올린 연주가 인상적인 클래식이었다.

싱크

"뭔가 찾았나 보다."

안진후는 쥐구멍으로 달렸고, 김현이 뒤따랐다.

와이드월 중앙에 사진 한 장이 떠 있고, 그 옆에는 몇 가지 데이터가 덧붙여져 있었다. 그 정보 중 하나는 현재 드라쿤이 접속한 장소의 주소였다.

사진을 본 김현은 할 말을 잃었다. 그토록 찾아 헤맸던 백정현의 사진이었다.

"드라쿤이 백정현이었어."

안진후가 말했다.

"아닐 가능성은 얼마야?"

"제로."

"하하, 하하."

어이가 없어서 터진 웃음.

"어떻게 할 거야?"

안진후가 물었다.

"응징해야지."

"페플에서?"

조심스러운 질문.

"물론 페플에서."

고개를 끄덕이는 김현.

"아주 잘 생각했네. 백정현은 유니온의 아카데미 소속 교육생이니 여기 현실에서 건드렸다가는 일이 꽤 복잡해질 걸

세. 아주 지혜로운 결정이야."

어느새 쥐구멍으로 날아온 닥터 프로메테우스가 기름으로 번들거리는 입을 조금씩 움직이며 말했다.

"어떻게 응징할 거야?"

"이제부터 생각해 봐야지."

김현의 입가에 미소가 걸렸다.

데스 매치로는 부족하다.

거기서 죽여 봐야 아이템이나 스킬만 잃을 뿐이다. 몬즈 마을 사람들을 모조리 학살한 대가로는 너무나 가볍다. 우과로 인해 몬즈 마을은 원래대로 회복되었지만, 그렇다고 해서 백정현의 죄가 사라지진 않는다.

김현은 모니터 앞에 앉아서 'NPC 살인죄', 'NPC 살인자'로 검색했다. 페플에서 NPC를 죽인 유저가 어떤 처벌을 받는지 알고 싶어서였다.

"추방의 인?"

살인자는 그 범죄의 경중에 따라 추방의 인이 이마에 찍힌다. 추방의 인 중앙에는 '죽음의 횟수'가 있는데, 그 횟수만큼 유저는 죽음을 당한다.

안타깝게도 현재 추방의 인으로 백정현을 처벌하는 건 불가능하다. 백정현이 페플에서 저지른 학살은 거기 사람들에게 잊혔다. 죽은 자들이 되살아났다. 살인은 아예 없는 일이 되고 만 것이다.

답답한 김현은 커넥터로 들어갔다.

몬즈 마을이 내려다보는 바위 절벽으로 이동한 노바디는 별이 쏟아질 듯한 밤하늘 아래 하나둘 불이 꺼지는 마을을 바라보았다. 까르르 웃는 아이들 웃음이 멀리서 바람에 실려 얼핏 들렸다.

노바디는 저 풍경이 그대로 유지되기를 간절히 바랐다. 만약 그 일로 응징한다면 백정현은 오히려 몬즈 마을에 해코지를 할지도 모른다. 죽여도 얼마든지 부활하는 여기 페플에서 백정현을 완전히 막기는 불가능에 가깝다.

그렇다고 가만히 있을 수도 없다.

"휴우."

차라리 저기 바깥 세계, 현실에서 백정현을 찾아가 정신이 번쩍 들도록 만드는 게 나을 텐데.

문제는 백정현 역시 각성자이며, 현재 유니온의 아카데미에서 교육을 받고 있다는 점이었다.

"역시, 당신이었군요."

뒤에서 들린 목소리.

노바디는 깜짝 놀랐다. 아무런 인기척도 없이 이토록 가까이 다가오다니.

천천히 몸을 돌린 노바디는 달빛 아래 서 있는 사내를 알아보았다.

"당신은?"

"맞소. 근위기사단을 이끄는 덴토마요. 앉아도 되겠지요?"

"아, 네."

노바디는 그제야 덴토마의 손에 들린 술병을 발견했다.

노바디 옆에 앉은 덴토마는 꿀꺽꿀꺽 술을 마신 후 병을 내밀었다.

말없이 받아서 마신 후에 술병을 돌려주는 노바디. 독주였으나 커넥터 덕분에 취기는 그리 강하지 않았다.

"고맙소."

"무슨 말씀이신지?"

"당신 덕분에 저 마을 사람들이 되살아났다는 사실, 셀레스카르 님께 들었소."

"아!"

노바디는 이 사람 역시 사부님처럼 그 대학살을 기억한다는 사실에 적잖이 놀랐다. 겔란드, 가쿨라, 콜마 등 사형들은 망각했건만 어떻게 눈앞의 기사단장은 그 일을 기억할 수 있을까?

순간 노바디는 현실에서 작용하는 '세계의 의지'를 떠올렸다. 보통 사람들은 눈앞에서 초현실적인 일이 벌어져도 곧

싱크

잊어버린다. 이성적 사고방식이 공간 이동으로 나타난 사람의 존재 자체를 지워 버리는 것이다.

여기서도 같은 힘이 작용한다면, 대학살을 기억하고 있는 사부님은 물론 눈앞의 기사단장도 각성자와 유사한 존재일지도 모른다. 처음엔 흐릿한 추측이었지만 곧 직감을 통해 확신으로 변했다.

"젊은 시절, 저 마을 촌장님께 은혜를 입었소. 평생 갚아도 다 갚지 못할 은혜라서, 그 일로 마음이 찢어질 듯 아팠소. 내가 증오에 눈이 멀어 어떻게든 범인을 찾아내려 안달을 내는 동안, 당신은 우과로 비극을 지워 버렸더군요. 당신에게 신세를 졌소. 언젠가 꼭 갚을 테니, 필요하면 나를 찾아오시오."

"운이 좋았을 뿐입니다."

노바디는 덴토마를 뜯어보았다. 이 사람이 페플 세계의 각성자라면 무엇을, 어디까지 알고 있을까?

"내가 어떻게 그 사건을 기억하는지 궁금한 눈이로군요."

"각성자입니까?"

"맞소."

술병을 입에 대고 마시는 덴토마.

왠지 모를 동질감이 느껴졌다. 각성자는 보통 사람들은 보아도 보지 못하고, 들어도 들을 수 없는 일을 보고 듣고 기억한다. 특별하지만 주류에서 쫓겨난 기분을 저 사내 또한 아주 잘 알고 있을 것이다.

'사부님 역시 각성자였어. 내가 왜 그걸 모르고 있었을까? 어떻게 보면 뻔한 건데.'

그 순간, 노바디는 닥터 프로메테우스를 통해 보았던 전투 장면을 기억해 냈다. 혈문 소속 뱀파이어와 이사형 황철호가 치열하게 싸우던 장면이었다.

"혹시 혈문 소속입니까?"

그 말에 덴토마의 눈빛이 날카롭게 변했다.

"의외로 많은 것을 알고 있군요. 아직 유니온에 들어가지 않은 걸로 알고 있는데요."

덴토마는 술병을 내밀었다. 그 술병을 잡고 한 모금 마시면서도 노바디는 상대가 유니온을 알고 있다는 사실에 정신이 아득해졌다. 그보다 더 놀라운 점은 그 유니온에 가입하지 않았다는 사실을 덴토마가 알고 있다는 사실이었다.

'감시하고 있었어. 어떻게 그럴 수 있지?'

"긴장할 필요는 없소. 당신들 이방인 덕분에 알게 된 거니까 말이오. 당신은 아주 신중해서 여기 사람들 앞에서 중요한 이야기를 거의 하지 않지만, 가끔 접속함에도 불구하고 자신을 드러내는 데 익숙한 벨란데르라는 엘프와 혼잣말이 많은 바마퉁이라는 드워프는 당신과 달라서 말이오. 덕분에 많은 것들을 알 수 있었소."

덴토마가 궁금증을 풀어 주었다.

"게리크."

노바디는 황철호 사형과 싸웠던 뱀파이어의 이름을 내뱉었다.

"그게 뭐요? 이름이오?"

평온한 덴토마.

덴토마가 혈문 소속 각성자인지 아닌지는 알 수 없으나, 적어도 게리크와는 상관이 없는 인물이라고 노바디는 생각했다. 게리크를 잘 알면서도 능숙하게 속내를 숨겼을 가능성도 완전히 배제할 수는 없지만.

술병을 뒤집는 덴토마. 술 몇 방울이 똑똑 떨어졌다. 절벽 아래로 술병을 던진 덴토마가 몸을 일으켰다.

"오늘 대화는 못 들은 걸로 합시다. 나도 당신도 해서는 안 될 이야기를 한 셈이니까요."

어둠 너머로 사라지려는 덴토마를 향해 노바디가 물었다.

"근위기사단장이라면 범죄를 저지른 이방인에게 추방의 인을 찍을 수 있지 않습니까?"

"그렇소만."

"신세를 갚을 수 있는 기회, 지금 드리겠습니다."

"말씀해 보시오."

그 말에 노바디는 몬즈 마을 사람들을 모조리 도륙했던 이방인에 대해 설명하기 시작했다.

도시의 야경이 내려다보이는 호텔 스위트룸.

가죽 테이블로 둘러싸인 유리 테이블에 룸서비스로 주문한 피자가 놓여 있고, 그 옆에 성능 좋은 노트북 한 대가 펼쳐져 있었다.

백정현은 왼손에 든 페퍼로니 피자를 먹으며 오른손으로 앞에 놓인 노트북을 만졌다. 화면에는 경매장 아이템 목록이 떠 있었다.

"그 새끼는 미꾸라지 같아서 나도 빨라야 해."

아이템 검색 조건을 '이동속도'로 설정하자, 수십 개의 아이템 목록이 나타났다. 정렬 방식을 '고가 우선'으로 했기 때문에 이동속도가 뛰어난 아이템 중에서도 가장 우수한 것들이 목록에 나와 있었다.

현재 레벨과 속성 등 드라쿤의 캐릭터 조건을 입력하자, 3억 원이 넘는 아이템 등 지나칠 만큼 효과가 뛰어난 것들은 목록에서 사라졌다.

남아 있는 아이템 중에서 눈에 띄는 건 콘빅토르 블루 슈즈였다. 현재 가격은 2,700만 원이고, 이동속도를 150% 빠르게 해 줄 뿐 아니라 지혜 속성을 25나 올려 주는 옵션이 붙어 있었다.

그 신발의 가장 큰 장점은 '돌진'이었다. 공간 이동처럼 단숨에 거리를 줄이는 스킬 돌진은 하루에 한 번 발동이 가능했다.

그다음은 벨리에브 블루 브레이슬릿인데, 3천만 원인데도 가격이 올라가는 중이었다.

기본적으로 공격 속도 +50%에 이동속도 +30%가 붙은 이 파란색 팔찌를 차고 공격에 성공하면 상대는 20%의 확률로 마비 상태에 빠진다. 일단 마비되면 아주 쉽게 죽일 수 있을 것이다.

20% 확률로 마비 상태가 된다는 것은 곧 80%의 확률로 아무 일도 벌어지지 않는다는 의미여서, 백정현은 그 부분이 마음에 들지 않았다.

검색으로 30% 확률로 마비에 이르는 벨리에브 아이템을 찾았는데, 시작가가 무려 4천만 원에 달했다.

"마비 효과는 드문 데다 엄청나게 유용하니까 뭐 비쌀 만도 하지."

페퍼로니 피자를 입에 구겨 넣고 우물거리던 백정현은 지갑에서 A카드를 꺼냈다.

월 한도 1억 원인 이 카드를 지금 아니면 언제 또 쓸까? 게다가 어둠의 마탑 칼리고크의 아이템인 혼돈의 반지를 이미 구입한 상태이니, 내일 아침에 있을 데스 매치를 위해서 돈을 아낄 생각은 조금도 없었다.

짧은 고민 후, 백정현은 경매에 참가했다.

속이 후련했다. 이 정도로 투자했으니 내일 데스 매치에서는 놈을 밟아 버릴 수 있을 것이다.

"준비는 끝났어, 개새끼."

그때, 노트북 화면 오른쪽 위로 조그만 창이 하나 떴다. 메일이 왔다는 알림이었다.

눈살을 찌푸린 백정현은 메일을 띄웠다. 아카데미에서 보낸 메일이었다.

"젠장."

또 꼴찌였다.

매주 교육생에게 보내는 메일에는 그동안의 누적 성적뿐 아니라 지난주의 교육 내용과 성과가 교관의 평가와 함께 실려 있었다.

시험으로 순위를 매기는 학교가 싫어서 적룡회라는 자신만의 공간을 만들었던 백정현은 각성자 길드라는 곳 역시 학교와 다를 바 없다는 사실에 분노가 솟구쳤다. 할 수만 있다면 아카데미도, 유니온도, 길드들도 모두 없애고 각성자 놈들을 모조리 죽여 버리고 싶었다.

'각성자는 나 하나면 충분하니까.'

백정현은 잠시 상상했다.

멍청이들로 가득한 세상에 진실을 알며, 진정한 힘을 지니고 있는 영웅이 단 한 명이라면? 그게 바로 자신이라면? 무엇이든 마음대로 할 수 있다면?

가슴이 두근거렸다.

"일단, 그 새끼부터 조지자."

백정현은 빙긋 웃으며 피자를 향해 손을 뻗었다.

추방의 인

바람 부는 들판의 풀잎들이 물결을 치며 흔들리고 있었다. 무릎과 허벅지를 스치는 풀잎의 감촉을 느끼면서 드라쿤은 장비를 확인했다. 용갑, 불의 힘이 깃든 마검 플레임소드, 혼돈의 반지, 콘빅토르의 블루 슈즈, 벨리에브의 블루 브레이슬릿 등 상태는 완벽했다.

콜로세움은 패배의 기억이 담긴 곳이라서 제외했다. 해가 저무는 초원 역시 데스 매치의 장소로 그리 나쁘지 않을 것이다.

노바디가 나타났다. 데스 매치 요청을 받아들인 것이다.

드라쿤은 녀석의 몸을 훑었다. 옷은 지난번 그대로였다. 손가락의 반지도 지난번에 끼고 있던, 별다른 능력이 없는 평범한 반지 하나뿐이었다. 하다못해 신발은 초보자나 착용하는 종류였다.

'날 무시해?'

"바람이 참 좋네요."

노바디가 등을 보이며 지평선까지 뻗어 나간 초원을 둘러보았다.

등을 공격하고 싶은, 척추를 부러뜨리고 목을 꺾고 싶은 충동을 겨우 억누른 드라쿤은 억지로 웃었다.

"콜로세움은 너무 시끄러워서 집중이 어려우니까요."

드라쿤은 그 말을 내뱉은 후에야 지난번 데스 매치에서 패한 핑계를 대고 말았음을 깨달았다. 저 개새끼가 그 점을 그냥 넘기기를 바랐지만 노바디는 능글맞게 웃으며 입을 열었다.

"전 거기도 괜찮았어요. 집중하면 관중의 소리는 들리지 않으니까요."

"그, 그건 그렇죠."

드라쿤은 욕을 퍼부을 뻔했다.

"장비가 근사하네요."

노바디의 시선이 은은하게 빛나는 콘빅토르 블루 슈즈와 허리에 찬 마검 플레임소드에 머물렀다.

"최선을 다해야 후회가 없을 테니까요."

"그때는 최선이 아니었지만 오늘은 최선이라는 뜻이네.

오늘 또 지면 어떻게 해요?"

"……."

드라쿤은 저 얄미운 입을 찢어 버리고 싶었다. 일단 먼저 밟아 버린 다음, 죽이기 전에 저 입을 진짜로 찢어 버리리라 마음먹었다.

"시작할까요?"

그 말이 끝나기도 전에 드라쿤은 이미 움직였다. 이동속도 가 월등히 빨라져 순식간에 거리를 좁히고 노바디 앞에 이르 렀다. 마침 플레임소드로 단숨에 태워 버리려는데, 노바디가 발을 굴렀다.

'타각이야!'

플레임소드로 화염을 일으켜 타각의 충격력을 겨우 막아 낸 드라쿤은 피어오른 흙먼지가 가라앉기를 기다렸다.

바람이 흙먼지를 걷어 내자 놈이 보였다.

하나가 아니었다.

넷이었다.

분신이었다!

드라쿤은 일단 뒤로 물러섰다. 상대의 스킬을 확실히 파악 할수록 이길 확률도 높아진다.

노바디의 수련을 몇 번이나 지켜보았지만, 분신을 실전에 사용하리라곤 예상 못 했다. 노바디가 만들어 낸 분신은 저 마다 다른 자세를 취한 채 드라쿤을 응시하고 있었다.

"자, 우리 중 누가 진짜일까요?"

왼쪽에 있는 노바디가 말했다.

"구분할 수 있겠어요?"

오른쪽 끝에 있는 녀석이었다.

"멍청한 새끼. 아이템은 복제되지 않아."

드라쿤은 푸른 보석이 박힌 목걸이를 목에 걸고 반지를 끼고 있는 녀석을 향해 혼돈의 반지를 내밀었다. 빠르게 생성된 암적색 구름이 안개처럼 몰려가 녀석을 덮었다. 곧 기대하는 메시지 창이 떴다.

ㅡ대상이 착란상태에 빠졌습니다.

"저놈들을 공격해."

드라쿤의 명령에 눈빛이 붉은 노바디가 다른 노바디를 향해 달려들었다.

드라쿤은 잔상이 남을 만큼 빠르게 움직여 플레임소드를 수평으로 휘둘렀다. 검에서 뿜어져 나온 불길이 노바디의 허리를 자를 것처럼 몰려갔다. 노바디는 가볍게 몸을 띄우더니 어느새 손에 쥔 양날도끼로 내리쳤다.

쾅!

드라쿤이 겨우 피한 자리가 폭탄이 터진 것처럼 깊이 패였다.

'저 새끼는 분신인데 어떻게 아이템을 가지고 있지? 어떻게 그럴 수 있지?'

싱크

왼손으로 벽맥권을 펼치던 드라쿤은 의혹에 사로잡혔다. 그 때문인지 벽맥권은 실패로 돌아갔고, 왼쪽 팔이 마비되었다.

드라쿤은 노바디라고 확신했던 놈이 노바디가 아니라 분신일 가능성을 받아들였다. 그 교활한 새끼가 아이템을 분신에게 맡겨 속이려 든 것이다.

착란상태에 이른 녀석은 또 다른 녀석과 싸우고 있었고, 나머지 둘은 드라쿤을 노리고 있었다.

'어느 쪽이 본체일까? 본체만 잡으면 되는데. 아니, 다 죽이자. 분신이든 본체든 다 죽이면 돼.'

그때, 착란상태에 빠진 녀석이 또 다른 녀석을 죽였다. 데스 매치는 계속되었다. 죽은 녀석이 본체가 아니라는 뜻이다.

'이제 셋 남았다. 하나만 더 줄이자.'

드라쿤은 콘빅토르 블루 슈즈에 걸려 있는 스킬 '돌진'을 발동시켰다. 대상은 먼 곳에 있는 녀석이었다. 멀리 떨어져 있을수록 상대적으로 안심하는 법이다.

푸르스름한 빛이 드라쿤을 감싼 순간, 축지법이라도 쓴 것처럼 드라쿤이 공간을 가로질러 그 녀석 앞으로 이동했다.

드라쿤은 놀란 녀석의 표정을 기쁘게 감상하며 플레임소드를 아래에서 위로, 오른손만으로 쳐올렸다. 녀석의 사타구니에서 정수리까지 붉은 마검이 통과한 것이다.

녀석은 둘로 갈라지며 사라졌다.

'이 새끼도 분신이었어.'

둘 남았다.

착란상태에 빠져 다른 녀석을 공격하던 노바디가 갑자기 동작을 멈추더니 고개를 흔들었다. 혼돈의 반지에 담긴 능력이 풀린 것이다.

둘 중 하나는 정면, 다른 하나는 뒤로 돌아갔다. 드라쿤은 어느 쪽이 분신인지 고민하지 않았다. 둘 다 죽이면 그만이니까.

앞쪽에 있던 녀석이 먼저 달려들었다.

'시간차공격을 하시겠다? 좋아.'

드라쿤은 용갑을 믿고 뒤쪽 공격은 아예 무시했다. 왼팔의 마비도 풀렸기 때문에 있는 힘껏 마검 플레임소드를 휘둘러 화염을 토해 냈다.

등을 노린 공격은 용갑에 의해 튕겨 났지만 그 파괴력은 몸으로 전달되었다. 드라쿤은 순식간에 생명력의 60%가 사라졌다는 사실에 놀랐지만, 당황하지 않고 눈앞의 녀석에게 정신을 집중했다.

플레임소드가 토해 낸 화염이 녀석을 태웠다. 머리카락이 녹아내렸고, 피부가 흐물흐물해졌다. 몸이 불길 속에서 오그라드는 모습이 보였다.

그러나 이번에도 데스 매치에서 승리했다는 메시지 창은 나타나지 않았다.

드라쿤은 몸을 돌려 마지막 남은 녀석을 노려보았다. 이제 하나 남았다.

"아이고, 힘들다."

뒤에서 들린 목소리.

화들짝 놀란 드라쿤이 몸을 돌렸다. 멀찌감치 떨어진 곳에 서 있는 노바디는 녹색 회복약을 마시고 있었다. 빈 병을 옆으로 던진 그는 또 다른 회복약의 뚜껑을 열었다.

"너……?"

"난 분신이 셋이라고 말한 적 없습니다."

"…….."

"그 이동 기술, 엄청나던데요. 방심했으면 당할 뻔했어요."

회복약을 벌컥벌컥 마시는 노바디의 옆으로 하나, 둘, 분신이 나타났다.

화가 난 드라쿤은 고함을 지르며 녀석들을 향해 화염을 퍼부었다. 4서클 마법에 해당되는 '화우'가 발동되었다. 마력을 모조리 퍼부어 일정 범위를 초토화시키는 스킬로, 플레임소드에 담긴 최강의 공격이었다.

마검에서 뿜어져 나와 하늘로 솟구친 불덩어리들이 회복약을 쥔 노바디와 분신들을 향해 달려들었다. 쾅쾅쾅! 굉음과 함께 어마어마한 폭발이 일어났다. 바람에 이리저리 흔들리던 풀잎으로 불이 옮겨붙자, 초원 전체가 불바다로 변했다.

숨을 헐떡거리는 드라쿤.

차가운 감촉이 목에 닿았다.

그제야 드라쿤은 뒤에 노바디가 있음을, 노바디가 쥔 단검이 목에 닿았음을 알아차렸다.

"어떻게……?"

"현섬."

드라쿤은 할 말을 잃었다. 노바디가 공간 이동술인 현섬을 익혔다니.

세븐 길드를 이끄는 길드 마스터이자 현실에서 CRS 그룹 재벌가의 일원인 배혜진의 말이 기억났다. 노바디가 바로 그 멍청한 김현이라논 이야기.

아니라고 생각했다.

그럴 리가 없다고, 배혜진이 착각했다고 확신했다. 노바디가 김현일 가능성은 아예 무시하고 잊어버렸다.

그런데 왜 이 순간 그 사실이 떠올랐을까?

드라쿤은 입을 열었다.

"김현."

그 순간, 단검이 목에서 떨어졌다.

드라쿤은 플레임소드를 뒤로 찔렀다. 푹, 깊이 파고드는 느낌이 손에서 느껴졌다. 몸을 돌린 드라쿤은 배를 뚫고 들어간 마검이 등으로 나와 버린 노바디를 볼 수 있었다.

'이 녀석, 정말 김현이었어. 배혜진의 말이 옳았어. 근데, 그 새끼는 학교를 그만두고 집에 처박혔다고 들었는데. 아,

게임 폐인이 된 거였어. 4년 동안 게임만 했던 거야. 밤낮으로 페플을 하다 보니 레벨이 낮아도 강해질 수 있는 비결 같은 걸 발견한 거야. 그래, 바로 그거였어.'

마검을 뽑자 녀석은 사라졌다.

"……뭐야?"

아직도 데스 매치는 끝나지 않았다. 조금 전 죽인 녀석도 분신이었다.

"어떻게 나를 알지?"

공중에서 들린 목소리.

노바디는 양날도끼 사라겐의 비월에 앉아 10미터 아래를 내려다보고 있었다.

"혹시나 했는데, 역시 너였구나. 난…… 이근상이야. 기억하지? 중학교 때 같은 반이었잖아."

드라쿤은 기억나는 이름으로 둘러댔다.

"이근상? 아, 기억난다."

"너, 학교를 그만뒀잖아. 그렇지?"

"맞아."

"아직도 집에 있는 거야?"

"요즘엔 나가기도 해. 용기를 냈거든."

"다행이야, 정말로. 걱정했었어. 이기용 그 녀석이 죽은 뒤에 말이야."

드라쿤은 옥상에서 뛰어내려 자살한 이기용의 마지막을

떠올렸다. 웃지 않으려 애를 썼지만 입술 끝이 씰룩거리고 말았다.

녀석을 괴롭힌 건 자신을 비롯한 힘 있는 아이들이었다. 하지만 녀석을 죽였다고 학교에…… 사람들에게 알려진 건, 결국 저 바보 같은 녀석 김현이었다.

'그때는 참 즐거웠어. 아무리 못된 짓을 해도 처벌받지 않았으니까. 난 어른이 되고 싶지 않아. 영원히 어른이 되지 않았으면 좋겠어. 피터 팬처럼.'

좋은 생각이 떠올랐다.

"넌 레벨이 아직 100 아래지? 어떻게 된 거야? 저렙 중에 너보다 강한 녀석은 없을 거야. 지난번에 내가 진 것도 우연이 아니었어. 그 비결 좀 알려 줘. 친구 좋다는 게 뭐야? 알려 줄 수 있지?"

드라쿤은 멍청하고 무기력했던 중학교 1학년 당시의 김현을 떠올리며 속삭이듯 물었다.

"맨입으로?"

노바디가 두 다리를 흔들며 장난스럽게 반문했다.

"물론 공짜는 아니야."

드라쿤은 뭘 줘야 저 멍청한 새끼에게서 비밀을 알아낼 수 있을까 생각하다가 최근에 거금을 주고 구입한 아이템을 떠올렸다. 벨리에브 블루 브레이슬릿을 손목에서 빼내어 위로 던졌다. 노바디가 가볍게 받아서 살폈다.

싱크

"그거 7대무문 중 하나인 벨리에브에서 제작된 아이템이야. 공격 속도를 50% 올려 주고, 이동속도도 30%나 증가시켜 줘. 무엇보다 공격에 성공하면 20%의 확률로 상대를 마비시킬 수 있어. 아이템 경매장에서 거의 3천만 원에 구입한 거야. 당장은 착용할 수 없지만 레벨이 올라가면 유용하게 사용할 수 있을 거야. 그걸 줄게."

"음."

그리 기뻐하는 눈치가 아니었다.

'이 개새끼, 페플만 하더니 눈치가 빨라졌어. 하긴, 그 비밀의 가치는 훨씬 더 클 테니까.'

드라쿤은 콘빅토르의 블루 슈즈까지 벗어서 던졌다. 푸른 빛이 도는 가죽 부츠를 관찰한 노바디의 입가에 희미한 미소가 걸렸다. 그러나 반응은 달랐다.

"부담스럽다, 갑자기 이러니까."

'쥐새끼 같은 놈. 더 달라는 거잖아.'

드라쿤은 어둠의 마탑 칼리고크에서 만들어진 혼돈의 반지까지 빼내어 위로 던졌다.

그 새까만 반지의 가치를 알아봤는지, 그제야 노바디의 얼굴이 전체적으로 환해졌다.

그러나 노바디는 반짝이는 눈으로 드라쿤의 손을 바라봤다. 손에 쥐고 있는 마검 플레임소드를 탐내는 시선이었다.

절대 안 된다고, 거절할 생각이라면 다른 아이템까지 돌려 달라고 말하고 싶었다. 한 달에 1억 원을 쓸 수 있는 A카드를 떠올리지 않았다면 플레임소드를 포기하는 일은 없었을 것이다. 드라쿤은 쓴웃음을 지으며 마검을 노바디에게 던졌다.

플레임소드까지 인벤토리에 넣은 노바디가 양날도끼 위로 일어섰다.

"오랜만에 만나서 그런지 무척 반갑다. 아이템 같은 거 안 줘도 알려 줬을 거야. 우리는 친구니까. 사실, 기연이었어. 기연이 무엇인지는 알지?"

"물론 알지."

'저 개새끼가 날 초보자 취급하네. 참자. 일단 비밀을 알아낸 뒤에 손봐도 되니까.'

드라쿤은 입술이 찢어지도록 활짝 웃었다.

"스코덴 산맥에 자리 잡은 몬즈 마을이라고 알아?"

"……들어 본 것도 같은데."

드라쿤은 속으로 깜짝 놀랐다. 바로 자신이 명령을 받아서 사람들을 몽땅 죽인 그 마을이었다.

'혹시 내가 누군지 저 새끼가 알아낸 건가? 아니야, 그럴 리는 없어. 저 멍청한 새끼 따위가.'

"그 마을 촌장님이 준 이름 모를 단약을 먹었더니 레벨을 뛰어넘을 수 있게 됐어. 내가 알기로 현섬은 적어도 레벨 200, 보통은 레벨 300을 넘겨야 익힐 수 있는데, 난 50이 되기도 전에 배울 수 있었어. 그게 바로 그 단약 덕분이야."

"······그래?"

드라쿤은 주먹을 꽉 움켜쥐었다. 이럴 줄 알았다면 놈들을 몰살시키지 않는 건데.

"촌장님은 아주 좋은 분이야. 지난주에 가서 단약을 받아 왔는데, 자기 손녀가 날 좋아한다고······ 진지하게 고려해 보는 게 어떠냐고 묻는 거 있지? 난 이방인이라고 말했는데도 꿈쩍도 하지 않아. 촌장님이 날 잘 본 모양이야."

"지난주에?"

드라쿤의 눈이 가늘어졌다.

"응. 밤새도록 술도 마셨어. 바깥 세계 현실에서는 할 수 없는 일이잖아, 그거."

드라쿤은 노바디에게서 꾸미는 듯한, 속이는 듯한 낌새를 찾으려 했지만 실패했다. 어쩌면 마을 사람들이 몽땅 죽은 이후, 거기로 새로운 사람들이 올라와 살고 있는지도 모른다.

'확인해 보면 되겠지.'

"이제, 마무리를 해야지? 친구라도 말이야. 아이템은 잘 쓸게. 고마워."

"뭐?"

고개를 든 드라쿤은 양날도끼를 두 손으로 쥐고 다가오는 노바디를 볼 수 있었다. 양날도끼는 드라쿤의 미간에 정확히 박혔다.

죽음의 대가로 벽맥권은 물론 루네람의 브리즈 댄싱까지 잃었다. 스킬이 아예 삭제된 것이다. 다행히 용갑은 남아 있었다.

용갑의 날개를 활짝 펼친 드라쿤은 빛의 도시 엘루마를 벗어나 서북쪽 바위산으로 향했다.

노바디의 말이 사실인지 확인하는 과정에서 놀라운 일을 알아냈다. 분명히 몬즈 마을 사람들을 하나도 남기지 않고 죽였건만, 어찌 된 일인지 그런 학살 사건 자체가 지워졌다.

겔란드를 찾아간 드라쿤은 전직 용병에게서 기이한 이야기를 들을 수 있었다.

"자네는 용병학교 교관이자 내가 아끼는 후배인 카두크의 소개장을 가지고 날 찾아왔네. 보다 강한 용병이 되기 위해서 말이야. 설마, 그걸 잊은 건 아니지?"

"……잊을 리가요."

겔란드의 표정, 태도, 행동을 살폈지만 어디에서도 수상한 점은 찾지 못했다. 겔란드뿐 아니라 용병 길드에서도 몬즈 마을 학살 사건은 아예 일어나지 않은 일이었다. 무엇이 진실인지 확인하려면 직접 몬즈 마을로 가는 수밖에 없었다.

상공으로 날아오른 드라쿤의 눈에 어둠에 잠긴 바위산 사이로 불빛이 보였다. 절벽 끝자락에 자리 잡은 몬즈 마을이었다. 정말 당시에 죽였던 사람들이 살아 있을까? 그 멍청한 촌장의 면상을 다시 본다면 진실을 판단할 수 있을 것이다.

날개를 접고 풀 한 포기 없는 황량한 언덕에 착지한 드라쿤은 호기심과 탐욕으로 가득한 눈으로 저 아래쪽에 있는 몬즈 마을을 바라보았다.

'김현 그 새끼가 해낸 일이라면 나도 할 수 있어. 아니, 더 잘할 수 있지.'

그때, 옆에서 목소리가 들렸다.

"드디어 왔구먼."

"……누구냐?"

어둠 너머에서 짙은 실루엣이 몸을 일으켰다.

"나? 덴토마라고 하네."

"덴토마?"

처음 듣는 이름이었다.

"비브라탄을 이끌고 있지."

"비브라탄이라면?"

"룬트란 왕국의 근위기사단일세."

드라쿤은 상대를 살폈다. 차림새를 보면 게이머는 아니다. 정말 그 유명한 근위기사일까? 입고 있는 갑옷에 새겨진 정교한 문양을 본다면 그럴 가능성을 배제할 수 없다.

"근위기사가 여긴 왜 있는 겁니까?"

"음, 난 근위기사가 아니라 근위기사단을 이끄는 단장일

세. 그리고 내가 여기 있는 이유는 몬즈 마을 사람들을 모조리 죽인 살인마 때문이라네."

"……."

깜짝 놀란 드라쿤은 뒤로 물러서며 용갑의 날개를 펼쳤다. 그가 날아오르려는 순간, 어느새 검을 뽑아서 다가온 덴토마의 일격이 가슴을 갈랐다. 새하얀 빛은 가슴 깊이 파고들며 섬광처럼 터졌다.

날개가 조각나서 절벽 아래로 떨어지고 있었다. 용갑이 단한 번의 공격에 박살 난 것이다. 생명력은 9%에 불과했다. 드라쿤은 곧 죽는다는 사실을 알았지만 잃어버릴 아이템이나 스킬 때문에 걱정할 뿐이었다.

낭떠러지 끝자락에 쓰러진 드라쿤 앞으로 덴토마가 다가와 섰다.

"잔인한 이방인이여."

"뭐라고 지껄이는 거야?"

"그대의 이마에 근위기사단장으로서 추방의 인을 찍었다. 그대는 어디로 가든 쫓길 것이다. 도시엔 들어가지 못할 것이며, 수많은 사냥꾼들이 그대를 죽여서 현상금을 얻기 위해 달려들 것이다. 그대는 이곳에서 영원히 추방되었다."

그렇게 말한 덴토마의 검이 드라쿤의 이마를 꿰뚫었다. 그 순간, 드라쿤은 죽었다.

"노바디 이 씹새끼가 날 속였어."

드라쿤은 스코덴의 바위산을 어렵게 내려와 초원으로 접어들었다. 용갑을 입고 있다면 날개를 펼쳐 엘루마까지 날아갈 수 있겠지만, 그 비겁한 단장 새끼에게 죽는 바람에 용갑까지 잃어버리고 말았다.

하늘은 어느새 밝아 오고 있었다. 밤이 지나고 새벽이 온 것이다.

마차가 다니는 넓은 길에 이른 드라쿤은 멀리서 다가오는 마차를 향해 손을 들었다. 엘루마 근처의 마을을 돌아다니는 역마차는 천천히 멈췄다. 드라쿤이 요금을 내고 올라타자, 늙은 마부는 역마차를 출발시켰다.

의자에 앉아 한숨을 내쉬며 어제 하루 만에 벌어진 일을 곰곰이 생각한 드라쿤은 이게 다 노바디 때문이라는 결론에 이르렀다. 노바디 그 새끼가 알리지 않았다면 거기서 근위기사단장이 기다릴 리가 없다.

'그 새끼에게 당한 거야. 이자까지 쳐서 갚아 줘야겠어. 놈이 아끼는 NPC들까지 모조리 죽여 버리겠어.'

그 순간, 등이 아팠고 곧 배가 찢어질 것만 같았다.

고개를 숙인 그는 배를 뚫고 나온 검을 보았다. 천천히 뒤를 돌아본 그는 히죽 웃고 있는 남자를 발견했다.

"돈 벌었다."

그 남자가 말했다.

"돈?"

"1만 골드."

남자가 검을 뽑자 드라쿤은 죽었다.

드라쿤은 절뚝거리며 덤불을 가로질렀다. 마차가 오가는 큰길은 위험했다.

벌써 세 번이나 죽었다. 모두 현상금 수첩을 지닌 헌터 놈들에게 당한 것이다. 그 수첩은 현상금이 걸린 범죄자가 근처에 있으면 손쉽게 알아볼 수 있게 해 주는, 헌터만의 도구였다.

빛의 도시 엘루마의 성문이 멀리 보였다. 한숨이 흘러나왔다. 역마차를 이용하기도 힘든 지금, 경비병들이 지키는 성문을 통과하기는 매우 어렵다.

그렇다고 여기 마냥 있을 수는 없다. 노바디에게 복수하기 위해서도, 아카데미 소속 교육생으로 제대로 졸업하기 위해서도 엘루마에 들어가야 한다.

"여기 근처에 있어!"

낯선 목소리.

드라쿤은 즉시 덤불 속으로 몸을 숨기고 살짝 고개만 들어 주위를 살폈다.

수첩을 손에 든 헌터 몇 명이 이쪽으로 다가오고 있었다. 그들의 목적은 드라쿤이었다. 정확히 말하면 드라쿤을 죽였을 때 받게 되는 상금이었다.

'젠장!'

죽을 때마다 아이템을 잃거나 스킬이 삭제되었다.

레벨은 아직 200대였지만 아이템이나 스킬도 없이 맨몸으로 저 교활한 헌터 놈들을 상대해야 한다. 죽으면 레벨은 하락하고, 그나마 지니고 있는 것까지 잃을 것이다.

덤불 깊이 몸을 숨겼지만 오래 버티지 못하리라는 사실은 명백했다. 드라쿤은 각성한 이후 쳐다보지도 않았던 길드 명단을 띄웠다. 적룡회는 여전히 존재했다. 다만 활동하는 사람이 거의 없을 뿐이었다.

드라쿤 : 난 적룡회를 이끌던 길드 마스터 드래고니아다. 빛의 도시 엘루마 근처에 있는 길드원들은 서문 밖으로 집합하도록!

길드 마스터로서 메시지를 보냈지만, 누구도 답을 하지 않았다.

드라쿤 : 서문 밖으로 가장 먼저 나온 길드원에게는…… 경매장

에서 어떤 아이템이든 원하는 것을 갖도록 해 준다.

　이번에도 마찬가지였다. 화가 난 드라쿤은 메시지를 통해
길드원에게 욕을 퍼부었다.
　반응이 왔다.

　토르 : 대부분 다른 길드에 가입하여 북동쪽 도시 람코로 갔어.

　드라쿤은 고개를 갸웃거렸다.
　'토르? 아, 맞다. 이근상이야, 이근상!'

　드라쿤 : 넌 어딘데?
　토르 : 마르세르.
　드라쿤 : 엘루마로 와. 당장. 와이번을 타든 포털을 이용하든, 빨
리. 그러면 원하는 것은 뭐든 다 줄게.
　토르 : 요즘 바빠서 페플은 잘 안 해. 오늘은 다른 일로 잠깐 들어
온 거야.
　드라쿤 : 명령이야. 당장 튀어 와.
　토르 : 나중에 또 보자.
　드라쿤 : 야! 야! 이 개새끼야!

　토르의 상태를 확인했다. 로그아웃, 즉 접속을 끊어 버렸

다. 분노를 참지 못한 드라쿤이 고함을 내지른 순간, 헌터들이 소리를 듣고 달려와 에워쌌다. 드라쿤은 몸을 일으켰다.

"죽여, 죽여 봐!"

그때, 네 개의 화살이 동시에 몸통에 꽂혔다. 헌터들이 동시에 화살을 쏜 것이다. 드라쿤은 그 자리에서 죽었다.

페플 시스템은 대단히 정교해서 사소한 부분도 설정으로 바꿀 수 있었다. 그중 하나가 접속 위치인데, 게이머가 원하면 로그아웃한 장소에서 그리 멀지 않은 곳으로 접속이 가능했다. 물론 범위는 정해져 있었다.

사망으로 인한 로그아웃의 경우도 마찬가지였다. 기본적으로 페플 시스템은 유저의 안전한 접속을 보장한다. 위험 요소가 배제된 장소로의 접속을 허가하는데, 몇 가지 경우에는 그 권리가 제한되었다.

드라쿤은 룬트란 왕국의 근위기사단 단장이 직접 추방의 인을 새긴, 지역 분류를 무시하고 현상금 수첩 첫 페이지에 얼굴과 신상 정보가 나타날 만큼 중죄범이었다. 드라쿤에겐 그 안전한 접속 기능이 제공되지 않았다. 드라쿤은 추방의 인이 사라질 때까지 그 지역을 벗어날 수가 없었다.

엘루마 서문 밖으로 몰려온 사람은 적룡회 길드원이 아니라, 소문을 듣고 손쉽게 현상금을 타려는 헌터들이었다.

추방의 인에는 보통 '횟수'가 정해진다. 이마에 새겨진 추방의 인 중앙의 수가 10이라면 열 번은 죽어야 거기서 해방될 수 있다. 열 번의 죽음도 어마어마한 처벌이었다. 열 번의 사망으로 애써 모은 아이템과 스킬을 몽땅 잃어버릴 가능성이 매우 높기 때문이다. 그래도 열 번만 죽으면 헌터들의 추적과 집요한 공격으로부터 해방된다.

드라쿤은 한숨을 내쉬었다. 자신의 이마에 또렷하게 새겨진 추방의 인의 중심에는 8자가 가로로 누워 있었다. 그게 무슨 뜻인지 드라쿤은 잘 알았다.

"빌어먹을."

아무리 죽어도 이 개미지옥 같은 상황에서 벗어날 수 없다는 뜻이다.

결론은 하나뿐이었다.

캐릭터 삭제.

비참하게 계속 쫓기다가 낄낄거리는 헌터들에게 개죽음당하느니 스스로 캐릭터를 없애고 새로 만드는 게 나을지도 모른다. 그래도 그동안 쌓인 정이 있어서 다른 방법이 있는지 찾는 중이었다.

아카데미 교육생에게 부탁을 할까? 안 그래도 성적이 꼴찌라서 비웃는 시선이 느껴지는데 도와 달라고 하는 순간 찌질이로 낙인찍히고 말 것이다.

'그럴 순 없지. 차라리 캐릭터를 새로 파는 게 나아.'

드라쿤은 캐릭터 창을 열었다.

캐릭터 이름 : 드라쿤
직업 : 마검사
레벨 : 169

'여기까지야.'

드라쿤은 접속을 종료했다.

완전히 빠져나오는 대신 대기 공간에 머문 백정현은 한숨을 내쉰 후, 캐릭터 삭제 버튼을 선택했다. 잘생긴 남성 캐릭터가 눈앞에 나타났다. 어마어마한 시간과 돈을 들여서 키웠던 캐릭터여서 결정을 했는데도 아쉬움이 진하게 남았다.

"……빨리 할수록 좋아."

백정현은 드라쿤을 삭제했다. 그리고 심심풀이로 즐겼던 서브 캐릭터들 중 하나를 골랐다. 인간은 지겹다. 외모든 분위기든 엘프가 요즘엔 인기가 높으니, 엘프로 하자.

"그 전에 손봐 줄 놈이 있지. 페플에선 네가 날 물먹였겠지만, 현실에선 달라. 몇 달은 병원 신세 지게 해 주지. 운좋으면 영영 페플 접속이 힘들어질 수도 있고."

백정현은 커넥터 밖으로 나갔다.

고형덕은 퀵으로 도착한 봉투를 조심스럽게 열었다.

내용을 읽은 그는 할 말을 잃었다. 페플에 접속한 이후 이방인이면서 가장 이방인답지 않았던 게이머 노바디가 그 녀석이었다니. 상상도 못 한 일이었다.

"말도 안 돼."

소파 앞 탁자에 서류를 내려놓은 그는 베란다로 나가서 담배를 한 대 피웠다. 노바디의 정체를 알아낸 다음, 그를 만나서 이 괴상한 고민을 털어놓고 의견을 구하려 했건만.

'혼자 방에서 4년이나 지낸 녀석을 찾아가서 내가 무슨 말을 할 수 있을까?'

고형덕은 노바디가 겉으로 봐도 멀쩡한 사람이기를 빌었다. 저명한 대학교수나 사회 평론가 등 지혜로운 사람이라면 마음 편히 찾아갔을 것이다.

한편으로는 노바디가 쉽게 예상 가능한, 평범한 사람이 아니라서 좋았다. 처음 만난 순간부터 그 녀석은 어딘지 모르게 달랐다.

집에 처박힌 허약한 녀석이 그 험악한 건달 셋을 병원으로 보내 버렸다. 퇴원한 놈들은 악에 받쳐 복수를 할 법도 한데, 다들 귀신이라도 만난 것처럼 김현이라는 이름을 입에 올리지도 않았다.

싱크

고형덕이 나서서 조치를 취했지만 그렇다고 직접 당한 녀석들의 복수심마저 잠재울 수는 없는 노릇이었다.

"휴우, 어쩌지?"

그 깡패 놈들 핑계를 대고 찾아가 볼까? 왠지 웃음거리가 될 것 같았다.

그렇다고 페플에서 노바디를 만나서 이야기를 걸기도 힘들었다. 어떻게 말을 해야 할지 감을 잡을 수 없었다.

그때, 저 멀리서 개 짖는 소리가 들렸다. 멍멍 짖는 소리가 아니라 늑대처럼 주둥이를 치켜들고 내는 야성의 울음이었다. 그 소리가 귀로 파고드는 순간, 고형덕은 들고 있던 담배를 놓쳤다.

베란다 바닥으로 떨어지는 담배가…… 슬로비디오처럼 보였다. 그 담배에서 흘러나오는 연기에는…… 믿을 수 없을 만큼 지독한 냄새가 배어 있었다.

'어떻게 저런 걸 피웠지?'

고개를 갸웃거리던 고형덕은 털로 수북한 손등을 보고는 당황했다. 털이 많은 편이긴 했지만 피부가 보이지 않을 정도는 아니었다.

그동안 잠까지 줄여 가며 페플에 접속했기 때문에 헛것이 보이는지도 모른다. 눈을 감고 왼손으로 오른쪽 손등을 만졌다. 아까보다 더 무성한 털이 느껴졌다.

핸드폰 벨이 울렸다.

거실 쪽을 쳐다봤던 고형덕은 멀쩡해진 손등을 보고는 안도의 한숨을 쉬었다.

"……오늘부터는 충분히 잠을 자야겠다."

거실로 들어가서 전화를 받았다. 페플에서의 성과가 나오지 않는 이유를 캐묻는 상관의 압박쯤은 그리 겁나지 않았다. 경찰 조직이 얼마나 엿 같은지 잘 안다.

중간에 통화를 끊고 배터리까지 분리시킨 그는 침대로 가서 누웠다. 잠이 오지 않지만 일단은 눈 좀 붙여야 할 것 같았다. 누운 채로 생각에 잠긴 그는 고민 끝에 결론에 이르렀다.

"그 녀석을 만나자."

고형덕은 편안한 마음으로 잠에 빠져들었다.

달빛조차 먹구름에 가려져 어둠이 내려앉은 도시.

타크란은 시그나 대신전 첨탑 꼭대기에 서서 여동생 칼리페를 죽인 놈과 그 일행이 묵고 있는 여관을 내려다보았다. 뱀파이어 특유의 시력으로 충분히 그들의 일거수일투족을 살필 수 있었다.

최근 들어 노바디는 아예 이곳으로 오지 않을 때가 많았다. 타크란은 노바디가 영영 이 세계를 떠나 버리지 않을까 겁이 났다. 이방인들은 하루도 빠지지 않고 마치 여기서 태어난 것처럼 살다가, 갑자기 자취를 감추고 두 번 다시 나타나지 않는 경우도 많았다.

여관 뒤뜰에는 녹색날개 엘프 일족의 후계자 아로간타르가 멍청한 자세를 취하고 있었다. 무술 수련 같은데, 타크란은 대체 저런 방식으로 어떻게 강해질 수 있는지 짐작조차 할 수 없었다.

이제 막 뮤카멘 백작가의 딸이 방에서 내려와 그 엘프 옆으로 다가갔다. 멀어서 소리는 들리지 않지만, 눈에 정신을 집중하면 입술을 통해 무슨 대화가 오가는지 읽어 낼 수 있다.

"마, 스, 터, 는 오, 늘, 도 오, 지 않, 는, 가, 봐, 요."

체리의 입술을 타크란은 천천히 따라 했다.

타크란은 인상을 찡그린 채 한숨을 내쉬었다. 역시 노바디는 오늘 이 세계로 오지 않았다.

놈을 지옥으로 끌고 갈 소환 마법진이 완성되려면 시간이 필요했다. 적당한 제물을 확보하는 일도 결코 쉽지 않을 것이다. 그래도 해야 한다. 단 한 번의 기회를 놓쳐서는 곤란하다.

귀면 사내가 알려 준 소환 마법진은 규모도 컸고, 필요한 제물도 많았다. 특히 소환 마법진 발동에 필요한 제물의 확보는 매우 까다로웠다. 모두 일곱 명의 여자가 있어야 하는데, 제각기 다른 잠재력의 소유자여야 했던 것이다.

적당한 제물을 찾으려고 엘루마를 샅샅이 뒤지는 중인데, 어쩌면 주변 마을이나 도시까지 훑어야 할지도 모른다.

그때, 박쥐 한 마리가 날아와 타크란 주위를 맴돌았다. 타크란이 뻗은 손이 그 박쥐를 움켜쥐었다.

"누구냐?"

박쥐를 노려보며 묻는 타크란.

"레비탄입니다."

박쥐에서 억눌린 목소리가 흘러나왔다. 먼 곳에서 박쥐의 몸에 설치된 마법진 '랑코 메란'을 통해 목소리가 전달된 것이다.

"어떻게 네가 엘루마에 있는 거지?"

"지시를 받고 어제 도착했습니다."

"지시?"

"타크란 님께 귀환 명령을 전달하라는 지시를 받고 엘루마로 왔습니다."

"족장님의 뜻인가?"

귀면 사내를 만난 이후 타크란은 시간을 끌기 위해 족장이 연락을 하려고 할 때마다 테네파르 인스푸모를 해체했다. 결국 답답한 족장이 레비탄을 이곳으로 보낸 것이다.

"그렇습니다."

"알겠다."

"신선한 시체를 준비해 두었습니다. 당장이라도 출발하실 수 있습니다."

레비탄은 데스 워킹에 필요한 시체를 이미 확보하고 이곳으로 박쥐를 보낸 것이다.

타크란의 입가에 미소가 걸렸다. 그 순간 박쥐를 쥔 타크란의 손이 붉게 물들었다. 박쥐에 설치된 마법진으로 그 붉은 기운이 스며들자, 박쥐에게서 신음이 흘러나왔다.

"타, 타크란 님!"

"어제 도착했다? 재미있군."

"죄송합니다, 사흘 전에 도착했습니다."

"날 감시했군."

"죄송합니다."

"감히."

"사, 살려 주십시오."

박쥐가 타크란의 손에서 짜부라지는 순간, 공동묘지 근처 지하실에 있던 레비탄의 심장과 뇌도 부서졌다. 생명을 잃은 레비탄은 털썩 쓰러졌고, 곧 흙먼지로 흩어지며 소멸되었다. 뱀파이어 특유의 죽음이었다.

박쥐를 아래로 내던진 타크란은 공중으로 몸을 날리며 변신했다. 거대한 박쥐가 된 그는 하늘 높이 올라가 지난 며칠 동안 공을 들여 물색했던 제물을 찾아 나섰다.

"저기 있군."

타크란은 어둠이 내리깔린 골목으로 내려가며 본체로 돌아갔다.

밤늦게 심부름으로 시장에 물건을 사러 왔다가 귀족가로

돌아가는 하녀 앞을 타크란은 가볍게 막아섰다. 놀란 하녀가 허리춤에서 단검을 뽑아서 내밀었다.

"오늘따라 재미있는 일이 많이 생기는군. 아무래도 앞으로 운이 따를 모양이야."

타크란은 잔상이 남을 만큼 빠르게 움직여 하녀에게서 단검을 빼앗았다. 순식간에 빈손이 되어 버린 하녀는 깜짝 놀라 어떤 반응을 해야 할지 모르는 눈치였다.

양이나 염소도 늑대 같은 맹수와 마주치면 공포로 얼어 버릴 때가 있다. 타크란은 인간 역시 뱀파이어 앞에서는 먹힐 운명을 타고난 가축에 불과하다고 생각했다.

복부를 살짝 치자 젊은 여자의 몸이 축 늘어졌다.

타크란은 그 여자를 안았다. 차갑고 단단한 기운이 느껴졌다. 몸속 깊이 오행의 힘, 그중에서도 금속 특유의 잠재력이 깃든 여자였다. 그 힘이 어찌나 강력한지 타크란은 송곳니를 드러내어 여자의 목덜미를 물 뻔했다.

'그럴 순 없지. 소중한 제물이니 말이야.'

이로써 다섯 명을 확보했다.

박쥐로 변신하여 엘루마를 벗어날 수도 있지만, 자칫 잘못하면 빛의 마탑 투스텔라나 화염 마탑 플라도르에 감지되어 쫓길 수도 있었다. 그런 위험을 감수할 수는 없다.

"불편해도 마차를 타는 수밖에."

타크란은 미리 준비한 자루에 하녀를 넣은 후, 골목을 빠

싱크

져나갔다.

큰길로 나오자 빈 마차가 멈춰 섰다. 타크란이 마차에 실은 자루를 본 마부의 눈빛이 수상했다. 타크란은 죽여 버릴까 생각했지만 수도 마르세르처럼 실력 있는 헌터들이 즐비한 이곳에서 쓸데없는 일은 최대한 줄여야 한다는 점을 떠올렸다.

마차는 무사히 남문을 통과했고, 룩소르 사냥터 앞까지는 거침없이 달렸다.

사냥터 입구에서 내린 타크란은 하녀가 든 자루를 들고 초원으로 들어섰다. 주위를 살핀 그는 하늘로 날아올랐다. 거대한 박쥐가 되어 아래를 내려다보니 멍청한 이방인들이 뱀떼와 싸우는 모습이 보였다.

타크란은 자루를 놓치지 않으려 신경을 쓰며 룩소르 숲 중심지로 향했다.

백정현은 이성욱이 뻗은 주먹을 가볍게 피했다. 인근 고등학교에서 싸움으로는 꽤 알아주는 놈인데 이렇게 느릴 줄이야. 녀석의 발길질까지도 눈으로 직접 보고 피할 수 있었다. 이런 녀석이 짱을 먹었다니.

'아니, 내가 강해진 거야. 아카데미에서 배운 게 영 쓸모없

는 건 아니라는 거지.'

백정현은 손등으로 이성욱의 뺨을 때리고, 뒤로 돌아가 구 둣발로 정강이를 걷어찼다. 이성욱의 무릎이 꺾였다.

격렬한 쾌감에 백정현은 환호를 지를 뻔했다.

이성욱을 힘으로 이겨 본 적은 오늘이 처음이다. 항상 돈 으로 녀석을 움직였다. 가난해서 돈을 주면 무슨 일이든 하 는 녀석이라서 다루기 쉬웠다.

"이제 누가 대장인지 알겠지?"

"넌 적룡회가 위험에 빠졌을 때, 연락을 씹었어."

찢어진 입술에서 피가 흘러내리는 이성욱이 백정현을 노 려보며 말했다.

"그랬나? 기억 안 나."

"우리가 당할 때 넌 여기 없었어."

"그래서?"

"넌…… 대장이 아니야. 될 수 없어."

"그럴까?"

백정현의 주먹 한 방에 이성욱은 기절하여 땅바닥에 널브 러졌다.

몸을 일으켜 주위를 살핀 백정현은 또 한 번 쾌감을 느꼈 다. 과거 적룡회 소속이었던 아이들의 얼굴에 짙은 공포가 떠올라 있었다. 돈을 주니까 기분 나빠도 어쩔 수 없이 지시 를 받아들이던 표정이 아니었다.

싱크

'아하, 역시 힘이 있어야 돼. 힘으로 굴복시켜야 저런 얼굴을 볼 수 있는 거였어. 돈만으론 불가능한 거지.'

"김현을 찾아내."

그 말을 한 순간, 백정현은 자신이 이성욱을 쓰러뜨렸을 때보다 더 큰 공포가 아이들을 휘감았다고 확신했다.

'김현을 두려워하는 거야? 그 허약한 새끼를?'

"······김현은 강해."

김현이 싸우는 모습을 직접 목격했던 조구식이 망설이다가 입을 열었다.

"뭐?"

"김현은 강하다구. 우리가 다 덤벼도 이길 수 없어. 아니, 잡지도 못해."

"재미있는 이야기네."

백정현은 조구식을 두들겼다. 갈비뼈가 투둑 부러졌다. 무릎 차기에 턱이 박살 났다. 아이들이 다가와서 말리지 않았다면 죽였을지도 모른다.

이성욱과 조구식을 병원으로 보낸 백정현은 남은 아이들을 노려보았다.

"김현, 그 새끼를 찾아내. 어디 사는지, 뭘 하고 있는지 내일까지 알아내는 게 좋을 거야."

"······근상이가 알 거야."

한 아이가 말했다.

"근상? 이근상?"

"응, 지난번에 같이 있는 걸 봤어."

"확실해?"

"나도 봤어."

다른 아이였다.

"아, 그랬구나."

백정현은 자기가 노바디 앞에서 '이근상'이라고 둘러댔을 때, 그 개새끼가 다 알면서도 속은 척했음을 이제야 깨달았다. 귀가 빨갛게 달아오를 만큼 화가 났다.

"이근상은 어디 있는지 알아."

또 다른 아이가 백정현의 분노를 감지하고 말했다.

"말해."

"천무관 기숙사로 들어갔다는 이야기를 들었어."

"천무관?"

백정현이 고개를 갸웃거렸다.

'무협 소설에나 나올 법한 이야기야.'

이근상은 도저히 믿을 수 없었다. 김현이 이토록 까다로운 천무삼권을 몇 시간 만에 마스터했다니. 그냥 흉내 정도는 누구나 할 수 있지만, 사형 오정목이 감탄할 수준까지 오르기는 불가능에 가깝다.

중위경근, 불욕이정 그리고 시위현동.

노자의 도덕경에서 이름을 따왔다는 천무삼권의 세 초식은 처음 보면 간단해서 쉽게 익힐 수 있을 것 같지만 직접 주먹을 뻗고 몸을 움직이는 순간 누구나 당황하게 만드는, 실체를 감추고 있는 무술이었다.

"넌 앞으로 20년은 익혀야 돼. 그래도 사숙에겐 이기지 못할 거야. 너무 자책하진 마. 나도 마찬가지니까."

오정목이 허리에 손을 올린 자세로 말했다.

천무삼권 오백 번 연속 수행을 겨우 끝낸 이근상은 땀으로 범벅이었다. 수련장 마룻바닥에 주저앉아 숨만 몰아쉴 뿐이었다.

"아직 저녁까지는 시간이 남았네. 삼백 번 더 해라."

"……네?"

"오백 번."

"알겠습니다!"

토를 달았다가는 천 번으로 올라갈 것이다.

이근상은 악마처럼 지독하고 교활한 오정목이 소리치기 전에 얼른 몸을 일으켜 자세를 잡았다. 온몸의 근육이 비명을 질러 댔지만 이를 악물고 신음을 참았다. 아프다는 말을 하면 오정목은 활짝 웃으며 두 배로 횟수를 늘릴 사람이었다.

'조금만 더 쉬고 싶어.'

그렇게 생각한 이근상은 중위경근의 자세를 잡으며 오정목을 바라보았다.

"사형, 전 사숙을 잘 압니다. 4년 전에는 같은 반이었거든요. 그때는 그리 강하지 않았어요. 오히려 반 아이들 중에는 약한 편이었어요. 어떻게 4년 만에 이토록 강해질 수 있을까요? 전 도저히 이해할 수 없어요."

힘이 들어 죽을 것 같으면 이근상은 김현에 대해 물었다. 딱히 답을 원해서가 아니었다. 오정목이 대답한답시고 떠들면 그 시간 동안은 쉴 수 있기 때문이다.

"너뿐 아니라 천무관에 속한 수천 명의 관원들이 비슷한 생각을 하고 있다. 소식이 해외까지 전해지는 바람에 오대양 육대주에 퍼져 있는 천무관 사람들 모두가 사숙의 출현을 반기면서도 그 비밀을 알아내고 싶어하지. 내가 볼 때 김현 사숙은…… 타고난 거다."

"아."

영혼 없는 반응.

이근상은 오정목의 결론을 수도 없이 들어서 알고 있었다. 그저 좀 더 쉬기 위해 입을 열었을 뿐이다.

"천재라는 거지. 그냥 천재일까? 그건 아니라고 봐. 현재 천무관을 이끄는 강영준 관장님이나 강도진 같은 사람들은 평범한 천재야. 음, 뭐라고 해야 하나? 자기가 천재라는 걸 지나치게 잘 아는 천재라는 뜻이야. 김현은 아니야. 넌 잘 알지? 사숙은 항상 자기가 부족하다고 생각해. 마치 자신은 운이 좋아 이 자리에 올라왔으니, 더 애를 써야 현재 상태를 유지할 뿐 아니라 더 높은 곳으로 올라갈 수 있다고 철석같이 믿는…… 그러니까 자신이 천재일 리 없다고 생각하는 천재라는 거지. 음, 꽤 그럴듯한 결론이지?"

"하늘 위의 또 다른 하늘이라는 뜻이네요."

"맞아, 바로 그거야. 뛰는 놈들 위에 나는 놈이 있는 셈이지. 아무튼, 우리와는 전혀 관계없다는 거지. 천재와는 거리가 멀어도 너무 먼 우리 같은 놈들은 뭘 해야 하지?"

"……수련요."

이근상은 속으로 죽었다고 생각했다.

"자, 쉴 만큼 쉬었으니까 천 번 수행, 시작!"

"천 번요?"

"아하, 더 수련하고 싶은 거구나."

"천, 번, 수, 행! 시작합니다. 하나!"

이근상은 급히 천무삼권의 첫 번째 초식 중위경근을 펼쳤다.

'천번수행'을 마치고 천무거로 가서 샤워를 한 이근상은 1층 식당에서 저녁을 먹었다. 조선 시대 하인에게나 어울리는 고봉이 기본으로 나오는 식당이었다.

이곳 메뉴는 최고였다. 워낙 땀을 많이 흘리기 때문에 언제든 세 종류의 고기를 마음껏 먹을 수 있었다.

온종일 수련으로 지쳐 버린 이근상은 밥 먹는 시간이 곧 휴식 시간이었다. 저녁 식사 후에는 또 야간 수련이 기다리고 있었다.

오정목은 수련에 미친 사람이었다. 놀랍게도, 자신 역시 서서히 수련에 미쳐 가고 있었다.

몸은 힘들었다. 밤에 자다가 근육에 경련이 일어나 비명을 지른 적도 많았다. 한방에 사는 오정목은 기다렸다는 듯 근육을 풀어 주고 피로 회복에 좋은 보약도 건넸다.

새벽 수련 직전, 다 포기하고 천무거를 떠나고 싶은 마음과 싸워야 했다.

그 정신적인 전투에서 겨우 승리하면 하루 종일 천무삼권과…… 자기 자신의 육체와…… 괴롭히기 위해서 태어난 듯한 오정목 사형과의 투쟁이 기다리고 있었다.

황철호 사부님 아래로 왜 관원들이 들어오지 않는지 알 것 같았다. 웬만한 결심으로는 버텨 낼 수 없는 수련에 아예 지원조차 하지 않았던 것이다. 게다가 한 가지 무술이라도 오랫동안 수련해야 위력이 생긴다는 점을 강조하기 때문에 다양하고 화려한 무술을 배울 수 있는 강영준 관장 쪽이 훨씬 인기가 많았다.

'그래도 난 사부님과 사형이 좋아.'

그렇게 생각하면서도 이근상은 식판 옆에 놓인 핸드폰을

바라보았다.

핸드폰 화면에서 최근 인기가 급상승 중인 걸 그룹 뮤직 비디오가 흘러나왔다. 얼굴도 예쁘고, 몸매도 좋고, 노래까지 잘 부르는 걸 그룹 멤버들은 대부분 이근상과 동갑이었다.

걸 그룹 헤라의 멤버 중 하나인 아마존은 천무관 출신이었다. 비록 직접 본 적은 없지만, 요즘도 강영준 관장에게 직접 무술을 배운다는 이야기를 듣긴 했다. 원칙을 철저하게 지키는 관장님도 아마존을 위해서 새벽이나 늦은 밤에 따로 시간을 마련한다는 소문도 있었다.

그때, 전화가 왔다. 싸움은 못하지만 그래도 웃기는 재주가 있어서 아이들에게 인기가 좋았던 녀석, 조구식이었다.

"알아냈어?"

—……백정현을 봤어.

"어디서?"

—잠깐 만날 수 있어? 좀 긴 이야기라서.

"지금 어디야?"

—○○공원.

"내가 거기로 갈게. 저녁 수련 전에 들어오면 되니까."

전화를 끊은 이근상은 얼른 식사를 끝내고 천무관을 나섰다. 김현에게 연락을 할까 생각하던 그는 조구식을 만나서 이야기를 들은 후에 하기로 마음을 바꿨다.

퍽.

이근상은 주먹을 피하지 못했다. 뒤로 나가떨어진 그는 숨을 헐떡거리며 일어섰다.

"와, 맷집이 좋아졌는데."

옆에서 들린 목소리.

화들짝 놀란 이근상이 몸을 돌리는 순간, 구두코가 옆구리에 꽂혔다. 엄청난 충격에 숨을 쉴 수가 없었다. 벌겋게 된 얼굴로 뒤로 물러선 이근상은 손바닥으로 명치를 연거푸 때렸다. 오정목에게 배운 방법이었다.

다행히 호흡이 돌아왔다.

"천무관에서 그런 것도 가르쳐 줘? 나도 다니고 싶은걸. 우리 다 같이 천무관으로 갈까? 이참에 아예 천무관을 접수해 버릴까? 그거 재미있겠다."

백정현이 씩 웃으며 뒤에 서 있는 패거리를 바라보자, 잠자코 일방적인 폭행을 바라보던 아이들이 억지로 웃으며 그렇다고 맞장구를 쳤다.

백정현은 그 행동에 숨겨진 진심을 알고 기분이 상했지만, 일단은 이근상에게 집중할 생각이었다.

이근상이 중위경근의 수법으로 주먹을 뻗었다. 꽤 묵직한 힘이 실렸지만 백정현은 훨씬 빨랐다.

"거북이야, 거북이."

뒤로 돌아간 백정현이 이근상의 뒤통수를 기분 나쁘게 손바닥으로 때렸다.

"……대체 왜 이러는 거지? 적룡회를 탈퇴한 게 아직도 기분 나쁜 거냐?"

"날 그 정도로밖에 생각하지 않았다니. 이거 무척 기분이 나쁜걸."

백정현은 앞으로 달려가 이근상의 사타구니를 걷어찼다. 그러나 이근상은 두 팔을 엇갈리게 내려서 공격을 막았을 뿐 아니라, 천무관 특유의 몸놀림을 발휘하여 백정현 쪽으로 파고들며 주먹을 내질렀다.

퍽.

복부를 때린 주먹.

백정현은 뒤로 물러섰다가 그 힘을 이기지 못하고 나뒹굴었다. 아침에 먹은 스테이크가 올라올 뻔했다.

고통보다 더 큰 감정은 치욕이었다. 패거리가 다 보는 앞에서 이런 추태를 보이다니.

백정현은 웃음기를 지우고 이근상을 밟았다. 아카데미에서 배운 다양한 형태의 전투술 중 일부만 발휘했는데도 이제 막 천무삼권 수련을 시작한 이근상을 쉽게 압도할 수 있었다. 방심하지 않았다면 한 대도 허용하지 않았을 것이다.

이근상은 쓰러졌다. 눈두덩이는 붉은색으로 부어올랐다.

팔은 부러져서 비틀렸으며, 찢어진 입술로 피가 흘러내리다
가 끈적하게 굳고 있었다.

백정현은 빙긋 웃으며 핸드폰을 꺼냈다. 핸드폰으로 이근상
을 찍은 그는 미리 알아낸 김현의 번호로 그 사진을 보냈다.

"자, 이벤트 경기가 끝났어. 곧 메인 게임이 시작되겠지.
너희는 로또에 당첨된 거나 마찬가지야. 언제 또 이런 게임
을 볼 수 있겠어?"

백정현은 실실 웃었다.

구경꾼들은 웃지 않을 수 없었다.

인과응보

노바디는 전투에 집중했다. 숨 돌릴 여유만 생기면 거대한 의자에 앉아서 죽어 가는 듯한 닥터 프로메테우스가 떠올랐다. 그를 생각하면 자연스럽게 유니온이 뒤따르고, 머릿속이 복잡해져 마음까지 무거워진다.

'현실 세계는 진후가 나보다 훨씬 잘 알아. 진후가 알아서 잘할 거야.'

그렇게 거듭 생각해도, 불안이 안개처럼 몰려들어 머리로 스며드는 느낌을 떨칠 수 없었다.

사라겐의 비월이 맹렬한 속도로 날아가 스톤 마법사 루드라의 앞을 가로막은 스톤골렘의 팔을 잘라 낸 순간, 노바디는 반투명 창을 볼 수 있었다.

－사라겐의 비월의 내구력이 10% 이하로 떨어졌습니다. 계속 사용할 경우 파괴될 수 있습니다.

처음 보는 경고 내용이었다. 손을 뻗어 돌아온 사라겐의 비월을 움켜쥔 노바디는 눈살을 찌푸리며 아이템 창을 열어서 양날도끼의 상태를 확인했다.

> **사라겐의 비월**
> 양손 장비. 사라겐의 수부가 레벨업된 형태.
> 힘 +50, 공격력 +500, 공격 속도 +30%.
> 임무 부여가 가능한 비행 능력.
> 성질석 최대 다섯 개까지 장착 가능.
> 내구력 : 9%

사라겐의 비월이 부서질 수도 있다는 사실에 노바디는 적잖이 놀랐다.

대사형 겔란드의 도끼 중거추를 부러뜨리는 바람에 세와타트 산맥 지하 깊은 곳 드워프 도시 투월령까지 내려갈 수밖에 없었다.

'부서지기 전에 수리해야겠어. 꽤 비싸겠지? 음, 대사형에게 물어봐야겠다.'

양날도끼를 인벤토리에 넣은 노바디는 맨손으로 루드라를 상대했다.

루드라는 밟으면 뿌리가 올라와 다리를 옥죄어 움직일 수 없게 만드는 덫 '근포'를 사방에 설치해 놓았다. 노바디가 타각을 펼치자 그 충격력에 수십 개의 뿌리가 땅을 뚫고 올라와 허공을 움켜쥐었다.

아로간타르와 체리 그리고 바마퉁이 힘을 합쳐 효과적으로 스톤골렘 무리를 상대하고 있었다. 그들을 살핀 노바디는 루드라에게 집중할 수 있다고 판단했다.

녹색 회복약을 연거푸 두 병 마신 후, 분신을 만들어 냈다. 세 명의 분신은 노바디의 지시를 받아 세 갈래로 흩어졌다.

그사이, 루드라는 영역 내부로 들어서는 순간 죽음의 안개 테네파르 인스푸모가 뿜어져 나와 대상을 덮치는 함정 '흑사무'를 자신의 주위에 재빠르게 매설했다.

분신 셋은 시간을 두고 협섬을 펼쳤다.

첫 번째 분신은 루드라 바로 뒤에 나타났지만 죽음의 안개에 휩싸여 녹아내렸다. 두 번째 분신은 첫 번째 분신이 죽은 자리로 이동했다. 놀란 루드라는 피할 수 없었다. 안전한 공간을 벗어나면 흑사무가 그 자신을 덮칠 수 있었다.

세 번째 분신은 루드라 바로 위 상공에 나타나 당황한 루드라의 뒤통수를 발로 걷어찼다.

앞으로 나가떨어진 루드라가 흑사무를 발동시켰다. 새까만 연기가 피어올라 루드라를 덮친 순간, 스톤 마법사의 입에서 비명이 터져 나왔다. 그러나 루드라는 아직 죽지 않았다.

루드라가 근처에 있는 흑사무를 해체한 순간, 노바디가 현섬으로 나타났다. 내구력 9%에 불과한 사라겐의 비월을 인벤토리에서 꺼낸 노바디는 석화 마법으로 자신의 몸을 돌처럼 단단하게 만든 루드라를 둘로 갈라 버렸다. 내구력은 8%로 줄어들었다.

그때, 메시지 창이 떴다. 레벨업 메시지인 줄 알고 습관적으로 닫으려 했던 노바디는 사진을 보고는 할 말을 잃었다. 엉망으로 얻어터진 얼굴, 이근상이었다.

그 순간 닥터 프로메테우스와 유니온, 내구력이 약해져 부서질 위험이 있는 사라겐의 비월로 인한 염려가 모조리 사라졌다. 노바디는 누구와도 이야기를 나눌 여유가 없었다.

파티 마스터였던 노바디가 즉시 던전을 이탈하자 주인을 잃어 혼란에 빠진 스톤골렘들을 정리하던 아로간타르, 체리, 바마퉁까지 던전의 대기실로 나올 수밖에 없었다. 대기실 어디에서도 노바디를 찾을 수 없었다.

"내가 알아볼게요."

그렇게 말한 바마퉁이 접속을 끊었다.

용기를 내어 초인종을 눌렀으나 아무런 반응이 없었다. 고형덕은 초조했다. 이곳을 찾아온 이유를 그 자신조차 납득하기 어려웠다. 만약 김현 어머니가 문을 열고 나온다면 어떻게 말을 해야 할까?

'저, 댁의 아드님께 중요한 질문을 할 게 있어서요. 그 질문이 뭔지 궁금하시다구요? 음, 실은, 페플이라는 가상현실에서 살아가는 NPC, 그러니까 거기 게임 속 사람을 죽여야 할지 묻고 싶어서요. 아, 이해하기 어렵다구요? 절 이상하게 생각하지 마세요. 아주머니도 페플에 들어가서 겪어 보면 제 마음을 이해할 수 있을 테니까요. 전 그저, 정신이 살짝 맛이 간…… 경찰관일 뿐이에요.'

아무리 변명을 늘어놓아도 정신병자를 발견한 듯한 두려움 가득한 표정을 지울 수는 없으리라. 어쩌면 경찰에 신고를 할지도 모른다.

누구도 문을 열고 나오지 않았다. 고형덕은 다행이라 생각하면서도 마음이 무거웠다. 차라리 김현 어머니를 만나서 이 바보 같은 고민이 박살 나기를 바라고 있었는지도 모른다.

올라갈 때는 엘리베이터를 이용했지만 내려갈 때는 터벅터벅 계단으로 걸어갔다.

핸드폰 벨이 울렸다. 팀장이었다. 받지 않아도 어떤 이야기를 할지 뻔했다. 왜 수사를 진행하지 않느냐, 왜 아무런 보고도 올리지 않느냐, 월급을 받아 처먹었으면 그 값을 해야 하지 않느냐…….

고형덕은 핸드폰 전원을 꺼 버렸다. 지금은 그 옹졸한 새끼의 목소리를 듣고 싶지 않았다.

아파트 밖으로 나왔다. 굴러다니는 게 신기할 만큼 오래된 자동차를 향해 걸어가던 고형덕은 마음을 바꾸어 그 공원으로 향했다.

후배가 찍은 기괴한 사진이 기억났다. 페플에 등장하는 몬스터 콤포 막스가 배경으로 찍힌 사진. 그 녀석은 사진을 찍은 적도, 보낸 적도 없다고 했지만 고형덕은 생각할수록 실제로 벌어진 일이라는 확신 쪽으로 마음이 기울었다.

"여기서 김현을 만났었지."

공원으로 접어든 그는 최근에 버팀목을 추가한 소나무 근처 벤치로 걸어갔다. 땅을 파헤친 듯 벤치 근처의 흙만 색깔이 달랐다. 여름 햇살을 받으며 웃자란 잡초들이 유독 벤치를 중심으로 반경 5미터 가까운 곳에서는 찾아볼 수 없었다.

고개를 갸웃거렸지만 알아볼 만큼 호기심이 생기진 않았다. 벤치에 앉아 담배를 꺼내어 불을 붙였다. 유모차를 밀며 다가오던 젊은 엄마가 고형덕을 보고 흠칫 놀라더니 그대로 방향을 바꾸어 가 버렸다.

고형덕은 턱을 쓰다듬었다. 수염으로 덥수룩한 턱이 만져졌다. 이발도 안 한 지 꽤 되어 노숙자나 부랑자처럼 보일 만도 했다.

담배꽁초를 손가락으로 튕겨서 버린 고형덕은 두 손으로 얼굴을 쓸어 올렸다. 피곤으로 현기증이 일었다. 한숨으로 얼굴이 뜨거워지는 느낌이었다.

싱크

뺨을 찰싹 때린 고형덕은 공원을 바라보았다. 이보다 더 평온한 일상은 도시에서 찾아보기 어려울 것이다. 걱정 따위와는 상관없는 사람들이 공원을 여유롭게 걷고 있었다.

'이게 현실이야. 페플은…… 진짜 같은 가짜야. 헷갈리지 말자. 그랬다가는…… 안 그래도 위태로운 내 삶이 끝장나고 말 거야. 그래, 다시 시작하는 거야.'

그렇게 마음먹고 몸을 일으킨 고형덕의 눈이 튀어나올 것처럼 커졌다.

연못을 감싸며 부드럽게 꺾이는 주황색 보도블록 위로 이곳 현실에서는 절대 일어날 수 없고, 일어나서도 안 되는 일이 벌어졌다. 낯익은 사람이 그냥 나타난 것이다. 그건…… 페플에서나 가능한 공간 이동이었다!

"기, 김현?"

고형덕은 마치 공간을 뚫고 나타났다가 울타리처럼 서 있는 나무 사이로 들어가 버린 사람을 알아보았다.

심장이 세차게 뛰었다. 주위를 살폈다. 자기 말고 다른 사람들도 그 장면을 목격했을 것이다. 그러나 누구도 고형덕처럼 놀란 표정으로 김현이 사라진 방향을 바라보고 있지 않았다.

고형덕은 이미 걷고 있었다. 점점 걸음이 빨라졌다. 곧 그는 뛰고 있는 자신을 발견했다.

김현은 정신을 잃고 쓰러져 있는 이근상을 바라보았다. 천천히 시선을 들어 이근상의 가슴을 구두로 밟고 있는 백정현을 응시했다.

"생각보다 빨리 왔네."

생글생글 웃는 백정현.

김현은 백정현 뒤에 서 있는 아이들의 수를 세었다. 하나, 둘, 셋…… 다 합쳐서 열일곱이었다. 그중에는 눈에 익은 얼굴도 있었다. 김현과 시선이 마주친 아이들 대부분이 고개를 숙이거나 몸을 돌렸다.

"다 알고 있었지, 내가 누군지?"

백정현은 구두 끝으로 이근상의 턱을 걷어찼다.

김현이 그 자리에서 사라졌다.

백정현의 입이 벌어졌다.

백정현 바로 앞에 나타난 김현이 주먹을 뻗었다. 주먹은 무방비 상태의 백정현의 명치를 가격했다. 허리가 접힌 채 뒤로 날아가 풀숲에 처박히는 백정현.

김현은 기절한 이근상을 두 팔로 안았다.

"뒤! 칼이야!"

고형덕이 소리쳤다.

백정현이 조종하는 헨켈 칼 두 자루가 김현의 목과 등을

싱크

노리고 날아갔다. 김현은 이근상을 안은 채 사라졌다. 두 자루 식칼은 목표를 잃고 김현이 있었던 곳을 맴돌았다.

김현이 나타난 곳은 고형덕 바로 앞이었다.

"잠깐 맡아 주세요."

이근상을 바닥에 내려놓는 김현.

"……응."

고형덕은 바보처럼 고개를 끄덕였다.

다시 사라진 김현은 풀숲에서 겨우 빠져나왔지만 경악으로 입을 다물지 못하는 백정현 바로 옆에 나타났다. 백정현이 고함을 지르며 칼을 조종했지만, 이미 늦었다. 발악하는 백정현을 간단히 제압한 김현이 현섬으로 함께 사라지자, 날아오던 두 자루 독일제 칼은 힘을 잃고 바닥으로 떨어졌다.

그 초현실적인 광경을 지켜보던 아이들은 곧 정신을 차리고 삼삼오오 흩어졌다. 집으로, 혹은 PC방으로 돌아가는 아이들의 대화 주제는 제각각이었으나 백정현이나 김현의 이름은 전혀 언급되지 않았다.

고형덕은 침을 꿀꺽 삼켰다. 저절로 날아다니는 칼과 마음대로 공간을 이동하는 김현을 분명히 보았지만, 워낙 충격적이어서 꿈을 꾸고 있는지도 모른다고 생각했다. 도저히 믿을 수 없었던 것이다.

그때, 김현이 나타났다. 백정현은 보이지 않았다.

고형덕에게 눈길 한번 주지 않은 김현은 이근상의 몸 상태를 살폈다. 이근상의 가슴에 손을 올린 김현이 눈을 감자 그 손에서 은은한 빛이 흘러나왔다. 곧 이근상은 기침을 하며 정신을 차렸다.

"······김현?"

"괜찮아. 이제 다 끝났어."

"나, 저, 정말 무서웠어."

눈물을 흘리며 우는 이근상을 부드럽게 안은 김현은 그제 야 고개를 들어 고형덕을 바라보았다. 고형덕이 뭐라고 말하 려는 순간 김현이 고개를 저었다. 고형덕은 입을 다물고 기 다릴 수밖에 없었다.

고형덕은 차를 가져와 이근상과 김현을 태워서 병원으로 갔다. 이근상이 치료받는 동안 김현은 곁을 떠나지 않았다. 고형덕은 그 옆에서 김현의 일거수일투족을 살폈다.

병원 특유의 냄새와 새하얀 색깔에도 그 광경은 전혀 희 석되지 않았다. 고형덕은 자기가 본 장면이 진실이라고 확 신했다.

치료가 끝난 이근상을 천무관으로 데려다준 고형덕은 호 시탐탐 김현에게 질문을 던질 기회를 찾았다. 오정목에게 이 근상이 다친 이유를 설명한 김현이 천무관 밖으로 나오자 고 형덕이 빠르게 다가섰다.

"내, 내가 본 게 맞지? 그렇지?"

"형사님은 경찰이잖아요. 도대체 공원에서 뭘 하셨어요? 제

친구가 그 못된 놈들에게 얻어맞고 있는 걸 지켜본 거예요?"

"나, 나는……."

고형덕은 말문이 막혔다.

"실망했어요."

그렇게 말한 김현은 터벅터벅 걷기 시작했다. 급히 따라붙었지만 고형덕은 뭐라고 말을 해야 할지 알 수가 없었다. 날아다니는 칼, 공간 이동 따위를 말하면 저 아이의 얼굴에 어떤 표정이 떠오를까?

'어쩌면 다 내 착각인지도 몰라. 내가 헛것을 보기 시작한 거지. 정신에…… 문제가 생겼을 수도 있어. 어쩌면 그게 합리적인 판단일 거야.'

마음속 깊은 곳에서는 목격한 장면이 진실이며 김현이 거짓을 말하고 있다고 주장했지만, 고형덕은 그 소리를 받아들일 수가 없었다.

원자력발전으로 전기를 생산하고 우주선으로 달에 사람을 보낼 수도 있는 지금 이 시대에 칼이 저절로 날아다닌다는 헛소리를 진심으로 믿을 수는 없다. 이성을 지닌 사람이라면.

'내가 미쳐 가고 있는 걸까?'

가슴이 답답해졌다. 무겁고 커다란 돌이 가슴에 내려앉은 느낌이었다. 숨을 쉴 수가 없었다. 얼굴이 벌겋게 달아올랐다. 주먹으로 가슴을 때렸다. 그래도 전혀 시원해지지 않았다. 오히려 빌어먹을 환각 현상이 심해졌다.

가슴을 치는 손에서 털이 자랐다. 손등은 푸르스름한 털로 뒤덮였고 손톱은 길게 늘어나며 뾰족해졌다. 팔이 굵어져 입고 있던 옷이 찢어졌다.

그 순간, 이성을 잃어버린 고형덕은 고개를 들어 파란 하늘을 올려다보며 포효했다.

고형덕을 무시하고 걷던 김현은 뒤에서 들린 끔찍한 소리에 몸을 돌렸다. 팔과 어깨는 물론 등과 가슴까지 털로 덮여 있었다. 코가 앞으로 튀어나왔고, 찢어진 입 안쪽으로 뾰족한 어금니가 자랐다.

천무관 정문으로 오가던 사람들이 일순간 얼어붙었다. 고형덕을 보고 놀란 운전자 한 사람이 브레이크를 밟자 쾅, 쾅, 쾅, 추돌 사고가 잇달았다.

으르렁거리는 고형덕의 코에 주름이 잡혔다. 한 마리 거대한 늑대가 된 고형덕이 김현을 향해 달려들었다.

김현은 발을 굴렀다. 보도블록 다섯 개가 갈라지며 타각이 펼쳐졌다. 앞으로 밀려간 타각의 힘이 고형덕을 덮쳤으나, 거칠고 사나운 맹수가 입을 벌려 지른 고함에 소멸되었다.

김현은 화결의 묘리로 고형덕을 뒤로, 천무관 정문 너머로 날려 버렸다.

정문 지붕으로 단숨에 뛰어오른 고형덕이 울부짖자 사방에서 개들이 짖기 시작했다. 천무관 근처를 돌아다니던 개들은 이미 정문으로 달려오고 있었다.

싱크

주위를 살핀 김현은 한숨을 내쉬었다. 그 자리에서 사라진 김현은 지붕에서 속속 도착하는 동네 개들을 내려다보던 고형덕 옆에 나타났다.

고형덕이 고개를 돌리는 순간 세 명의 분신을 포함한 네 명의 김현이 고형덕을 두들겼다. 정신을 잃고 아래로 떨어진 고형덕은 천천히 원래 몸으로 돌아왔다. 당연히 알몸 상태였다.

숨을 헐떡거리며 지붕 아래로 뛰어내린 김현은 기령환에 남아 있는 진기를 모두 짜내어 현섬을 펼쳤다.

김현과 고형덕이 사라지자, 몰려들었던 개들은 서로를 향해 짖어 대다가 흩어졌다.

잠시 후, 17중 추돌 사고를 수습하기 위해 레커차와 보험 회사 직원 그리고 경찰이 도착했다.

식탁에 앉아서 라면을 맛있게 먹던 안진후는 소파 위로 나타난 남자를 발견했다. 실오라기 하나 걸치지 않은 그 남자는 소파를 덮쳤다. 그 옆으로 김현이 탈진 상태로 나타나 비틀거리다가 뒤로 넘어갔다.

박용준은 이미 김현 옆으로 달려가고 있었다.

젓가락을 내려놓은 안진후는 쥐구멍으로 가서 약상자를 꺼내 왔다.

숨을 헐떡거리면서도 겨우 정신을 차린 김현은 인벤토리를 열어 녹색 회복약을 연거푸 네 병이나 마셨다. 새하얗던 김현의 혈색이 서서히 회복되었다.

김현이 일어나 앉자 안진후는 눈짓으로 쓰러져 있는 남자를 가리켰다.

"휴우."

한숨을 내쉬는 김현.

"말도 없이 나갔다더니, 저 사람 때문이야?"

"숨 좀 돌리고."

몸을 일으킨 김현은 옷을 가져다가 남자의 하체를 덮었다. 그 앞에 앉아서 어떻게 해야 할까 생각하던 그는 답을 기다리는 친구들에게로 몸을 돌렸다.

김현의 입에서 흘러나오는 이야기에 안진후, 박용준은 아무 말도 못 했다.

설명이 끝났다. 눈치를 보던 안진후가 질문을 던졌다.

"백정현은 어떻게 했어?"

"아, 맞다. 잊고 있었다. 잠깐 갔다 올게. 그동안 이 아저씨 좀 부탁해. 만약 이상한 조짐이 보이면 수단과 방법을 가리지 말고 기절시켜. 그리고 내게 연락해. 알겠지?"

그 말을 마친 김현은 현섬을 펼쳤다.

안진후는 고형덕 옆으로 걸어갔다. 팔짱을 낀 채 고개를 갸웃거리던 그는 활짝 웃으며 박용준을 쳐다봤다. 박용준은 왠지 모르게 그 명랑한 미소가 불안했다.

"이 아저씨도 우리처럼 각성자야. 아니, 각성 과정을 겪고 있는 셈이지."

"어떻게 하려구?"

"음, 난 과학자야."

쥐구멍으로 갔다 온 안진후의 손에는 주사기가 들려 있었다. 안진후는 기절한 고형덕에게서 피를 뽑고, DNA 샘플도 채취했다.

깨어나면 협조하지 않을 가능성이 있다면서 더 많은 피를 미리 뽑아 놔야겠다고 중얼거리는 안진후.

박용준은 천천히 뒤로 물러섰다.

커다란 그림자가 백정현을 덮었다.

까마득히 높은 절벽 끝에 매달린 채 대롱대롱 흔들리던 백정현이 고개를 들어 그림자의 실체를 확인했다. 몸에서 힘이 빠지며 오줌을 싸고 말았다.

야생 와이번 한 마리가 먹잇감을 발견했다고 생각했는지 활짝 날개를 펼친 채 공중에서 맴돌며 백정현을 살펴보고 있었다.

"이, 이건 현실이 아니야. 그래, 분명히 꿈이야. 난 지금

자고 있어. 빌어먹을! 자고 있다고! 그러니까 어서 깨야 돼!
어서 일어나! 어서!"

목이 쉬도록 소리를 쳤지만 찢어질 듯한 성대의 고통이 오
히려 현실임을 증명하고 있었다.

이근상을 이용하여 김현을 유인하는 일, 누워서 떡 먹기라
고 생각했다. 천무관에 들어가서 강해졌다고 해도 김현은 보
통 사람에 불과하니, 각성자로서의 능력을 발휘한다면 아무
런 어려움 없이 김현에게 지옥을 보여 줄 수 있으리라 확신
했다.

그러나 그 녀석이 눈앞에서 푹 꺼지듯 사라진 순간, 백정
현은 무언가 잘못되었음을 알아차렸다.

김현에게 간단히 붙잡힌 백정현은 온갖 종류의 색깔이 뒤
섞인 기이한 공간을 통과했다. 그게 현섬이라는 사실은 나중
에서야 깨달았다. 정신을 차린 백정현은 자신이 밧줄에 묶인
채 절벽 중간에 매달려 있다는 사실을 깨달았다.

'김현은⋯⋯ 공지우처럼 현섬을 펼칠 수 있어, 현실에서.
그, 그렇다면 김현 그 새끼도 각성자야.'

마음을 가라앉힌 백정현은 혼신의 노력 끝에 겨우 결론에
도달했다. 인정하기 싫지만 직접 두 눈으로, 또 몸으로 보고
겪었기 때문에 놈이 각성자라는 사실, 놈의 능력이 공간 이
동이라는 사실을 받아들여야 했다.

백정현은 눈을 감고 주위에 있을지도 모르는 칼을 탐색했

싱크

다. 금속으로 만들어졌다고 해도 살상을 목적으로 제작된 칼이어야 마음대로 조종할 수 있었다. 호미나 곡괭이 같은 도구는 다룰 수 없지만, 누군가의 목숨을 빼앗거나 피를 흘리게 한 호미나 곡괭이라면 이야기는 달라진다.

그러나 어디에도 칼은 없었다. 밧줄을 자를 수도 없고, 이 상태에서 벗어날 수도 없었다.

덫이 아닐까 살피던 와이번이 날개 각도를 바꾸고 아래로 내려왔다. 예리한 발톱이 눈에 들어왔다. 백정현은 저 정도 발톱이라면 단숨에 갈비뼈를 부수고 심장을 찢어 버릴 수 있다고 생각했다.

그때, 시퍼렇게 빛나는 양날도끼가 맹렬한 속도로 날아와 와이번의 오른쪽 날개를 꺾어 버렸다. 균형을 잃은 와이번은 허우적대다가 절벽 아래로 추락했다.

백정현의 시야에서 사라진 양날도끼는 잠시 후 김현을 태우고 나타났다.

'이건 꿈이야. 분명히 꿈이야. 어떻게 커넥터도 없이 페플에 들어올 수 있겠어? 꿈이 맞아. 아니, 그럴 리가 없어. 이 느낌, 이 감각…… 분명히 현실이야. 어떻게 페플이 현실이 될 수 있지? 말도 안 돼.'

"이건 꿈이야."

김현이 말했다.

"그, 그렇지?"

확신이 없는 백정현.

"이런 꿈에서 영영 깨어날 수 없다면 어떨까?"

백정현은 비명을 지르고 싶었다. 몰려온 공포에 또 한 번 바지를 적시고 말았다. 저 개 같은 새끼가 그 사실을 모르기를 바랐지만, 김현은 혀를 차며 백정현의 사타구니를 힐끔거렸다. 백정현은 정말이지 죽고 싶었다.

"인과응보라는 말, 알지?"

백정현은 김현을 노려보았다. 저 자식이 무슨 말을 할지 뻔했다.

"생각 같아서는 며칠 동안 거기 매달아 두고 싶은데, 널 탐내는 놈들이 많아서 조금 곤란해. 넌 꿈이라고 생각하겠지만 여기서 죽으면 끝이거든. 널 싫어하지만 세상에서 없애 버릴 만큼은 아니야. 그럴 만큼 가치가 있는 것도 아니잖아."

김현이 다가와 백정현의 정수리를 손으로 움켜쥔 순간, 백정현은 섬광이 터져 새하얗게 변한 공간을 통과하는 듯한 느낌을 받았다.

차 몇 대가 바닥에 그려진 하얀 선에 맞추어 서 있었다. 주차장이었다.

밧줄에서 풀려난 백정현은 앞으로 튀어 나가다 다리가 풀려 바닥을 뒹굴었다. 딱딱한 콘크리트 바닥에 손바닥이 긁혔지만 고통보다는 안도감이 더 컸다.

김현이 유령처럼 다가와 백정현의 복부를 때렸다. 가벼운

펀치에도 백정현은 정신이 아득해지는 느낌이었다.

그 자리에서 뻗어 버린 백정현의 주머니를 뒤진 김현은 지 갑과 핸드폰을 찾아냈다.

"두 번 다시 내 앞에 나타나지 않는 게 좋을 거야. 다음엔 오늘처럼 쉽게 끝나진 않을 테니까."

그렇게 말한 김현은 손을 흔든 후, 그 자리에서 사라졌다.

일어설 힘이 없는 백정현은 가만히 누워서 하늘을 흘러가 는 구름을 바라보았다. 이 악몽에서 깨기를 기다렸지만 마음 한편에서는 꿈이 아님을, 생생한 현실임을 알고 있었다. 믿 기 싫지만 김현은 공지우 뺨칠 만큼 공간 이동 능력이 뛰어 난 각성자였던 것이다.

빵.

자동차 경적 소리였다.

겨우 일어나 한쪽 옆으로 비켜서자 자동차를 주차장 밖으 로 빼던 사람이 백정현을 보며 욕을 퍼부었다. 부모 안부를 기괴한 방식으로 묻는 그 욕설에 화가 나기는커녕 오히려 웃 음이 터졌다. 왠지 모르게 그 욕설로 인해 이제는 안전하다, 위기는 끝났다는 확신이 찾아온 것이다.

그때, 배에서 꼬르륵 소리가 났다.

얼굴이 일그러졌다.

백정현은 주차장과 인도 사이의 화단에 걸터앉아 울음을 터트렸다. 눈물과 콧물이 섞이며 바닥으로 떨어졌다.

힘겹게 눈꺼풀을 밀어 올린 고형덕은 아이보리색 천장을 볼 수 있었다. 좀 더 자세히 보려고 머리의 각도를 살짝 튼 순간, 어마어마한 충격이 왼쪽 머리를 때렸다. 녹슨 장도리의 뾰족한 부분으로 귀 위쪽을 사정없이, 지속적으로 가격하는 것처럼 고통스러웠다.

　이곳이 어디인지, 왜 여기 누워 있는지 고형덕은 전혀 생각이 나지 않았다. 어렴풋이 푸른색의 푹신한 털장갑이 떠올랐지만 거기가 끝이었다.

　허리에 힘을 주고 몸을 일으키려는 순간 비명이 꽉 다문 입을 비집고 나왔다. 불에 덴 것처럼 옆구리가 아팠다. 그 고통은 참을 수 없을 만큼 예리하면서도 깊었다.

　"일어나셨어요?"

　얼굴이 동글동글한 아이가 문을 열고 방으로 들어와 고형덕을 내려다보았다.

　"여, 여기는 어디냐? 넌 누구지?"

　"여긴 진후 집이에요. 전 박용준이라고 해요."

　인상을 찌푸린 고형덕. 진후 집? 박용준? 아무런 실마리도 찾을 수 없는 이름이었다.

　그때, 아는 얼굴이 방으로 쑥 들어왔다. 김현이었다.

　"엄살 피우지 말고 일어나세요."

싱크

"……엄살?"

아프지만 않았다면 버럭 고함을 내질렀을지도 모른다.

"다행히 사람은 죽지 않았지만 중환자실에서 사경을 헤매는 사람이 셋이나 있어요."

"대체 무슨 말이냐?"

"참 편하네요. 기억만 잃어버리면 가해자도 이렇게 두 발 뻗고 잘 수 있으니까요."

김현은 차갑게 비꼬았다.

"나는 무슨 말인지 모르겠다."

"곧 알게 될 거예요."

밖으로 나가 버린 김현과 교대하듯 또 다른 녀석이 방으로 들어섰다. 그 얼굴을 본 순간 고형덕은 '진후'가 누구인지 깨달았다. 페플파크 화재 사건 수사 당시 질릴 만큼 사진으로 안진후를 살폈던 것이다.

"아저씨, 당황스럽죠?"

안진후는 의자를 가져와 침대 옆에 놓고 거기에 앉으며 물었다.

"……조금."

"뭐라고 해야 할지 모르겠네요. 축하를 해야 할지, 위로를 해야 할지, 비난을 퍼부어야 할지 판단이 서지 않아요. 정말 아무것도 기억나지 않아요?"

"나는 분명히……."

고형덕은 노바디가 바로 김현이라는 사실을 알게 된 후 김현을 만나기 위해 집으로 직접 찾아간 일을 기억해 냈다. 초인종을 눌러도 아무런 반응이 없는 아파트에서 빠져나와서 간 곳은…… 그 공원이었다.

공원에서 무슨 일이 벌어졌을까?

영화 같은 장면이 떠올랐다. 김현이 공원 중앙에 '뿅' 나타난 것이다.

'말도 안 돼. 그럴 리는 없어. 사람이 어떻게 그럴 수 있겠어?'

고개를 흔들던 고형덕은 안진후의 어깨에 앉아 있는 커다란 고양이를 발견했다. 처음엔 털이 붉은, 특이한 고양이라고 생각했다. 그 털이 실은 불꽃이라는 사실을 발견하는 데는 그리 오래 걸리지 않았다.

"뭐, 뭐냐?"

"슈뢰딩거예요. 이 녀석은 아저씨를 싫어해요. 더러운 냄새가 난대요."

"부, 불이 붙었어!"

"당연하죠. 불의 정령이니까요."

자연스럽게 웃는 안진후의 미소를 본 순간, 고형덕은 공원에서 있었던 일이 사실이라고 직감했다.

일단 그 일을 진실로 인정하자 다음에 벌어진 일까지 기억이 났다.

싱크

칼이 공중을 날아다녔다.

김현은 공간을 단숨에, 자유롭게 이동했다.

김현과 다친 아이를 데리고 병원에 갔던 일도, 병원에서 치료가 끝나기를 기다린 후에 천무관으로 운전을 했던 일도 생각이 났다. 문제는 그다음이었다. 계속 푸르스름한 털 뭉치만 떠오를 뿐이었다.

"아저씨는 각성자예요."

"……각성자?"

"늑대로 변했다면서요?"

"……."

그 질문이 마지막 빗장을 벗겨 냈다. 문이 활짝 열리자 그 안에서 억눌린 기억이 튀어나왔다. 고형덕은 털이 몸을 뒤덮었다는, 손이 앞발로 변했다는 사실을 깨달았다.

'말도 안 돼. 아니야. 절대 아니야.'

진실을 부정하자 가슴 안쪽의 압박이 커졌다. 마음이 답답해지자 팔다리에 저절로 힘이 들어갔다. 손등에 푸르스름한 털이 자라나자 안진후가 김현을 불렀다.

방으로 들어온 김현은 인정사정 봐주지 않고 주먹을 휘둘러 고형덕을 기절시켰다. 팔까지 털로 덮였던 고형덕은 입가로 침을 흘리며 정신을 잃었다.

"너, 냉정하다."

"변신하면 다른 사람들이 다칠 수도 있으니까."

"갈비뼈가 부러진 것 같은데."

"회복약을 먹이면 돼."

"……내게 문제가 생겨도 그렇게 때릴 거야?"

안진후는 농담으로 가장했지만 진심이 느껴져 그 시도는 실패로 돌아갔다.

"아니."

"그래, 우린 친구니까."

"더 세게 때려야지. 우린 친구니까."

김현이 씩 웃으며 거실로 나가자 안진후는 기가 막혀 아무 말도 못 했다.

안진후는 거실로 따라 나갔다. 김현은 냉수를 마시고 있었다. 속이 답답한 모양이었다.

"앞으로 어떻게 할 거야?"

"……솔직히 모르겠어. 언제 늑대로 변할지 모르니까 혼자 둘 수는 없어."

"나한테 맡기지 않을래?"

안진후가 물었다.

"맡겨?"

"그 방법밖에 없어. 저 아저씨 집으로 돌려보낼 수도 없고, 경찰에 신고할 수도 없으니까."

"그건 그래."

김현은 인정하지 않을 수 없었다.

현실적으로 고형덕을 다른 곳으로 데려갈 수는 없었다. 이 사형 황철호를 떠올렸으나 거기로 고형덕을 데려가려면 아주 많은 설명을 해야 할 터였다.

그런데 안진후는 더부살이가 하나 더 늘어나는데도 왜 표정이 밝을까? 핑계를 붙여서라도 내쫓아야 정상일 텐데.

김현은 생각을 멈췄다. 피곤으로 두뇌 회전이 정지한 것만 같았다.

"백정현에 대해서는 걱정 안 해도 돼."

"백정현은 날 알아. 내가 각성자라는 것도 알아. 입을 열면 많은 게 달라질 거야. 유니온이 나설지도 몰라."

"입 안 열어."

자신 있게 단언하는 안진후.

"왜?"

"자존심 강한 놈일수록 흑역사를 입에 올리기 싫어하니까. 그 녀석, 잊을 수 있으면 잊고 싶어할 거야. 그러니까 그쪽은 염려 안 해도 돼. 문제는 저쪽이야."

안진후는 고형덕이 누워 있는 방을 가리켰다.

"뭔가 생각이 있구나."

"플랜이 있어."

"말해 봐."

"섬바디 길드로 영입하는 거야, 저 아저씨를."

김현은 입을 다문 채 안진후의 표정에서 농담, 혹은 장난이라는 증거를 찾으려 애를 썼다. 그러나 안진후는 웃고 있지만 어디에도 거짓은 없었다.

"저런 어른이 우리 말을 진지하게 받아들일까? 난 아니라고 생각하는데."

"싱크 현상과 각성자가 존재하는 세계를 기준으로 본다면, 우리가 선배야. 저 아저씨는 이제 막 태어난 갓난아기고. 아저씬 우리를 의지할 수밖에 없어. 특히 자신 때문에 17중 추돌 사고가 일어났다는 사실을 알게 되어 혼란에 빠지면 우리 없이는 버텨 낼 수 없을 거야."

"시간이 지나면 태도가 달라질 거야."

김현은 냉철했다.

"실력으로 압도하면 돼. 넌 이미 두 번이나 저 아저씨를 잠재웠잖아. 본능에 충실한 늑대는 계급을 중시해. 저 아저씨의 각성 상태가 늑대라면 곧 널 보기만 해도 꼬리를 내릴 거야. 자기보다 강한 존재라는 사실을 몸으로 알게 될 테니까."

"일단은 너한테 맡길게."

"오케이."

안진후가 활짝 웃었다.

고형덕이 언제 깨어나 난동을 부릴지 모르기 때문에 김현은 엄마에게 연락해서 안진후 집이며, 자고 가겠다고 말했다. 엄마는 염려하는 눈치였으나 아들의 결정을 막지는 않았다.

지친 몸을 끌고 가서 푹신한 소파에 앉자 몸이 노곤하니

싱크

가라앉는 느낌이었다. 김현은 눈을 감았다. 최근 들어 이처럼 길고 힘든 날은 없었다.

"피곤해도 짜릿하지?"

안진후가 콜라 캔을 내밀며 물었다.

"조금."

사실 그 쾌감은 상상을 뛰어넘을 만큼 크고 강렬했다.

절벽에 매달려 축 늘어진 백정현을 멀리서 지켜보고, 주차장에 널브러진 채 자포자기한 백정현을 눈앞에서 바라본 그 순간은 단순한 복수의 기쁨이 아니었다. 무너져 내린 탑이 원래대로, 정교한 형태로 회복된 기분이었다.

시원한 콜라를 한 모금 마시는데 주방 쪽에서 달그락거리는 소리가 들렸다. 안진후도 들었는지 몸을 일으켜 주방을 바라보았다. 박용준이 요리를 하고 있나 싶었지만 거기엔 아무도 없었다.

김현과 안진후는 서로를 바라보았다. 동시에 몸을 일으킨 두 사람은 주방으로 걸어갔다. 소리가 들린 곳은 칼 꽂이였다. 거기 꽂아 둔 칼들이 빠져나오려고 몸을 흔들고 있었다.

김현이 앞으로 다가선 순간 칼 세 자루가 나무 꽂이에서 튀어나와 주위를 맴돌았다. 뒤로 물러선 안진후는 마치 칼들이 애완견처럼 김현의 관심을 끌려고 날아다닌다는 느낌을 받았다. 칼 하나하나가 살아 있는 듯했다.

"……이건 그 녀석의 능력인데."

"그 녀석? 백정현?"

"응."

"능력을 흡수한 거야? 그게 가능해?"

"어떻게 된 일인지 나도 모르겠어. 아마도 그 녀석을 만나 봐야 확실히 알 수 있겠지만 오늘은 만나기 싫어. 때려죽여 도 오늘은 안 돼."

김현이 꽂이를 바라보자 세 자루의 칼들은 자기 집으로 들 어가는 강아지들처럼 차례차례 꽂혔다.

파출소에 앉아서 엄마가 오기를 기다리던 백정현은 그를 불쌍히 여긴 경찰관의 도움으로 설렁탕을 먹을 수 있었다. 어찌나 배가 고픈지 숟가락을 든 손이 다 떨렸다.

국물을 마시자 살 것만 같았다. 고기 몇 점에 이성이 돌아 왔다.

백정현은 어떻게 해야 김현을 엿 먹일 수 있을지 생각하면 서 밥을 먹었다. 아카데미에 김현 같은 각성자가 있음을 알 릴까 고민했지만, 고개를 저었다. 김현에게 호되게 당했다는 사실이 알려지면 웃음거리가 될 터였다.

이런저런 방법을 생각하며 먹는데, 설렁탕이 바닥을 드러 낼 무렵 뿌연 안개 같은 것이 머릿속을 채웠다.

눈빛이 몽롱해지면서 머릿속 기억이 흐릿해졌다. 백정현은 자기가 무슨 생각을 하고 있었는지, 왜 여기 파출소에 와 있는지 잊어버렸다. 심지어 자기가 누군지를 기억해 내는 일도 쉽지 않았다.

엄마가 보낸 김 기사 아저씨가 파출소에 도착할 무렵, 백정현은 많은 기억을 깡그리 잃고 말았다.

공지우를 만나서 각성했다는 사실도, 유니온의 아카데미에 교육생으로 들어갔다는 사실도, 이근상을 미끼로 김현을 불러냈다는 사실도, 김현이 각성자라는 사실도 더 이상 기억나지 않았다.

"그동안 어디서 뭘 하셨습니까?"

김 기사가 물었다.

"아저씬 알 거 없어. 엄마는?"

"기다리고 계십니다."

"나, 유학 갈래."

"네?"

"엄마도 내가 유학 간다고 하면 좋아할걸. 한국에 있기 싫어. 그냥 싫어."

백정현은 무섭다는 말은 차마 할 수 없었다. 이유는 떠오르지 않았다. 떠올리고 싶지 않은 그 이유 때문에라도 하루빨리 한국을 떠나고 싶었다.

김현이라는 이름이 잠시 떠올랐지만 백정현은 애써 무시

했다. 본능적으로 그 이름이 위험하다는 사실을 알아차린 것
이다. 가능하면 두 번 다시 한국으로 돌아오지 않으리란 건,
푹신한 중형 승용차 뒷좌석에서 직감했다.

　장례식은 조촐했다.
　광화문 던전 바로 아래층 공동묘지에서 진행된 장례식에
는 고인의 가족은 참석하지 않았다. 엄숙한 표정으로 장례식
을 치른 사람들은 대부분 현문 길드원들이었다.
　윤태희는 비석에서 눈을 뗄 수 없었다. 저곳에 묻힌 여자
의 이름은 장주연이었다. 던전에 들어가기 전 갑옷을 가져와
입혀 주었던 바로 그 여자는 죽어서 땅에 묻혔고, 이제 막 장
례식까지 끝나 버렸다.
　그날 던전 침투에서 윤태희는 지옥을 보았다. 페플의 던전
에서는 겪지 못한 공포가 뼛속 깊숙이 파고들었다. 장주연은
목숨을 잃었고, 다른 두 대원도 팔과 다리가 잘렸다. 만약 황
철호가 윤태희를 직접 챙기고 도와주지 않았다면 전사자는
하나가 아니라 둘로 늘었을 터였다.
　눈물이 터졌다.
　인기척이 느껴졌다. 보지 않아도 누군지 알 수 있었다. 커
다란 손이 어깨에 닿았다.

"죽은 게 아니야."

"뭐라구요?"

눈물로 그렁그렁한 윤태희가 황철호를 올려다보았다.

"살릴 수 있어. 반드시 살려 낼 거다."

"……어떻게요?"

"아직 배우지 않은 모양이군. 재생석을 충분히 확보하면 살릴 수 있어. 여기 있는 사람들 모두 다."

황철호의 말에 윤태희는 눈이 휘둥그레졌다. 시야에 들어오는 비석만 수백 개에 달한다. 이들을 모두 살릴 수 있다는 뜻일까?

"정말이에요?"

"내가 왜 그 위험한 곳으로 들어갈까? 대원을 잃을 가능성이 높은데도 왜 계속 던전으로 들어갈까?"

"아!"

윤태희는 황철호의 눈에 담긴 고요한 힘을 느낄 수 있었다. 육체적 힘이 아니었다. 던전에서 죽을 수 있음을 알면서도 그런 지옥으로 걸어 들어가는 남자의 의지였다. 그 뜨거운 투지가 자신의 가슴으로 옮겨붙은 것 같았다.

그때, 눈살을 찌푸린 황철호가 주머니에서 조그만 구슬을 꺼냈다. 새까만 구슬 표면에는 윤태희도 본 적이 있는 사람 얼굴이 나타나 있었다.

─형님, 큰일 났습니다.

노우석의 얼굴에서는 장난기를 찾을 수 없었다.

"어디냐?"

─빨리 길드 하우스로 오세요. 빨리요. 수정구로는 설명이 곤란해요.

"알았다."

구슬을 품에 넣은 황철호는 윤태희 앞에 섰다.

"내가 도망치지 않는 것처럼 자네 역시 도망치지 않으리라 생각한다. 또 보지."

황철호는 공동묘지 입구로 달렸다.

장주연이 묻힌, 사실대로 말하면 던전에 출몰하는 몬스터에게 먹힌 장주연이 침투 전에 남겨 놓은 머리카락 몇 가닥이 묻힌 무덤을 내려다보던 윤태희는 주먹을 꽉 움켜쥐었다.

공지우를 통해 아카데미에 들어왔지만 무엇을 해야 할지 알 수 없었던 윤태희에게, 장주연은 손으로 잡을 수 있는 목표였다.

'반드시 살려 낼 거야.'

해야 할 일이 둘로 늘었다.

첫 번째 목표는 진실이었다. 왜 각성자가 존재하는지, 왜 보통 사람들은 진실을 목격해도 잊어버리는지, 어떻게 해야 이 진실을 모든 사람들에게 알릴 수 있을지 윤태희는 꼭 찾아내고 싶었다.

두 번째 목표는 함께 싸우다가 목숨을 잃은 전우를 되살리는 것이었다. 그 생각만으로 윤태희는 차가운 피가 뜨거워지는 느낌을 받았다.

천천히 지상으로 올라와 주차장으로 걸어가던 윤태희는 주머니에서 진동하는 핸드폰을 꺼냈다. 무시할까 생각했지만 그랬다가는 꽤 피곤해질 사람이었다.

"여보세요."

―지금 즉시 아카데미로 와.

"이유는요?"

―서둘러.

공지우의 목소리에서 다급한 느낌이 묻어났다. 고개를 갸웃거린 윤태희는 운전석에 올라탔다.

핸들을 잡고 차를 몰면 왠지 모르게 기분이 좋아진다. 기억을 잃기 전에도 도로 위의 질주를 좋아했을까?

매끈한 스포츠카는 굉음을 내며 달리기 시작했다.

교관들의 눈빛과 몸짓에서 심각한 분위기가 흘러나왔다. 회의실로 들어선 윤태희는 타원형 테이블에 흩어져 앉아 있는 이유정, 정문석, 고승조 그리고 엄명욱에게서도 비슷한 느낌을 받았다. 무언가 중대한 일이 터진 것이다.

윤태희는 이유정 옆으로 다가가서 앉았다. 예상대로 이유정은 묻지 않아도 먼저 입을 열었다.

"백정현에게 문제가 생긴 모양이에요."

이유정은 '언니'라는 호칭을 붙일까 고민하다가 생략하는 쪽으로 마음을 굳혔다.

"문제?"

"기억을 잃은 것 같아요."

"기억을 잃어? 그렇다면 보통 사람으로 돌아갔다는 거야?"

"그런 모양이에요."

"그럴 수도 있어?"

"로고스 길드에서는 백정현이 페플의 공격에 당했다고 판단하고 진상 조사를 벌이고 있어요."

"페플의 공격?"

윤태희는 현문 길드 소속 각성자 노우석을 떠올렸다. 페플과의 전쟁을 대비해야 한다면서 열변을 통한 그는 이런 상황을 예측하고 있었을까? 황철호를 급히 호출한 이유도 백정현 때문일까?

"정신이 허약하면 간혹 능력을 잃고 진실마저 잊을 수도 있어요."

프리벨리지 길드에서 아카데미로 보낸 교육생 엄명욱이 끼어들었다.

"넌 백정현보다 정신력이 강하다는 뜻이니?"

윤태희는 엄명욱을 빤히 쳐다보며 물었다.

싱크

"······그런 얘기는 아니에요."

시선을 피하는 엄명욱.

그때, 공지우가 회의실로 들어왔다.

"어느 정도는 알고 있겠지? 안타깝게도 교육생 백정현에게 문제가 생겼어. 당분간, 어쩌면 영영 백정현은 이곳으로 오지 못할 거야. 원인은 파악 중인데, 그때까지 교육생들은 이곳을 떠날 수 없어. 불편해도 참아. 곧 아카데미를 졸업하고 각자의 길드로 배치되면 원 없이 돌아다닐 수 있을 테니까."

정문석이 손을 들었다. 공지우가 고갯짓으로 정문석의 발언을 허락했다.

"습격을 받은 겁니까, 교관님?"

"원인은 아직 모른다고 했을 텐데."

"만약 백정현이 놈들에게 당했다면, 가만히 있을 수는 없지 않습니까?"

복수를 거론하는 정문석은 진지했다.

그 태도에 공지우는 빙긋 웃었다.

"교육생 생각처럼 페플이 원인이라면 유니온 소속 타격대가 나설 거예요. 눈에는 눈, 이에는 이. 거기에 이자까지 듬뿍 쳐서 타격대가 작전을 수행할 테니까 교육생은 자기 본분을 잊지 말기를 바라요."

"알겠습니다."

정문석은 그 타격대에 지원하겠노라고 말하려다 참았다.

교육생 신분으로 타격대에 들어갈 수 있을 리 없다. 타격대는 각 길드에서 인정받는 소수의 각성자로 구성된, 최강의 파티였던 것이다.

"이곳에서의 생활, 답답하겠지만 마음을 고쳐먹으면 오히려 좋을 수도 있어. 수영장, 영화 룸, 뷔페 등 웬만한 호텔보다 시설이 나으니까. 편히 쉬면서 다음 교육을 기다리도록. 아, 교육생들을 위해서 지하 서고를 개방했으니까, 마음껏 활용해. 하지만 지하 7층은 접근 금지야. 호기심 때문에라도 거기 다가갔다가는 죽음을 면치 못할 거야. 난 경고했어. 부디 내 말을 가볍게 생각하지 말길."

빙긋 웃은 공지우는 현섬을 펼쳐 사라졌다. 압축된 공간이 출렁거리며 원래대로 돌아갔다.

"혹시 현섬을 익히는 방법, 아세요?"

이유정이 물었다.

"몰라."

"전 다른 스킬보다 현섬을 익히고 싶어요. 정말 멋지잖아요. 공지우 교관처럼 뿅 나타나거나 사라질 수 있으니까요. 전투에도 아주 효과적일 것 같아요. 등 뒤로 나타나면 누구도 막을 수 없겠죠?"

"여기서 현섬을 익히고 싶으면 먼저 페플에서 그 공간 이동 스킬을 배워야 해."

고승조가 다가왔다.

싱크

"그래? 첨 듣는 얘긴데?"

이유정은 자연스럽게 고승조를 보며 애교를 떨었다.

"페플에서 익힌 스킬을 깊이 있게, 끈질기게 파고들면 그 원리를 알아낼 수 있고, 그 원리를 현실로 가져와서 수련을 꾸준히 한다면 같은 스킬을 여기서도 펼칠 수 있어. 지난번에 만났던 질풍대 대주님이 하신 말씀이야."

"그 허풍쟁이?"

이유정의 머릿속에 노우석은 허풍쟁이로 저장되어 있었다.

"……뭐?"

노우석이 수다스럽지만 그래도 현문 길드의 선배이기 때문에 고승조의 눈이 가늘어졌다.

"농담이야, 농담. 그러면 넌 페플에서 익힌 스킬 중에 여기서 펼칠 수 있는 거 있어?"

"아직 완전하진 않아."

"뭔데? 보여 줘. 응? 부탁해."

이유정의 부탁을 고승조는 거절할 수 없었다. 윤태희는 저 곰 같은 교육생의 약점이 무엇인지 알 수 있었다. 정문석과 엄명욱도 고승조를 움직이는 방법을 그 순간 확실히 깨달았다.

고승조는 몸의 중심을 낮추며 심호흡을 했다. 그의 몸이 조금 커진 느낌이 드는 순간, 오른쪽 주먹이 앞으로 나오며 공기를 갈랐다.

처음엔 아무 일도 일어나지 않았다. 그러나 회의실 맞은편 끝자락의 벽에서 쿵 소리가 났다. 느릿느릿 앞으로 흘러간 보이지 않는 힘이 벽을 때린 것이다. 벽에는 소용돌이 모양으로 금이 가 있었다.

"와아, 정말 멋있어."

이유정은 진심으로 감탄했다.

"타케노프의 '은와'야."

숨을 몰아쉬는 고승조.

"타케노프라면 룬트란 왕국 7대무문 중 하나인 그레아트의 체술이잖아. 그렇지?"

똑똑한 엄명욱이었다.

"맞아. 아직은 미숙해. 은와는 타케노프의 입문 스킬 중 하나에 불과하니까."

말과 달리, 뿌듯해하는 고승조의 입가에 미소가 걸렸다.

"다른 건 없어?"

또다시 귀엽게 웃으며 부탁하는 이유정.

"이젠 네 차례야, 이유정. 빛의 마탑 투스텔라의 마법 하나쯤은 보여 줄 수 있잖아."

"좋아."

이유정은 두 손을 빠르게 움직여 수인을 맺었다.

손가락에서 흘러나온 하얀 빛은 허공에 입체적인 마법진을 만들었고, 곧 마법진에서 강렬한 빛이 뿜어져 나와 이유정의 몸을 에워쌌다. 그 빛은…… 갑옷의 형태로 변했다.

"2서클 빛의 마법 루메노룸!"

정문석이었다.

물리적 공격에는 취약하나 어둠의 마법은 닿기만 해도 소멸되는 방어 마법 중 하나인 루메노룸이 이곳 현실에서 펼쳐진 것이다. 비록 완벽하지 않아 빛으로 가려지지 않은 부분이 곳곳에 있지만, 마법이 여기서 펼쳐졌다는 사실이 중요했다.

루메노룸을 풀어 버린 이유정은 정문석을 바라보았다. 부탁과 도발이 섞인 그 눈빛에 정문석은 죽음의 안개 테네파르인스푸모를 불러내어 오른손을 감싸게 만들었다. 어둠의 마탑 칼리고크의 2서클 마법 블랙핸드였다.

정문석보다 자신이 한 수 위라고 생각했던 엄명욱은 충격에 빠져 표정 관리에 실패했다.

블랙핸드는 레벨이 높아질수록 강해지는데, 웬만한 명검보다 단단하고 예리해질 수도 있는 마법이었다.

정문석은 자극하듯 엄명욱을 보며 웃었다. 얼굴에는 땀이 송골송골 맺혀 있지만 눈은 자부심으로 반짝거렸다.

엄명욱은 고심 끝에 바닥 아래에 숨어 있던 망량 한 마리를 불러냈다. 투명한 형태의 귀신은 엄명욱이 뿜어낸 힘에 의해 윤곽이 나타났고, 곧 색깔까지 드러났다. 정수리에 뿔이 난 도깨비 모양의 망량은 뱀처럼 혀를 날름거리며 정문석을 노려보았다.

"콘센치오."

정문석이 신음하듯 말했다. 현자 집단 소지센을 대표하는 스킬이 바로 콘센치오였다.

교육생들은 이제 윤태희를 쳐다보았다.

그 시선을 가볍게 무시한 윤태희는 환각력으로 활 하나를 만들어 냈다. 검붉은 활은 활시위까지 핏빛이었다. 왼손으로 활을 쥐자 오른손에는 저절로 촉이 새빨간 화살 네 대가 생겨났다. 윤태희는 네 대의 화살을 시위에 메기고 손가락을 놓았다. 화살들이 앞으로 날아갔다.

힘 하나 들이지 않은, 자연스러운 동작.

화살은 맞은편 벽으로 날아가 정사각형을 이루며 박혔다. 곧 화살은 쾅 폭발했다. 화살을 꼭짓점으로 하는 정사각형 부분이 사라지자 그 너머 창고가 보였다. 30센티미터 두께의 벽을 화살로 뚫은 것이다.

"간다."

윤태희는 회의실 밖으로 나갔다.

남은 교육생들은 벽으로 가서 손으로 뚫린 부분을 만졌다. 환상이 아니었다. 그들은 서로를 바라보며 혀를 내둘렀다.

자신들이 익힌 스킬은 펼칠 수 있다는 점에 의미가 있을 뿐이었다. 윤태희의 경우는 실전에서도 사용 가능할 것이다.

"이 정도 실력이면, 타격대에 들어갈 수도 있겠어."

이유정이 속삭이듯 말했다.

싱크

지하 서고는 운동장처럼 넓었다.

윤태희는 서가 사이를 돌아다니며 여기서 책 한 권, 저기서 책 한 권을 꺼내어 내용을 훑었다. 대부분 페플 관련 서적이었다. 빛의 마탑 투스텔라의 기원, 약초 관련 내용을 집대성한 백과사전 등 다양한 분야의 책이 서가를 채우고 있었다.

스물두 권짜리 역사서 전집을 발견한 윤태희 입에서 휘파람이 흘러나왔다.

"이게 그 유명한 《룬트란 왕국의 역사》 전집이구나."

역사학자 강진우가 쓴 책으로, 페플 유저라면 누구나 알지만 실제로 4만 페이지에 육박하는 이 끔찍한 역사서를 독파한 사람은 거의 없다고 알려져 있었다.

서고를 채운 책 대부분은 페플에서 가져온 물건이었다. 양피지로 제작한 고서도 꽤 많았다. 마법진을 어떻게 그려야 하는지, 성질석을 다루는 법을 알려 주는 실용적인 책도 애를 쓰면 찾을 수 있었다.

누가 이 서고를 만들었는지 몰라도 어마어마한 노력을 들인 게 분명했다.

그때, 기척이 느껴졌다. 화들짝 놀란 윤태희는 몸을 돌리며 신궁 레드폭스를 만들어 냈다. 아까 교육생들을 깜짝 놀라게 한 바로 그 활이었다. 1초도 되기 전에 화살 세 대를 발

사한 후에야 윤태희는 상대가 수염이 허연 노인이라는 사실을 알아차렸다.

화살은 이미 노인을 향해 날아가고 있었다. 환각력으로도 취소할 수 없는 공격이었다.

작은 키에 수염이 덥수룩한 노인이 긴 소매를 한번 떨치자 화살은 그 사이로 사라졌다. 아무런 일도 없었다는 것처럼 조그만 책자를 꺼내 내용을 살피는 노인 곁으로 윤태희는 조심스럽게 다가갔다.

"많이 변했구먼."

"……저를 아세요?"

"한 번인가 만났었지. 햄버거가 아주 맛있었네."

노인이 고개를 돌려 윤태희를 정면으로 바라보았다. 그 맑고 깊은 눈에 윤태희는 마음이 읽히는 기분이었다. 버티려 했지만 시선을 피하고 말았다.

"누구십니까?"

"사람들은 나를 현원이라고 부른다네."

"서, 설마?"

"자네 생각이 맞을 걸세."

"처음 뵙겠습니다. 저는 아카데미 교육생 윤태희라고 합니다."

윤태희는 이 평범해 보이는 노인이 현문의 문주이자 길드마스터라는 사실을 믿기 힘들었다. 그러나 유니온의 심장부

싱크

인 이곳에서 저런 거짓말을 할 리는 없다. 게다가 은연중 노인에게서 흘러나오는 분위기는…… 결코 범상치 않았다.

"여기 있군."

현원은 책 한 권을 꺼냈다. 윤태희를 보며 인자하게 웃은 그는 서고 입구로 천천히 걸었다.

눈앞에서 걸어가는데도 윤태희는 왠지 저 노인의 발밑에 구름이 깔려 있고, 구름이 노인을 태우고 움직이는 게 아닐까 생각했다.

주위를 둘러본 윤태희는《유니온》이라는 책을 뽑았다.

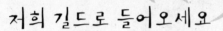

저희 길드로 들어오세요

벽 한쪽 면을 가득 채운 거대한 디스플레이 가득 뉴스가 흘러나왔다.

가로 8미터, 세로 3미터나 되는 와이드월 앞에 선 고형덕은 버튼을 눌러 끝나 가는 뉴스를 처음으로 돌렸다. 뉴스는 17중 추돌 사고와 관련된 내용이었다. 여러 각도에서 찍힌 영상을 통해 도심에서 벌어진 충격적인 교통사고를 보여 주고 있었다.

그동안, 조각나 버려 파편으로 흩어진 기억을 끌어모아 누덕누덕 기웠다. 불완전한 기억만으로도 저 17중 추돌 사고의 원인이 바로 자신이라는 사실을 알 수 있었다.

숨이 거칠어진 고형덕은 손으로 머리를 감쌌다. 비명이 터져 나올 것만 같았다.

그 교통사고로 죽은 사람은 없지만, 삶이 완전히 달라져
버린 사람들은 여럿이었다. 두 번 다시 걷지 못하는 사람도
있고, 한쪽 눈을 잃어버린 사람도 있었다.

"……나 때문이야."

"다행히도 사망자는 없네요."

안진후는 쥐구멍 입구에 서서 문기둥에 기댄 채 안쪽을 바
라보고 있었다.

"내게 했던 이야기, 다시 들을 수 있을까?"

"물론이죠. 거실로 나오세요."

안진후는 냉장고로 가서 차가운 맥주 캔을 꺼내어 창가로
붙여 놓은 소파로 와서 털썩 주저앉는 고형덕에게 건넸다.

"고맙다."

"뭘요."

맞은편에 앉은 안진후는 벌써 세 번이나 한 이야기를 처음
부터 들려주었다. 그 자신도 가스레인지의 불꽃에서 불의 정
령이 튀어나왔을 때 기겁할 만큼 놀랐기 때문에 인내심을 발
휘하는 데 별로 어려움이 없었다.

고형덕은 한 모금 마신 맥주 캔을 테이블에 내려놓으며 한
숨을 내쉬었다. 싱크 현상, 각성자와 관련된 설명을 여러 번
들었기 때문에 머리로는 이해할 수 있었다. 그 사고방식이
가슴으로 내려오는 데 시간이 걸릴 뿐이었다.

싱크

유리창 밖을 바라보았다.

멀쩡한 세상이 저 아래로 펼쳐져 있었다.

가슴이 답답해져 호흡이 막힌 순간, 손등에 푸른 털이 빠르게 자랐다. 담담하게 설명하던 안진후는 주머니에서 핸드폰을 꺼냈다. 상황을 봐서 김현에게 연락하기 위해서였다. 고형덕이 주먹으로 가슴을 치며 숨을 내쉬자 털은 피부 안쪽으로 사라졌다.

"미안하다."

안진후를 보며 사과하는 고형덕.

그냥 웃어서 넘긴 안진후는 이야기를 계속했다. 진실을 덮어 버리는 세계의 의지에 대한 설명이 마지막 부분이었다.

그때, 김현이 현섬으로 나타났다.

자신도 모르게 벌떡 일어서는 고형덕. 왠지 저 녀석만 보면 몸이 저절로 긴장한다. 교육을 마치고 처음 경찰서에 배치되어 보고를 위해 서장실로 들어서던 때가 떠오를 만큼 몸에서 식은땀이 흘렀다.

"왔어?"

안진후가 부드럽게 말했다.

"준비됐죠?"

고형덕을 보며 묻는 김현.

"……그래."

안진후를 향해 가볍게 고개를 끄덕인 김현은 무거운 표정으로 고형덕 곁으로 갔다. 김현이 고형덕의 어깨에 손을 올린 순간, 두 사람은 공간을 왜곡시키며 사라졌다.

밝은 빛이 모든 것을 다 덮을 것처럼 강렬해졌다가 갑자기 사라지자, 김현과 고형덕은 스코덴 산맥 깊은 바위 골짜기 안쪽의 공터에 나타났다. 털이 검은 토끼 몇 마리가 자갈 사이로 웃자란 잡초를 뜯다가 두 사람을 보고는 황급히 달아났다.

"……여기가 페플이라니."

고형덕은 구역질을 겨우 참아 내며 중얼거렸다. 몇 번이나 경험했는데도 적응할 수 없었다. 커넥터 없이 직접 페플로 들어올 수 있다니.

"지난 며칠 동안 힘들었을 거라고 생각합니다. 하지만 하루라도 빨리 그 능력에 대한 통제력을 갖추지 못하면 아저씨뿐 아니라 주변 사람들이 다치게 될 겁니다. 그러니까 오늘 하루 버틴다 생각하지 말고, 어떻게 해야 변신 능력을 컨트롤할지 고민하세요."

"알았다."

퍽.

고형덕이 자세를 취하기도 전에 김현이 현섬으로 다가와 명치를 발로 걷어찼다.

뒤로 밀려 나뒹군 고형덕의 두 팔은 어느새 털로 뒤덮여 있었다. 고형덕은 팔이 매끈한 상태로 돌아갈 때까지 바위를 때렸다. 바위가 먼지를 일으키며 부서진 후에야 인간의 팔 형태로 돌아갔다.

"우과로 다친 사람들까지 완전히 회복시킬 수 있을까?"

고형덕이 물었다.

"가능해요."

고형덕의 마음을 누구보다 잘 알기에 김현은 이미 그 부분을 찾아서 확인까지 마쳤다.

"……다행이다."

시야에서 사라져 버린 김현은 머리 위에 나타나 깍지 낀 두 손으로 고형덕의 정수리를 내리쳤다. 힘 빠진 개구리처럼 철퍼덕 쓰러진 고형덕의 등으로 털이 자라났지만 시간을 되돌린 것처럼 피부 안쪽으로 다시 들어갔다.

'확실히 효과가 있어. 콜마 육사형은 정말 모르는 게 없구나. 혹시나 해서 물어봤는데, 찾아가길 잘했어. 고통을 견디는 저 아저씨도 대단해.'

김현은 점점 몸을 스스로, 빨리 통제해 나가는 고형덕을 보며 속으로 감탄했다.

'한 단계 올려야겠다.'

이제까지 단순하게 현섬과 주먹질, 발길질로 고형덕을 공격했던 김현은 천무삼권을 펼치기 시작했다. 천무삼권의 제1초식 중위경근의 힘이 담긴 주먹에 등을 맞은 고형덕은 차원이 다른 파괴력을 이기지 못하고 그 자리에서 즉시 늑대로 변하고 말았다.

한숨을 내쉰 김현은 녹색 회복약을 마시며 분신을 불러냈다. 네 명의 김현을 본 늑대는 주둥이를 위로 올리며 울부짖었다.

아로간타르는 약종상 안으로 들어가 계산대 위에 십무낭을 내려놓았다.

샌더스는 자신만만한 엘프를 바라보았다.

"무엇을 도와 드릴까요?"

아로간타르는 말없이 손을 내밀었다. 그 손을 맞잡은 샌더스의 얼굴이 일그러졌다. 그러나 마음이 재빠른 샌더스는 얼른 표정을 바꾸어 하이엘프 셀레스카르의 네 번째 제자를 향해 활짝 미소를 보였다.

"대사형께서 회복약이 필요하다고 해서 찾아왔습니다만."

"드려야지요. 잠시만 기다리세요."

샌더스가 십무낭을 가지고 회복약이 놓인 선반으로 걸어가자 아로간타르는 속으로 안도했다.

샌더스가 회복약으로 가득 채운 십무낭을 가져왔다. 아로간타르는 고맙다는 말 한마디 남기지 않고 약종상 밖으로 나왔다.

심장이 터질 것만 같았다. 앞만 보고 걸었다. 혹시라도 그 장사꾼이 쫓아와서 정말 노바디가 시켰는지 꼬치꼬치 캐물을 것만 같았다.

당연히 대사형과는 상관이 없는 일이었다.

무극심법 제1문 '축현' 수련 시간을 두 배로 늘렸다. 더 강해지기 위해서였지만 밤에 잠을 이루기 힘들 만큼 고통스러웠고, 하루에도 몇 번씩 기절을 했다. 평소 차근차근 생각하기보다 되는대로 살았던 아로간타르는 어떻게든 행동을 취해야 살아남을 수 있다는 절박함 심정으로 고민했고, 그 결론이 바로 회복약이었다.

'대사형은 제3문 파위로 분신을 만들 때마다 초록색 약병을 마셨어. 난 대사형의 방식을 따르는 것뿐이야.'

여관으로 돌아온 아로간타르는 뒤뜰로 가서 축현 수련을 재개했다. 십무낭에서 녹색 회복약을 꺼내어 옆에 내려놓자 왠지 모르게 마음이 든든했다. 이제 마음껏 수련을 할 수 있을 것 같았다.

당분간 대사형은 오지 않는다. 바마퉁으로부터 이야기를 들었다. 자세한 이유는 알 수 없지만 아로간타르는 차라리 다행이라고 생각했다. 이 귀중한 시간을 낭비해선 안 된다. 조금이라도 더 강해져야 한다.

"휴우, 시작해 보자."

사람들이 잠든 깊은 밤, 여관 뒤뜰에 혼자 나와 무극심법 제1문 축현의 자세를 유지하던 아로간타르는 헐떡거리다가 종아리와 허벅지를 쥐어짜는 경련을 이기지 못하고 주저앉았다. 준비한 바늘로 단단해진 근육을 찌르자, 검은 피가 흘러나와 송골송골 맺혔다. 다 마셔서 바닥을 드러낸 약병들이 근처에서 뒹굴고 있었다.

　거친 숨소리가 밤공기를 흔들었다. 반딧불이 몇 마리가 아로간타르 주위를 맴돌다가 담장 너머로 사라졌다. 서늘한 바람이 다가와 아로간타르가 뿜어내는 열기를 식혔다.

　아로간타르는 몸을 일으켜 다시 마보 자세를 취했다. 두 번 다시 대사형에게 짐이 되고 싶지 않아서였다.

　칸트 던전 지하 1층에서 맞닥뜨린 스톤골렘은…… 떠올리기도 싫은 악몽이었다. 애검 토포레로는 도저히 쓰러뜨릴 수 없는 몬스터였다.

　반면에 대사형은 너무나 쉽게 스톤골렘을 무너뜨렸다. 세 군데의 급소를 동시에 가격하면 스톤골렘을 죽일 수 있다는 설명은 간단하지만, 실제로 분신을 만들어 은밀하면서도 치명적인 방식으로 공격하는 대사형을 흉내조차 낼 수 없었다.

　"대사형은 축현만 10년 넘게 수련했어. 난 두 배, 아니 세 배로 열심히 해야 돼. 그래야 조금이라도 따라갈 수 있을 테

싱크

니까."

허벅지의 근육이 터지면 사토르의 장갑을 낀 바마퉁의 도
움을 받으면 된다. 탈진으로 죽어 버리면? 대사형과 계약을
맺은 상태니까 되살아날 것이다.

그때, 담벼락 너머로 사라졌던 반딧불이가 돌아와 아로간
타르의 어깨에 앉았다.

아로간타르는 어둠을 은은하게 밝히는 그 곤충 덕분에 잠
시나마 고통을 잊을 수 있었다. 한 마리가 더 날아와 원래 있
던 놈 옆에 앉자 길을 가다가 동전을 주웠을 때처럼 횡재를
한 기분이었다.

"어?"

반딧불이가 열 마리 남짓 한꺼번에 날아와 허리 근처를 맴
돌자, 그 유쾌한 기분은 사라졌다.

곧 주위에 있던 반딧불이가 길드 회합이라도 연 것처럼 아
로간타르를 향해 몰려들었다. 줄잡아 수백 마리였다.

붉은 빛 수백 개가 아로간타르 주위를 날아다녔는데, 엘프
는 대체 왜 이런 일이 벌어질까 생각하다가 놀라운 현상을
발견했다.

꼬리의 빛이 흐릿하던 반딧불이 한 마리가 허리 가까이 접
근하자 오히려 빛이 강렬해졌다. 다른 반딧불이에게도 비슷
한 일이 벌어졌다. 그제야 아로간타르는 발광 곤충들이 왜
자신에게 몰려드는지 그 이유를 알아차렸다.

'대사형은 축현이 경지에 이르면 몸 주위로 대자연의 기가 흐른다고 했어. 혹시 그 기에 이끌려 반딧불이들이 몰려든 건 아닐까? 그럴지도 몰라.'

가슴이 부풀어 오르는 느낌이었다. 그 뛰어난 대사형조차 10년이나 걸려서 완성한 축현을 단기간에 돌파하다니. 어쩌면 자신은 어마어마한 천재인지도 모른다.

"허리가 높다. 낮춰."

바로 뒤에서 들린 목소리.

아로간타르는 혼비백산하며 앞으로 튕겨 나갔고, 반딧불이는 사방으로 흩어졌다. 다리에 힘이 풀려 땅바닥을 나뒹군 엘프는 온화한 표정의 하이엘프를 발견했다. 바로 사부 셀레스카르였다.

"사부님!"

반딧불이는 어느새 셀레스카르가 들어 올린 오른팔에 다닥다닥 붙어 있었다. 하이엘프의 가느다란 팔은 어둠 속에서 점점이 빛났다.

"확실히 성취가 빠르구나. 축하한다, 아로간타르."

"감사합니다!"

급히 몸을 일으키다가 끔찍한 경련에 눈물 한 방울을 흘린 아로간타르는 그 고통을 꾹 눌렀다. 그러나 다가온 셀레스카르가 허벅지를 가볍게 건드리자, 시원한 기운이 퍼져 나가더니 경련은 흔적도 없이 사라졌다. 푹 자고 아침에 일어난 것처럼 몸이 가뿐했다.

"어릴 때부터 체계적으로 수련을 쌓았으니 이토록 성취가 빠를 수밖에 없지. 그래도 진심을 다해 수련을 하지 않았다면 대자연의 기가 몸을 흐르게 할 수는 없었겠지."

그 누구보다 셀레스카르에게서 인정을 받았다는 사실에 감정이 북받친 아로간타르는 눈물을 흘렸다. 질질 짜는 모습을 보여 주고 싶지 않지만 어쩔 수 없었다.

셀레스카르는 넷째 제자를 부드럽게 바라보았다. 그의 눈에는 몸 곳곳에 뭉쳐진 채 아직 흡수되지 않은 영약의 기운이 보였다.

제1차 몬스터대전으로 멸종되었다고 알려진 눈사슴 백설록의 뿔, 억만금을 주고도 살 수 없는 드래곤의 심장 일부, 100년이 지나야 열매를 맺는 약초 생획의 열매 등 가치로 따질 수 없는 영약이 어린 아로간타르의 목구멍 너머로 넘어갈 때, 셀레스카르는 거기 있었다.

믿기 힘들 만큼 빠른 성장의 이유에 저 영약도 포함시켜야 할 것이다. 물론 그게 전부는 아니겠지만.

"누워라."

"……네, 사부님."

셀레스카르를 절대적으로 신뢰하는 아로간타르는 착한 아이처럼 순종했다.

셀레스카르는 누워 있는 아로간타르의 명치에 손을 올렸

다. 손에서 흘러나온 따뜻한 기운이 몸 곳곳에 숨어 있는 영약의 기운을 자극하여 끌어냈다.

곧 아로간타르의 몸에서 하얀 연기가 피어올랐다.

자칫 잘못하여 자연이 영약에 담아 놓은 거력이 한꺼번에 터져 나오면 아로간타르로서는 버티지 못할 테고, 몸은 내부가 찢어져 피부에 상처 하나 없이 죽고 말 터였다.

몸이 저절로 떠올랐다.

아로간타르는 구름 위에 누워 있는 기분이었다. 몰려오는 졸음을 물리치느라 애를 먹었다.

아로간타르의 몸이 가라앉자 셀레스카르는 거친 숨을 몰아쉬며 일어섰다.

"어떠냐?"

"가벼워요. 믿을 수 없을 만큼요."

"축현을 펼쳐 봐라."

그 말에 아로간타르는 두 팔을 앞으로 올리며 무릎을 굽히고 허리를 낮추었다. 고통이 느껴지지 않았다. 마치 누워 있는 것처럼 그 자세가 편안했다. 도저히 믿을 수가 없었다.

"넌 이제 제1문을 통과했다. 제2문은 쌍각. 보여 줄 테니 머리에 새겨라."

셀레스카르는 가볍게 오른쪽 발을 굴렀다. 노바디의 타각과 달리 전혀 소리가 나지 않았다. 그러나 보이지 않는 기운이 셀레스카르를 향해 몰려왔고, 그와 동시에 뒤뜰에 있던 나무들의 잎이 누렇게 변하더니 우수수 떨어졌다. 나무 사이의 잡초들도 시들며 쪼그라들었다.

"타각이다. 다음은 좌각."

셀레스카르가 한 걸음 앞으로 나가며 왼쪽 발을 구르자, 그에게서 사방으로 힘이 퍼져 나갔다.

눈으로 보고도 믿기 힘든 기적이 일어났다. 겨울나무처럼 앙상해진 가지에서 싹이 나더니 잎이 자라났고, 곧 여름 특유의 무성한 나무가 되었다. 아로간타르는 그 변화에 압도되어 숨을 쉴 수도 없었다.

셀레스카르가 비틀거렸다.

아로간타르가 재빨리 달려갔지만 사부는 손을 들어 제자의 접근을 막았다.

"난 괜찮다. 그보다 수련할 때마다 각 동작의 의미를 놓치지 말고 파고들어라. 넌 재능도 뛰어나고, 어릴 때부터 영약을 복용해서 잠재력도 어마어마하다. 바로 그 때문에 생각할 필요성이 적었지. 깊이 고민하기도 전에 다음 단계로 쉽게 올라왔으니 말이다. 그게 문제야. 쉽게 수련해서 얻은 것은 쉽게 잃을 수밖에 없지. 아무것도 없이 몸으로 문제와 부딪쳐서 길을 찾아낸 사람과 맞붙으면 넌 너 자신의 무력함을 알게 될 게다."

"대사형을 말씀하시는 거군요."

"맞다."

"……왜 저를 도와주시는 겁니까? 대사형은 그냥 내버려 두셨잖습니까."

"시간이 없단다."

대답하는 셀레스카르의 얼굴이 어두웠다.

아로간타르는 그 말에 안도했다. 자신은 아무리 시간이 많아도 축현을 통과할 수 없으니 도와줄 수밖에 없었다는 이야기를 들을까 봐 염려했던 것이다.

"강해져라, 아로간타르."

"네, 사부님."

아로간타르가 고개를 숙이며 대답한 순간, 셀레스카르는 그 자리에서 사라졌다. 현섬이었다.

꿈을 꾼 것처럼 정신이 없던 아로간타르는 팔다리를 뻗으며 몸 상태를 확인했다. 이 정도면 사나흘은 잠을 자지 않고 수련해도 될 것 같았다. 신이 나서 땅을 박찼는데 무려 5미터까지 뛰어올랐다.

마음을 가다듬은 아로간타르는 사부님과 대사형의 동작을 떠올리며 오른쪽 발로 땅을 굴렀다.

퍽.

충격파가 멋지게 사방으로 퍼져 나가기를 바랐지만, 현실은 엉망이었다. 발이 땅 아래로 푹 들어가 버린 것이다. 발이 빠지지 않는 바람에 앉아서 발목을 잡아당겨야 했다.

부끄럽게도 바로 그때 겔란드가 2층 난간에서 아래를 내려다보았다.

"뭐 하냐?"

"그, 그게……."

"술 먹었으면 방에 들어가서 자."

"그, 그게 아니라……."

피식 웃은 젤란드는 여관 밖으로 나가 버렸다.

세 바퀴를 돈 후에야 자리가 났다.

오래된 자동차를 집어넣는데 주차장 기둥에 범퍼가 부딪쳐 긁히는 소리가 크게 들렸다. 고형덕은 얼른 조수석에 앉아 있는 김현 눈치를 봤다.

"평소엔 운전 잘해."

그렇게 말하는 자신이 괜히 부끄러웠다. 용의자를 쫓느라 도로를 질주하면서도 사고 한번 내지 않았건만.

"긴장해서 그런 거예요."

김현은 차에서 내렸다.

'긴장? 휴우, 어디 숨고 싶다.'

"안 내려요?"

"내, 내려야지."

고형덕은 엘리베이터가 있는 곳으로 앞서 걸어가는 김현

의 뒷모습을 바라보며 쫓아갔다. 주차장을 울리는 구둣발 소리도 왠지 거슬렸다. 김현처럼 운동화를 신고 올걸.

엘리베이터 버튼을 누르고 자연스럽게 서 있는 김현의 자세가 고형덕은 부러웠다.

처음 만났을 때는 특이한 고등학생이라 생각했지만 몸이 제멋대로 변해 버려 다른 사람들에게 해를 입힐 위험을 없애기 위한 과정에서 수도 없이 얻어맞은 후로는 더 이상 평범한 학생으로 볼 수 없었다. 과연 사채업계의 건달들이 맞아서 병원으로 실려 갈 만한 실력이었다.

문이 열렸다.

엘리베이터에 올라타자 병원 특유의 냄새가 코로 스며들었다. 병원에 왔다는 사실이 실감났다.

고형덕은 심호흡으로 마음을 가다듬었다. 병원에서 몸이 변해 버리면, 많은 사람들이 다칠 수도 있을 것이다.

"걱정 마세요. 위험하다 싶으면 제가 나설 테니까요."

김현이 말했다.

"……그래."

진실을 받아들일수록, 싱크 현상으로 인해 두 개의 세계가 연결되었다는 사실을 인정할수록 변신 능력에 대한 통제력이 강해졌다. 고형덕은 지난 사흘 동안 김현이 어떤 식으로 괴롭혀도 고통을 이기지 못하고 기절할지언정 의도치 않게 늑대로 몸이 바뀌지는 않았다.

싱크

중환자실이 있는 곳으로 올라갔다. 환자를 직접 만나리란 기대는 하지 않았다. 그저 가족이라도 만나기 위해 찾아온 것이다.

거친 소리가 들렸다. 더 이상 치료가 불가능하니 중환자실을 비우라는 의료진과 그럴 수 없다는 환자 가족들 사이에서 고성이 오갔다. 고형덕은 아무 말도 못 하고 멀찌감치 물러서서 그 광경을 지켜보았다. 노력하지 않아도 그 장면이, 주고받는 대화가 머릿속에 새겨졌다.

"전 장례식장에 갔었어요."

김현이 고형덕 옆에서 속삭였다.

"……네가 있어서 다행이다."

고형덕은 진심이었다. 만약 혼자 각성했다면, 누구의 도움도 받지 못하고 변신했다면 상상도 할 수 없는 피해를 입혔을 뿐 아니라 후회로 번민하다가 극단적인 선택을 했을 것이다. 그때 그 자리에 김현이 있었기 때문에 여기까지 올 수 있었다.

'저 녀석은 은인이야.'

고형덕은 담담한 시선으로 환자 가족들을 응시하는 김현을 힐끔 살폈다.

공원 사건에 대한 이야기, 안진후로부터 들어서 알고 있었다. 경찰 특공대원들이 전멸할 만큼 끔찍한 사건을 김현은 원래대로 돌려놓았다. 우과를 찾아내어 죽었던 사람들을 살

려 내기까지 김현이 받았을 스트레스, 심적인 부담감, 불면
증과 악몽을 고형덕은 누구보다 잘 알았다.

열여덟 살 아이가 견뎌 낼 수 있는 삶의 무게가 아니다. 그
혹독한 과정을 통과했으니, 김현에게서 어른스러운 분위기
가 느껴지는 것도 당연한 일이었다.

"이제 가죠."

"그래."

고형덕은 두말 않고 김현의 결정에 따랐다. 모퉁이를 돌기
전 마지막으로 환자 가족들의 얼굴을 머릿속에 담았다.

주차장으로 내려가는 엘리베이터 안에서 김현이 고형덕을
쳐다봤다.

"대현자 파르소겐은 엘루마에 있어요. 우과의 위치를 알
아볼 테니까, 아저씨는 진후를 만나세요. 진후가 기다리고
있을 거예요."

"알았다."

"저 먼저 갈게요."

"어? 어, 그래."

고형덕은 엘리베이터 안에서 현섬을 펼쳐서 사라지는 김
현을 보고 침을 꿀꺽 삼켰다. 여러 번 봤지만 공간 이동술 현
섬만은 익숙해지지 않았다. 차라리 안진후를 졸졸 따라다니
는 그 불고양이가 받아들이기 쉬웠다.

주차장으로 내려갔다. 혼자 있으니 괜히 긴장이 됐지만 무

싱크

사히 자동차에 올라탈 수 있었다. 시동을 걸었다. 평소보다 소리가 큰 것 같았다. 차에 문제가 있을까? 카센터에 가야 하나? 거기서 변신하면 어쩌지? 온갖 생각이 꼬리를 물었다.

조심조심 차를 몰고 주차장을 빠져나왔다. 주차비를 내고 도로로 나가니, 운전면허를 따고 처음 운전했을 때처럼 손바닥에 땀이 찼다.

"젠장, 이게 뭐라고."

고형덕은 몇 번이나 김현에게 전화를 할까 고민했다. 김현은 현섬으로 당장 찾아올 것이다. 그러면 이 불안은 사라지겠지. 그러나 김현의 눈에는 한심한 아저씨, 허약한 경찰로 기억될 것이다.

'그럴 수는 없지.'

어두운 밤거리, 뒤쪽에서 빵빵 경적 울리는 소리가 요란했다. 시속 30킬로미터로 가고 있으니 그럴 만도 했다. 추월하며 지나가는 사람들이 욕을 퍼부었지만 고형덕은 신경도 쓰지 않았다. 어떻게든 무사히 안진후의 집으로 가야 한다. 그 목적 외에는 모조리 다 무시했다.

드디어 페플파크에 도착했다. 낡아서 언제 설지 모르는 차를 지하 주차장에 세운 고형덕은 엘리베이터에 탔다. 다행히 아무도 엘리베이터에 타지 않았다.

초인종을 눌렀다. 곧 문이 열렸다.

"기다리고 있었어요."

안진후였다.

고형덕이 거실 창가 쪽으로 붙여 놓은 소파에 앉자 안진후는 시원한 맥주 캔을 가져와서 내밀었다. 창밖엔 서울 야경이 펼쳐져 있었다.

"고맙다."

고형덕은 열여덟 살 동갑인 김현, 안진후가 더 이상 애로 보이지 않았다. 고정관념은 깨진 지 오래였다. 누구든 이런 상황에 처한다면 같은 생각을 하게 될 것이다.

"앞으로 어떻게 하실 거예요?"

"……솔직히 모르겠다. 아무래도 경찰은 더 이상 할 수 없을 것 같다. 너와 김현 덕분에 변신 능력을 통제할 수 있게 됐지만, 위험한 상황에 노출되면 어떻게 될지 모르니 말이야."

"아저씬 평범하게 살 수 없어요. 그건 아시죠?"

맥주 캔을 다 비운 고형덕이 고개를 끄덕였다.

"저희 길드로 들어오세요."

"길드? 게플에 있는 것 같은?"

"약간 달라요. 여기 이곳, 현실에서 각성자들만 들어올 수 있는 길드니까요. 이름은 섬바디예요. 신생 길드라서 미흡하지만 함께 발전할 수 있다는 이점도 있죠."

"다른 길드도 있다는 거냐?"

고형덕은 속으로 적잖이 놀랐다.

"다섯 개의 길드가 더 있어요. 물론 제가 아는 범위 안에서요."

"……각성자들도 많다는 뜻이구나."

왠지 모르게 마음이 무거워졌다. 마치 뒤늦게 출발한 마라톤 주자 같은 기분이었다.

"아저씨, 영 바보는 아니네요? 농담이에요. 사실, 그 길드들은 우리의 존재를 몰라요. 그동안 숨겼거든요. 진실을 밝히면 도움을 받을 수도 있지만, 반대로 해를 입을 가능성도 높으니까요."

"신중하구나. 너도, 김현도."

"아무튼 전 아저씨가 저희 길드에 들어왔으면 해요. 거절하셔도 좋아요. 다만, 지금처럼 도와 드리지는 못할 거예요."

"김현은 평생 내가 빚을 갚아야 할 사람이야. 그 녀석이 여기 있으면 나도 여기 있어야지."

"멋진데요."

"내가 뭘 하면 되지?"

"아저씨는 결정이 빠르네요. 전 꼬치꼬치 물어볼 줄 알았어요."

이런저런 근거를 이용한 설득에 최소 두 시간은 예상했기에 안진후는 단번에 결론에 도달한 고형덕의 스타일이 조금은 신선하게 느껴졌다. 진짜 남자답달까. 한번 마음을 정하면 목숨을 바치는 옛날 사람, 삼국지나 무협 소설에 나오는 진짜 사내가 현대로 온다면 고형덕 같을지도 모른다.

"길드 마스터라고 부르면 되지? 아니면, 길드 마스터라고 부를까요?"

고형덕은 살짝 농을 섞었다.

"하하, 아저씬 재미있어요. 그래서 좋아요. 김현은…… 좀 진지한 스타일이었거든요. 요즘엔 좀 달라졌지만요. 편한 대로 하세요. 아저씨가 해야 할 일은 암살이에요."

"……뭐?"

"사람들이 보는 곳에서 체리를 죽이세요."

"체리는 노바디와 계약한 NPC잖아."

"그래서 죽어도 되살아나요. 전 아저씨가 암살 명령을 수행해서 오블랑에 입문하기를 원해요. 현섬처럼 유용한 오블랑 스킬을 익히면 더 좋구요. 그리고 누가, 왜 체리를 죽이려 했는지 아저씨가 알아냈으면 좋겠어요. 현직 경찰이 관계된 일이니 파 보면 뭔가 나올 것 같아요."

"……."

고형덕은 할 말을 잃고 아직 아이티를 완전히 벗지 못한 안진후를 바라보았다.

김현의 천재적 무술 실력은 몸으로 겪었기 때문에 인정할 수밖에 없었지만, 안진후에 대해서는 선입견이 꽤 크게 작용했다. 페플 그룹 회장의 셋째 아들이라는 배경이 안진후라는 사람보다 먼저 보였던 것이다.

똑똑한 줄은 알고 있었다. 대화 수준은 보통 어른보다 훨씬 높았다. 그러나 암살 명령을 받은 장본인조차 놓친 부분까지 파고드는 사고방식에는 놀라지 않을 수 없었다.

"지금은 그냥 몸을 움직이세요. 생각을 깊이 하면 안 좋아요. 김현은 지독하게 수련에 매달렸어요."

"너도 그 녀석도, 애가 아니구나."

"얼른 강해지세요. 레벨도 올리구요. 그래야 제가 마음 편하게 부려 먹죠."

"알았어, 길드 마스터."

고형덕은 미소를 지은 후, 오랜만에 웃었다는 사실을 깨달았다.

"이제 섬바디 길드의 특별 고문을 소개해 드리죠. 너무 놀라진 마세요."

"더 놀랄 게 있는지 모르겠군."

"과연 그럴까요?"

의미심장하게 웃은 안진후가 고형덕 뒤쪽을 손가락으로 가리켰다. 자연스럽게 몸을 돌린 고형덕은 화들짝 놀라 한 걸음 물러섰다.

"……뭐야?"

공중에 둥실 뜬 채 다가오는 깡통 형태의 로봇.

"닥터 프로메테우스라고 하네. 그동안 자네를 배려하느라 구석에 쓰레기통처럼 처박혀 있었지. 아무튼, 자네처럼 단순하게 고민 없이 살아온 경찰이 날 이해하기는 매우 어렵겠지만, 그래도 노력해 보게나. 혹시 모르니 말일세."

"나, 나는……."

말을 더듬은 고형덕은 자신도 모르게 어느새 벗겨지고 있는 이마를 손바닥으로 쓸어 올렸다.

"특별 고문에 대한 설명은 앞으로 차차 들을 수 있을 거예요. 급히 먹으면 체하니까 조심해야죠."

그때, 베란다로 박용준이 내려섰다. 커다랗고 새하얀 날개를 천천히 접는 모습을 무심코 바라본 고형덕은 다리가 후들거렸다. 거실로 들어온 박용준은 고형덕을 알아보고 다가왔다.

"오셨어요?"

"……응."

"용준이 역시 섬바디 길드 소속이에요. 창립 멤버인 동시에 길드 이사회 소속 이사이기도 해요. 현재 섬바디 길드의 이사는 총 세 명, 저와 김현 그리고 이 친구예요."

"내가?"

처음 듣는지 눈이 커진 박용준.

"괜찮지?"

빙긋 웃으며 묻는 안진후.

"다, 당연히 괜찮지. 아니, 그냥 괜찮은 게 아니라 어마어마하게 좋다고 생각해. 내가 이사라니! 상상도 못 했어!"

"권리만큼 책임도 지게 될 텐데?"

"책임?"

금세 얼굴이 어두워지는 박용준.

"차차 배우면 돼. 넌 잘할 수 있을 거야."

"정말? 고마워."

박용준은 주방으로 향했고, 그 뒤를 닥터 프로메테우스가 따랐다. 닥터 프로메테우스는 박용준이 무슨 요리를 할지 매우 궁금해했다.

안진후는 시선을 옮겨 여전히 혼란스러워하는 고형덕을 바라보았다.

"새파랗게 어린 녀석들 밑에 있어야 해서 기분 나쁘신 건 아니죠?"

"그런 생각을 할 여유라도 있으면 좋겠다. 난 그저…… 지금 상황이 어리둥절해. 길드 마스터, 떠다니는 저 깡통은 대체 뭐냐?"

"곧 알게 될 거예요."

안진후는 빙긋 웃었다.

다음 권으로 이어집니다

흑신마 장편소설

타격왕 강현수

과거에서 벗어나고자 살수의 기술은 모두 버렸다!
기록될 이름은 오직 하나
타격왕 강현수!

스스로가 누구인지도 모른 채 병실에서 깨어난 남자
자신을 도와준 타격 코치 강민수의 양자가 되어
강현수라는 이름으로 새 인생을 시작한다

문득 떠오르는 살수로서의 과거

살수가 아닌 야구 선수로서의 삶을 택한 강현수
사회인 야구팀에서 초감각과 빠른 발로
뛰어난 도루와 타격 능력을 선보인 그는
막대한 연봉을 제의받고 프로 선수가 되는데……

기억을 잃은 살수
대한민국 야구계를 휘젓다!

ROK
MEDIA

불멸의
슬레이어

진시월 퓨전판타지 장편소설

불멸에 이르렀던 위대한 헌터, 정윤석!
그의 파란만장한 헌터 일대기!

헌터가 되기를 갈망하다
결국 사칭죄로 감옥에 갇히지만
죽는 그 순간까지 오직 헌터만을 바라던 윤석

드디어 그에게 주어진 기회!
죽음의 순간 기묘한 노인이 쥐어 준 목걸이 턱에
과거로 회귀하고 헌터의 능력까지 얻은 윤석!
전생 최고의 헌터로 군림했던 건일식의 모든 것을
선점하기 위한 행보를 시작하는데……

치사해도, 야비해도 이제 그의 것은 나의 것!
과거의 절대자를 바꾸고 최고가 되겠다!

200평 초대형 24시 만화방

📖 수원시청점

로데오거리
●농협

CGV
⑧ 수원시청역 8번출구

24시 만화방
3F

●홍콩반점

TEL : 031-226-3771
수원시 팔달구 인계동 1041-11 3층 24시 만화방

수면실 (침대식) — 사우나석

2인석 — 샤워실

세탁기 — 신간100%

📖 의정부점

의정부역 ④ ⑤
흥선지하도

◀서울방향

진성약국
던킨도넛츠

24시 만화방
3F

TEL : 031-856-3971
경기도 의정부시 의정부동 197-13 3층

📖 안양점

●안양역
육교

◀관악역
명학역▶

●농협

24시 만화방
2F
안양일번가

TEL : 031-466-3771
경기도 안양시 안양동 674-163 공룡고가건물 2층

📖 주안점

주안 남부역

◀제물포

민병철 어학원
간석동▶

24시 만화방 6F

TEL : 032-426-2871
인천광역시 주안남부역 지하상가 4번 출구 GS25시 건물 6층

📖 안산점

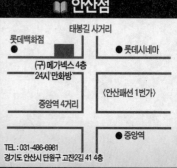

태봉길 사거리
롯데백화점
●롯데시네마

(구) 메가넥스 4층
24시 만화방

〈안산패션 1번가〉

중앙역 4거리

●중앙역

TEL : 031-486-6981
경기도 안산시 단원구 고잔2길 41 4층

鐵拳馬宗毅

철권
마종의

한수오 신무협 장편소설

『보검박도』, 『노는 칼』의 작가 한수오의 역작
『철권 마종의』!

쌀 열 섬
비단 다섯 필
그리고 은자 스무 냥
그게 열일곱 살이 된 나의 몸값이었다.

가족을 위해 살수 문파에 몸을 판 마종의
바위보다 굳은 철심, 칼날마저 뭉개 버릴 철권을 가진 그의
검보다 화려한 주먹의 복수!

ROK
MEDIA